Hochzeitsnacht mit Hindernissen

(Reihe *Beherzte Bräute*, 3. Buch)

Als Lady Sophia Beresford (seit neuestem Lady Finkel) durch die Tore des Landsitzes ihres neuen Bräutigams tritt und er ihr ins Ohr flüstert, welche Freuden sie in seinem Bett erwarten, erkennt Lady Sophia, dass sie einen schrecklichen Fehler gemacht hat. Ihr bleibt nur eine Lösung. Sie muss fliehen .

Bücher von Cheryl Bolen

Regency-Liebesromane:

Beherzte Bräute
Die falsche Gräfin
Sein goldener Ring
Hochzeitsnacht mit Hindernissen
Miss Hastings abenteuerliche Fahrt nach London
Marriage of Inconvenience

Reihe: Das Haus Haverstock
Zufällig eine Lady
Herzogin aus Versehen
Irrtümlich Gräfin
Ex-Spinster by Christmas

The Brides of Bath Series
Die Braut in Blau
With His Ring
The Bride's Secret
To Take This Lord
Love In The Library
A Christmas in Bath

The Regent Mysteries Series
With His Lady's Assistance
A Most Discreet Inquiry
The Theft Before Christmas
An Egyptian Affair

Pride and Prejudice Sequels
  Miss Darcy's New Companion
  Miss Darcy's Secret Love
  The Liberation of Miss de Bourgh

The Earl's Bargain
My Lord Wicked
His Lordship's Vow
Christmas Brides (Three Regency Novellas)
A Duke Deceived

Romantic Suspense:
Falling For Frederick

Texas Heroines in Peril Series
  Protecting Britannia
  Murder at Veranda House
  A Cry In The Night
  Capitol Offense

World War II Romance:
It Had to Be You (Previously titled *Nisei*)

American Historical Romance:
A Summer To Remember (3 American Romances)

Widmung

Für Annmarie Spiby in Anerkennung für ihre Förderung der historischen Liebesromane – vor allem für die vielen Dinge, die sie getan hat, um meine Bücher zu unterstützen.

HOCHZEITSNACHT MIT HINDERNISSEN

(Reihe *Beherzte Bräute*, 3. Buch)

Cheryl Bolen

Übersetzung von Susanne Döring

Prolog

In der Nacht wurde die unsichtbare Grenze zwischen der City von London und dem East End ausgeprägter, wenn die schmalen Straßen östlich von Aldgate einen unheimlichen, finsteren Eindruck zu machen begannen. Selbst die Geräusche waren hier im East End anders als die, die aus den festen Bauten der City drangen. Rauhes, Gin-trunkenes Gelächter, ständiges Weinen unerwünschter Babys und grobe Anmache der von Flöhen zerbissenen Huren waren ebenso untrennbar mit dieser Gegend verbunden wie seine wackeligen, überfüllten Gebäude. Menschliches Leben hatte hier keinen Wert. Halsabschneider würden einen Mann für zwei Pennies töten.

Was ein Grund dafür war, dass William Birmingham sich nachts nie ohne eine Waffe östlich von Aldgate begab.

Bei seinen normalen nächtlichen Ausflügen zu den Docks, wo die Birmingham-Jacht festgemacht war, wurde er von einer regelrechten Armee der vertrauenswürdigen Wachen seiner Familie begleitet.

An diesem Abend war er alleine gekommen.

MacIver hatte verlangt, dass er das tun sollte. Und wenn tausende von Pfund auf dem Spiel standen, ließ William sich herumkommandieren, vor allem, da MacIver einer der wenigen Männer war, denen er vertraute.

Als William sich der Schänke bei den Docks näherte, wo er MacIver treffen sollte, klopfte er auf seinen Umhang und fühlte sich von der metallenen Kraft seiner Pistole seltsam getröstet. Die drohende Gefahr selbst ließ sein Herz schneller schlagen. Auf angenehme Weise. Während seine Brüder ein Vermögen machten, indem sie an der Börse Risiken eingingen oder solide Bankgeschäfte machten, genoss William es, Leib und Leben zu riskieren. Er suchte das Abenteuer mit dem gleichen Eifer, der Nick und Adam antrieb, immer höhere Renditen zu suchen. Nichts könnte ihn dazu bringen, sich im Familiengeschäft in der Threadneedle Street niederzulassen. Nicht, wenn er der Kasse der Birminghams in allen Hauptstädten Europas helfen konnte - oder in schäbigen kleinen Gaststuben des Londoner East Ends.

Das Gasthaus zum Heulenden Hund - mit einem sehr zu seiner lärmenden Geräuschkulisse passenden Namen geschmückt - lag hundert Meter von den Docks entfernt und war schon seit langem ein beliebter Treffpunkt für Seeleute. William umkreiste das Gasthaus zweimal, um sich umzusehen, ob verdächtige Gestalten im Schatten der Hauseingänge herumlungerten. Nachdem er sich davon überzeugt hatte, dass er nicht dabei war, in eine Falle zu laufen, stieg er ab, um vor dem Gasthaus auf MacIver zu warten.

Er erwartete nicht, dass es gefährlich werden könnte, aber ein reicher Mann musste vorsichtig sein. William hatte es vorgezogen, seine Wohlhabenheit zu verbergen, indem er seine fein geschnittene Kleidung durch einen abgetragenen, unmodernen Umhang verdeckte, der nicht viel half, ihn vor der Kälte des Januars zu schützen.

Er würde sich jedoch nicht dazu herablassen, einen alten Gaul zu reiten. Wenn er im Zweifelsfall auf eine schnelle Flucht angewiesen wäre, wollte er auf einem schnellfüßigen Tier sitzen.

Mildes, gelbes Licht drang aus dem Fenster des Gasthauses auf die schmutzige Straße und die Nacht war erfüllt mit dem Klang von Nebelhörnern und Stimmen, die Cockney sprachen, dabei abwechselnd stritten und fröhlich lachten. Noch bevor zwei Minuten vergangen waren, kam MacIver breitbeinig auf ihn zu gestapft. Keiner der Männer sprach, bis der Abstand zwischen ihnen auf weniger als eine Armlänge geschrumpft war.

„Gut zu sehen, dass Sie meine Anweisungen bis aufs I-Tüpfelchen befolgen, Mr. Birmingham", sagte der ältere Mann.

„Nur, weil Sie sich mein Vertrauen verdient haben."

MacIvers Augen wurden schmal, als er in den ‚Heulenden Hund' hineinspähte, dann senkte er seine Stimme. „Treten wir etwas beiseite."

Die beiden Männer bewegten sich in die Mitte der Straße. William konnte das scharfkantige Gesicht seines Begleiters in der nebligen Dunkelheit kaum sehen. „Sie haben das Gold?"

„Ja, aber wir müssen vorsichtig sein. Mit den Halsabschneidern auf der einen Seite und den Behörden auf der anderen kann ein Mann nicht vorsichtig genug sein."

„Dann werden Sie es nicht bei der Bank meines Bruders abliefern können?", fragte William.

MacIver schüttelte den Kopf. „Nicht bei diesem Geschäft, Boss."

Zwischen Williams Brauen entstand eine Falte. „Haben wir Sie in der Vergangenheit nicht gut bezahlt?"

„Jau, aber diesmal bin ich nur ein Vermittler."

Diesmal? William konnte nicht glauben, dass MacIver je etwas anderes als ein Vermittler gewesen war, eine Brücke zwischen den Schmugglern und den Birminghams, der reichsten Familie Englands. Er zuckte die Achseln. „Es ist unwichtig, wie wir es zu meinem Bruder bringen. Wie Sie wissen, mangelt es meiner Familie nicht an sicheren Transportmöglichkeiten und wohlbewaffneten Wachleuten."

„Jau. Das ist genau, was jetzt von Nöten ist." MacIver senkte seine kratzige Stimme. „Diese Ladung ist viel wertvoller als die anderen."

„Wie wertvoll?"

„Achtzigtausend Pfund."

Beträchtlich wertvoller, allerdings. William beherrschte seine Erregung und sprach beiläufig mit seiner kultivierten Stimme. „Wie kommen wir in den Besitz der Lieferung?"

„Sie müssen warten, bis jemand Kontakt mit Ihnen aufnimmt."

MacIvers Methoden hatten sich geändert. Bisher war der Mann zu gierig gewesen, um irgendjemand anderem zu trauen. Natürlich hatte der Wert der früheren Goldlieferungen nie zwanzigtausend Pfund überschritten. „Und wer wird Kontakt mit mir aufnehmen?", fragte William.

„Eine ... Dame."

„Und woran erkenne ich diese ... Dame?"

„Sie ist wunderschön und ihr Name ist Isadore."

Kapitel 1

„Ich wäre lieber tot als verheiratet." Lady Sophia warf einen Blick auf den harten Boden etwa vierzig Fuß unter ihr und verspürte Übelkeit, als ihr bewusst wurde, wie nahe sie daran war, ihre Aussage wahr zu machen. Sie betete, dass der Vorsprung der Mauer, auf dem sie stand, nicht nachgeben würde.

„Aber Sie sind verheiratet, Mylady!"

Man konnte sich darauf verlassen, dass ihre pragmatische Zofe es so wörtlich nehmen würde. „Verheiratet, aber nur auf dem Papier - und ich glaube, dass das einen wesentlichen Unterschied macht."

Ihre Zofe schnaubte.

Lady Sophia presste sich flach an die Mauer und schob sich zollweise zur Ecke des Gebäudes vor.

„Ich zittere so, dass ich Angst habe, mich zu Tode zu stürzen", sagte Dottie. „Sie wissen doch, wie groß meine Angst vor der Tiefe ist."

„Niemand hat dir eine Pistole an den Kopf gehalten und dich gezwungen, mir durch das Fenster dort zu folgen." Warum musste sie in ernsten Situationen immer so leichtfertig reden? Im Ernst hätte es Sophia überhaupt nicht gefallen, ihre vertraute Dienerin dort unten auf dem Kies zerschmettert liegen zu sehen, nur, weil sie selbst den furchtbaren Fehler begangen hatte, an diesem Tag Lord Finkel zu heiraten.

„Ich bin bei Ihnen gewesen seit dem Tag, an dem Sie geboren wurden, und ich werde Sie jetzt nicht verlassen. Außerdem wollte ich nicht in der Nähe sein, wenn Ihr Bräutigam entdeckt, dass Sie verschwunden sind. Die Diener sagen, Lord Finkel hätte ein heftiges Temperament."

Finkie? Ein heftiges Temperament? Sophia konnte es kaum glauben. Ein liebenswerter Affe schien besser zu passen. Warum, oh, warum nur hatte sie je zugestimmt, diesen Langweiler zu heiraten? Vielleicht, weil er einen Titel hatte, unglaublich gut aussah, ihrer Schönheit höchstes Lob zollte – und, weil er den Ruf ihrer Schwester beschützt hatte. In etwas, was zweifellos der dümmste Moment ihres Lebens war, hatte sie entschieden, dass es vorzuziehen wäre, Finkies Gräfin statt eine alte Jungfer im fortgeschrittenen Alter von siebenundzwanzig zu sein.

Das war, bevor er sie geküsst hatte. Die einzige Reaktion, den sein höchst unbefriedigender Kuss in ihrem Körper hervorrief, war Ekel. Wegen der Räucherheringe. Lord Finkels Atem roch - und schmeckte - eindeutig nach Räucherheringen.

Und dieses Wissen, zusammen mit der Sache mit den Stoßzähnen, hatte sie dazu gebracht, ihre Taschen zu packen, bevor er die Gelegenheit hatte, noch andere ihrer Sinne zu beleidigen.

Um jedoch Lord Finkel gegenüber fair zu bleiben, die Sache mit den Stoßzähnen war nicht seine Schuld. Es war nur einmal geschehen - an dem Tag, an dem sein Kammerdiener abwesend war und keine Gelegenheit gehabt hatte, die Büschel von Nasenhaar herauszuschneiden, die aus jedem von Finkies Nasenlöchern herausragten wie ein Paar von Elefantenstoßzähnen. Aber noch immer, wenn sie seither an Lord Finkel dachte, konnte sie die Vorstellung dieser dunkelbraunen Stoßzähne, die aus seiner Nase hervorstanden, nicht loswerden.

All dies ließ sie überaus oberflächlich und übermäßig empfindsam gegen sensorische Angriffe erscheinen. Was sie wirklich nicht leugnen konnte. Aber da war noch etwas an Finkie, was sie abschreckte, obwohl sie es nicht verstehen und erst recht nicht in Worte fassen konnte. Sie vermutete, dass es schlicht alles damit zu tun hatte, dass sie - ganz gleich, wie sehr sie es versuchte - den Mann nicht bewundern konnte. Er war noch oberflächlicher als sie!

Wenn sie und Dottie es bis zu dieser Ecke des Gebäudes schaffen könnten, würde es ihnen möglich sein, sich auf das steile Dach der Orangerie hinunterzulassen und von dort könnten sie ins Gebüsch rutschen. „Möchtest du, dass ich deine Hand halte?", bot Sophia an.

Dottie zog scharf die Luft an. „Bitte, nein. Bitte, fassen Sie mich nicht an!" Die Stimme ihrer Zofe bebte vor Furcht.

Sophia krümmte ihre Zehen und klammerte sich an der Steinwand fest, während sie ganz leicht ihren Kopf drehte, um Dottie anzusehen, aber die Nacht war so tintenschwarz, dass sie nichts erkennen konnte. „Dann lass mich deine Tasche nehmen - oder sollte ich sagen, Lord Finkels Tasche. Dann kann ich mich mit einer Tasche in jeder Hand im Gleichgewicht halten."

„Ich hab' eine bessere Idee."

Der Äußerung der Zofe folgte das ferne Plumpsen der Tasche, die auf dem Boden aufschlug.

„Eine sehr gute Idee." Lady Sophia ließ ihre

eigene Tasche fallen. „Liebe Güte", flüsterte sie, „ich hoffe, niemand hat den Krach gehört."

„Wenn sie aus dem Fenster sehen würden", sagte Dottie mit leiser Stimme, „würden sie wahrscheinlich nichts Verdächtiges sehen."

Natürlich. Dottie hatte immer recht. (Ein Jammer, dass Sophia nicht auf sie gehört hatte, als sie sich über Lord Finkel lustig gemacht hatte.) Jeder, der dieses Geräusch gehört haben könnte, würde nach Menschen Ausschau halten, die aber nicht zu sehen waren, da diese Menschen noch drei Stockwerke hoch an die Wand gedrückt standen.

„Sie meinen nicht, dass seine Lordschaft mich verhaften lassen wird, weil ich seine Tasche gestohlen habe?", fragte Dottie.

„Ich würde sagen, dass er sie nicht einmal vermissen wird. Wenn er Verwendung dafür hätte, würde sie nicht einfach leer in der Bibliothek herumgestanden haben. Du musst doch zugeben, dass sie für einen Mann mit Lord Finkels extravagantem Geschmack ein wenig billig aussieht."

„Ja, das stimmt wohl."

Bald hatte Sophia die Ecke des Gebäudes erreicht und schaffte es, sich umzudrehen, erleichtert, das silbrig glänzende Dach der Orangerie zu erblicken. Sie holte tief Atem und ließ sich nach unten rutschen, bis sie auf dem Dach saß. Einen Moment später folgte ihr die zitternde Dottie. „Was jetzt, Mylady?"

„Wir gleiten jetzt zu der niedrigsten Stelle hinunter, und klettern dann an diesen Eiben hinab."

„Sie werden Ihren Umhang verderben - wenn Sie sich nicht Ihren hübschen Hals brechen."

„Sei nicht so pessimistisch. Das Schlimmste haben wir hinter uns", rief Sophia über ihre Schulter, als sie sich abstieß. Irgendwo zwischen der Spitze des gläsernen Bauwerks und den Eiben, die an seiner Seite emporwuchsen, fragte sie sich, wie lange ein Bräutigam darauf warten würde, dass seine Braut sich fürs Bett bereitgemacht hatte. Würde Finkie schon an ihre Türe hämmern? Oder schlimmer noch, würde er seine beträchtlichen Kräfte nutzen, um sie aufzubrechen? Sie brauchte keinen größeren inneren Anstoß als die Vorstellung ihre überaus starken Bräutigams - wütend - um sich in die Zweige der Eiben fallen zu lassen. *Ratsch.* Sie zuckte zusammen, als sie an den Schaden in ihrem Seidenkleid dachte, kletterte aber eilends an dem Baum hinunter, dankbar, dass ihre Handschuhe ihre Hände schützten.

Während Dottie ihren ganzen Mut zusammennahm, um ihrer Herrin zu folgen, sammelte Sophia die beiden Taschen ein, aber als sie zurückkam, saß Dottie wimmernd auf dem Glashaus. „Ich kann nicht."

Sophia holte ungeduldig Luft. „Wenn ich es kann, kannst du es auch. Ich versichere dir, der Baum ist sehr stabil."

„Aber er hat keine Äste wie ein richtiger Baum. Ich habe Angst, dass er unter mir zusammenbricht."

„Stelle zuerst deine Füße darauf", sagte Sophia durch zusammengebissene Zähne. „Und bitte beeile dich. Wir müssen wirklich aus Upton Manor weg sein, wenn Lord Finkel entdeckt, dass ich nicht mehr da bin."

Die Zofe schob ihre beiden herabhängenden Beine über die Dachkante. „Ich kann nicht."

„Spring einfach auf den Baum und rutsche daran herunter. Der Baum geht schon nicht weg. Außerdem bin ich hier, um dich aufzufangen, wenn du fällst." Sophia kam näher, um direkt unter ihrer Zofe zu stehen.

Das schien Dotties Ängste zu lindern.

Einen Moment später, mit viel Jammern und Keuchen, berührten die Füße der Zofe festen Boden und die beiden Frauen begannen, über das reifbedeckte Gras von Upton Manor zu laufen.

Sophia seufzte, ihr Atem bildete eine Wolke in der eisigen Luft. „Ein Jammer, dass ich nicht im Sommer geheiratet habe."

„Warum sagen Sie das, Mylady?", fragte Dottie atemlos.

„Weil heute die kälteste Nachte des ganzes Jahres sein muss."

„Stimmt, es ist kalt und windig, aber wenigstens schneit es nicht."

„Das ist auch gut, ja. Es wäre sehr schwierig, unsere Spuren im Schnee zu verwischen und ich möchte nicht, dass Lord Finkel mich findet und zurückbringt."

„Er wird bestimmt zu dem Postgasthof in Knotworth gehen."

„Genau deshalb werden wir zu dem Postgasthof im *Norden* von Knotworth gehen. Er wird sicher davon ausgehen, dass ich nach London zurückkehren will."

„Wir gehen nicht nach London?"

„Natürlich gehen wir nach London."

„Sie sind zu schlau für mich. Genauso schlau wie sie waren, uns schwarze Kleider anziehen zu lassen, damit wir in der Nacht schlecht zu sehen sind, aber warum haben Sie darauf bestanden, dass ich eines Ihrer schönen Kleider tragen soll?"

„Weil Lord Finkel mit Sicherheit Diener ausschickt, um nach mir zu suchen, und sie werden natürlich nach einer Dame suchen, die mit ihrer Zofe reist. Daher habe ich beschlossen, dass wir uns als Schwestern ausgeben, und ich möchte nicht, dass jemand vermutet, dass ich irgendetwas anderes bin als eine feine Dame aus der Mittelschicht."

„Ich werde niemandem verraten, dass Sie eine Lady sind."

„Natürlich wirst du das nicht. Du wirst stumm sein."

„So wie Leute, die nicht sprechen können?" In Dotties Stimme lag etwas wie Empörung.

„Haargenau."

* * *

Er hatte sehr lange darauf gewartet, Lady Sophia zu besitzen. Er konnte kaum an sein Glück glauben. Seit Jahren hatte jeder wünschenswerte Junggeselle der *guten Gesellschaft* sich um ihre Hand beworben, aber er war es, dem diese einzigartige Ehre zugefallen war. Er alleine besaß die drei Dinge, die ihn der schönen Dame empfohlen hatten: seinen Titel, sein gutes Aussehen und seine Fähigkeit, den guten Namen ihrer Schwester zu schützen.

Lady Sophia musste nie erfahren, dass sie eine von Dutzenden war, die er über all die Jahre getäuscht oder betrogen hatte, auch nicht, dass seine beste Einnahmequelle sein *Arrangement* mit dem Verleger Smith war. Durch seine eigene hohe Stellung verfügte Lord Finkel über alle Arten von Informationen, für die wohlhabende Adlige eine stattliche Summe zahlen würden, damit sie nicht veröffentlicht würden. Die Geheimhaltung einer bestimmten Geschichte über Lady Sophias jüngere Schwester hatte ihm Lady Sophias tiefe Dankbarkeit eingebracht.

Nun besaß er, was er sich immer gewünscht hatte. Seine Frau war schön, brachte eine große Mitgift mit, und in ein paar Minuten würde er sein heißes Verlangen nach ihr zwischen zwei weichen, elfenbeinernen Schenkeln stillen.

Der bloße Gedanke daran erregte ihn.

Aber was zur Hölle brauchte sie so lange, um sich fürs Bett fertig zu machen? Sie hatte gesagt, dass sie durch das Ankleidezimmer, das ihre Räume mit den seinen verband, kommen würde. Während der Stunde, die er auf sie wartete, hatte er sich zur Geduld ermahnt. Seit Jahren hatte er auf diese Nacht gewartet. Ein paar Minuten mehr machten auch nichts aus.

Er schritt zornig über den Teppich seines Schlafzimmers, riss den Stopfen aus einer Karaffe mit Madeira, goss sich ein Glas ein und trank es in einem langen Zug aus. So hatte er diese Nacht nicht geplant. Da er wusste, dass seine Frau Jungfrau war, hatte er vorgehabt, sie mit einem Glas Wein zu lockern, während sie sich auf dem Sofa vor seinem Feuer aneinander kuschelten und er sie so an bestimmten Stellen berühren könnte, dass sie darum betteln würde, in sein Bett getragen zu werden.

Jetzt würde das Szenario sich ändern.

Sein Hunger nach ihr war viel zu groß, als dass er noch Zeit mit einem Vorspiel hätte verschwenden wollen, und er war so zornig, dass eine rasche Entjungferung ihm große Freude bereiten würde. In sich hineinfluchend begann er, auf dem Teppich hin und her zu gehen.

Eine weitere halbe Stunde verstrich. Verdammt, aber konnte nicht länger den

Gentleman spielen! Er eilte zu seinem Ankleidezimmer und stürmte hindurch, riss die Tür zum Schlafzimmer seiner Frau auf. Sein Auge fiel direkt auf das große Himmelbett mit seinen seidenen Vorhängen. Es war leer. Sein Blick wanderte durch das stille Zimmer.

Keine Seele zu sehen.

War das verdammte Weib noch immer in ihrem Ankleidezimmer? Er stolzierte zur Tür und öffnete sie schwungvoll. Das Kleid, das sie an diesem Tag getragen hatte, lag zusammengeknüllt auf dem Boden, aber weder seine Trägerin noch ihre Zofe waren irgendwo zu sehen.

Was zur Hölle? Von blinder Wut gepackt, kehrte er in ihr Schlafzimmer zurück und durchsuchte den prunkvollen Raum genauer. Ein Stück Papier lag auf dem vergoldeten Schreibtisch. Seine Brauen zogen sich zusammen, er ging zu dem Tisch und begann zu lesen.

Lieber Lord Finkel,

Ich habe meine Meinung geändert. Ich möchte nicht Ihre Frau sein. Bitte versuchen Sie nicht, mich zurückzuholen. Ich werde mich mit meinem Bruder beraten. Vielleicht kann er eine vernünftige Art und Weise vorschlagen, wie wir diese Ehe wieder auflösen können. Es tut mir wirklich leid.

S.

Eine kochende, donnernde Wut durchfuhr ihn. Bei allen Teufeln der Hölle, er *würde* sie zurückzuholen! Sie gehörte ihm, bei Gott. Und wenn er sie vergewaltigen musste, um sie zu besitzen. Er ging in sein Schlafzimmer zurück und klingelte nach einem Diener.

Als der verwirrte Mann erschien, fauchte Lord

Finkel seine Befehle. „Rufe alle Diener zusammen und lasse sie in die Bibliothek kommen."

Er zog sich schnell an und ging nach unten in das mit Büchern gefüllte Zimmer. Sobald er hinter seinem Schreibtisch saß, schaute er nach unten und bemerkte, dass seine Tasche nicht dort stand, wo er sie immer ließ. Sein Herz klopfte laut, er sprang auf und begann, den Raum zu durchsuchen. Aber die Tasche war fort.

Der erste Diener, der das Zimmer betrat, bekam seinen Zorn zu spüren. „Wer zur Hölle hat meine graue Tasche genommen?"

„Das kann ich nicht sagen, Mylord."

Lord Finkel schlug auf seinen Schreibtisch. „Throckmorton! Kommen Sie sofort her."

Ein paar Sekunden später betrat der keuchende Butler die Bibliothek. „Mylord?"

„Meine Tasche ist weg!", sagte Lord Finkel. „Wissen Sie etwas darüber?"

„Nein, Mylord."

Einer von zwei jüngeren Hausdienern, die in den Raum kamen, antwortete ihm. „Ich glaube, die Zofe Ihrer Gemahlin hat sie, Mylord."

„Die Zofe meiner Gemahlin?", donnerte Lord Finkel. „Warum zum Teufel hast du sie ihr nicht abgenommen?"

Der Diener zuckte mit den Schultern. „Ist nicht meine Aufgabe. Ich dachte - weil sie so schäbig aussieht - Sie hätten sie der Dame geschenkt."

Er hätte dieses Weib am liebsten umgebracht. Und ihre Herrin auch. Er verzog seinen Mund, mit grimmiger Stimme belehrte er den Raum voller Dienstboten. „Diese Frau ist eine Diebin. Sie und ... Lady Finkel sind mit meiner Tasche verschwunden. Ich will sie alle wiederhaben. Wer von euch die ... *Damen* findet, erhält eine

ansehnliche Belohnung."
* * *

Einige Stunden später stießen Sophia und Dottie, so erschöpft, dass sie kaum noch einen Fuß vor den anderen setzen konnten, einen Ausruf der Erleichterung aus, als sie der Laterne ansichtig wurden, die zur Begrüßung außen am Postgasthof einer Stadt leuchtete, die Shelton sein musste. Es war mehr als zwei Stunden her, dass sie einen einzigen Lichtschimmer gesehen hatten - nicht einmal die Lampe einer Kutsche, was nicht wirklich erstaunlich war. Nur ein Wahnsinniger würde sich nachts in einem so scheußlichen Regensturm auf diese schlammigen Landstraßen wagen.

Mehr als einmal hatte Sophia sich während dieses furchtbaren Weges gefragt, ob sie durch Lord Finkels Fenster geklettert wäre, hätte sie gewusst, dass sie einem so wilden Sturm zu trotzen haben würde. Kaum hatten sie Upton Manor verlassen, hatte es zu donnern begonnen und ungeheure Massen von Regen waren über sie hereingebrochen. Ihr Merinoumhang bot wenig Schutz gegen diese Sintflut. Tatsächlich war nicht einmal die leinene Unterwäsche direkt auf ihrem Körper trocken. Ihre nassen Stiefel rieben große, rohe Blasen an ihren Füßen auf. Und in ihrem ganzen Leben hatte sie noch nie so gefroren. Trotz allen körperlichen Unbehagens jedoch dachte sie, dass sie lieber durch einen Schneesturm wandern würde, als in Lord Finkels Bett zu liegen - unter ihm.

Stimmen füllten den Mietstall und der Hof der Poststation stand voller Fahrzeuge. Es war ein dummer Zufall, dass genau in der Nacht, in der sie aus Finkies Bett floh, das kleine Dorf Shelton zu einem Mekka für liegengebliebene Londonreisende wurde. Bevor sie und Dottie auch nur durch die gealterte Holztür des ‚Stachelschweins' getreten waren, wusste sie, dass es kein freies Zimmer geben würde.

Sie hoffte nur, dass sie ein trockenes Fleckchen finden könnten, um auf die morgendliche Postkutsche zu warten - wenn der Wirt diese Paar durchnässter Frauen nicht einfach hinauswarf. Sie umklammerte Dotties knochigen Unterarm. „Denk daran, du darfst nicht sprechen." Dann schwang sie die Tür auf.

Das lodernde Feuer, das den Raum wärmte, war ein weit willkommenerer Anblick als die vierzig oder mehr Menschen - lauter Männer, die sie mit offenem Mund anstarrten - die in der kleinen Gaststube zusammengepfercht waren.

Sie schlug die Haube ihres Umhangs zurück und hielt ihren Kopf hoch erhoben, während sie königlich auf einen Mann in Schürze zuschritt, der aussah, als könnte er der Wirt sein. „Meine Schwester und ich hätten gerne Zimmer", sagte sie.

Ihre Worte wurden von brüllendem Gelächter begrüßt. Ihr erster Gedanke war, dass jeder erkannte, dass Dottie nicht ihre Schwester war, aber dann wurde ihr klar, dass sie das nicht wissen konnten. Also lachten sie wohl über die dumme Idee, dass sie meinte, in einer solchen Nacht ein Zimmer bekommen zu können.

„Tut mir leid, Miss. Alle meine Zimmer sind belegt", sagte der Mann mit freundlicher Stimme. Zweifellos fühlte er Mitleid mit der zerzausten Frau, die von Kopf bis Fuß durchnässt vor ihm stand.

Sie seufzte. „Wenn Sie nur eine trockene Ecke

für uns hätten, wo wir auf den Postwagen am Morgen warten könnten ..."

Der Gastwirt zuckte die Achseln. „Tut mir leid, Miss, aber die Gaststube ist der einzige Platz."

Sie beglückte ihn mit einem strahlenden Lächeln. Seit sie das Schulzimmer verlassen hatte (vor langer Zeit), hatte sie entdeckt, dass ein Lächeln von Lady Sophia Beresford von Männern so geschätzt wurde wie eine Handvoll glänzender Guineen. Als sie dort müde stand, fiel ihr Blick auf die zackigen Risse in ihrem teuren Umhang und auf die schlammverkrusten Stiefel. Sie fuhr sich mit der Hand durch ihre dunklen Locken. Es fühlte sich an, als ob sie eine nasse Ente streichelte. Wie furchtbar unansehnlich sie wirken musste! Selbst wenn sie ihr schönstes Lächeln aufsetzte. Der Himmel mochte ihnen helfen, wenn er sie für ein Flittchen hielt.

„Ich sehe nach, ob ich noch zwei Stühle finden kann", sagte er und verschwand hinter einer Schwingtür.

Ihr entfuhr ein Seufzer der Erleichterung, dass er sie nicht für ein leichtes Mädchen hielt.

Einen Moment später kam er mit einem Hocker in jeder Hand zurück. „Ich mache Ihnen Platz in der Ecke und bringe Ihnen dann etwas Tee."

„Wir wären Ihnen äußerst dankbar dafür", sagte Sophia.

Während der nächsten Stunde, die sie dort saß, konnte sie nicht mit Dottie reden, da Dottie ja angewiesen war, nicht zu antworten, daher nutzte Lady Sophia die Gelegenheit, die betrunkenen Männer zu beobachten, die um sie herum waren. Sie mussten Diener der Personen besseren Standes sein, die zweifellos in ihren bequemen Betten im Obergeschoss schliefen. Obwohl sie

siebenundzwanzig Jahre alt war und sich als Frau
von Welt betrachtete, hatte Sophia sich noch nie
zuvor in einem Zimmer voller Männer niederer
Geburt befunden.

In dem Augenblick, als sie zu dieser Erkenntnis
kam, erschien ein überaus gut gekleideter Mann
in der Gaststube, gefolgt von einem älteren,
weniger elegant angezogenen Mann. Sein
Kammerdiener, zweifellos. Der jüngere Mann warf
seinen triefenden Umhang ab, reichte ihn seinem
Diener und ließ seinen Blick über den Raum
schweifen, der ganz kurz über Sophia huschte,
bevor er den Wirt anschaute und ihn ansprach.

Es war so laut im Raum, dass Sophia nicht
hören konnte, was der Mann sagte, aber sie
schien ihren Blick nicht von ihm abwenden zu
können. Ohne den riesigen Umhang sah er
ungewöhnlich gut aus. Obwohl er von seiner
gestärkten Krawatte bis zu den Spitzen seiner
glänzenden Reitstiefel (die, anders als Sophias
Stiefel, *nicht* schlammverschmutzt waren), ein
Gentleman war, konnte man doch eine gewisse
Rauheit bei ihm spüren. Sie konnte ihn sich
vorstellen, wie er am Bug eines Piratenschiffes
stand, ein Schwert in der Hand, sein goldenes
Haar im Wind wehend und das cremefarbene
Leinenhemd, das sich über seine ausgesprochen
breiten Schultern spannte. Seine Haut leuchtete
in einer gesunde Sommerbräune, obwohl es tiefer
Winter war.

Sie beobachtete, wie der Gastwirt ernst seinen
Kopf schüttelte und der gutaussehende
Neuankömmling nickte. Einen Moment später,
noch immer an der Theke stehend, schüttete er
einen Krug Ale hinunter.

Um sich davon abzuhalten, den schönen Mann

anzustarren, schob sie die Gardine beiseite, um aus dem Fenster zu spähen. Bei dem Anblick, der sich ihr bot, blieb fast ihr Herz stehen. Zwei Männer, deren Livree der Finkels unter ihren offenstehenden Mänteln sichtbar war, übergaben ihre Pferde einem Stallburschen. „Komm schnell, Dottie", befahl sie, als sie aus ihrem Stuhl aufsprang und auf die Theke zuging, um sich neben diesen Adonis zu stellen. „Gut getroffen, Sir. Ich habe nach Ihnen gesucht", sagte sie mutig zu dem gut gekleideten Mann.

Er stellte seinen Krug ab und wandte sich ihr zu, um sie anzusehen. Sie war darauf bedacht, ihren Rücken der Tür zuzudrehen, während sie Dotties Arm packte, damit sie dasselbe tun sollte. Bei der Erinnerung an ihre zerrissene Kleidung betete sie nur, dass er sie nicht für ein Flittchen halten würde.

Seine kräftig grünen Augen wanderten über sie und es dauerte einen Moment, bis er antwortete. „Dann müssen Sie Isadore sein."

Es dauerte einige Sekunden, bis sie die Sprache wiederfand. „Ja, das bin ich und dies ist meine ältere Schwester Dorothea, die stumm ist."

Sie betete jetzt nur noch, dass Isadore *kein* Flittchen war.

Kapitel 2

Obwohl die beiden Damen sich überhaupt nicht ähnlich sahen, hätte William viel eher angenommen, dass die Stumme die Mutter als die Schwester von Isadore war, deren Alter er auf ungefähr fünfundzwanzig Jahre geschätzt hätte. Zuerst hatte er die Schönheit der jungen Frau hinter der verschmutzen, zerrissenen Kleidung und dem zerzausten Haar nicht bemerkt. Erst, als sie vor ihm stand und ihn mit ihrer kultivierten Stimme ansprach, schaute er sie wirklich an und entdeckte das schöne Gesicht, das unter der nassen Masse dunklen Haars hervor sah. Sein durchdringender Blick erfasste ihre sahnige Haut, Zähne, die gleichmäßig und weiß wie eine Schneedecke waren und große, schokoladenfarbene Augen, umsäumt von langen, dunklen Wimpern. Die Frau war bemerkenswert schön.

Seit zwei Wochen hatte er nun darauf gewartet, dass seine Wege die der schönen Isadore kreuzen würden, sich aber nie vorgestellt, dass sie sich in einer eisigen Nacht in einem weit von London entfernten Dorf treffen würden, einem Dorf, an dessen Namen er sich nicht einmal erinnern konnte. In dem Moment jedoch, als er erkannte, wie schön diese Frau war, war er sicher, dass er Isadore endlich gefunden hatte.

Dann kamen ihm Zweifel. Wie konnte sie gewusst haben können, dass er gezwungen sein würde, wegen eines stürmischen Gewitters in diesem elenden Dorf Halt zu machen? Natürlich, auch ohne diesen Regen hätte er wahrscheinlich hier die Pferde wechseln müssen. Das musste sie gewusst haben. Sie hätte ihm auch gefolgt sein können.

Er war im Zwiespalt, was er jetzt erwarten konnte. Mit Sicherheit hatte sie die Goldbarren nicht bei sich. Und ebenso sicher ahnte ihre schwächlich aussehende Schwester nichts von Isadores Geschäften mit Schmugglern. Es war unbedingt nötig, dass sie einen Platz fanden, wo sie ungestört miteinander reden konnten. „Ich wünschte, ich könnte Ihnen ein Privatzimmer anbieten, meine Damen, aber mir wurde gesagt, dass das heute Abend unmöglich wäre."

„Wie wir bereits entdeckt haben, Sir", antwortete Isadore.

„Vielleicht gibt es da doch einen Weg ...", begann er. „Wenn die Damen mich entschuldigen wollen ..." Er beugte sich vor, um seinem Kammerdiener etwas ins Ohr zu flüstern und der Mann ging.

Einige Augenblicke später kehrte Thompson lächelnd zurück und beugte sich vor, um seinerseits seinem Herrn etwas zuzuflüstern.

„Wenn die Damen so freundlich wären, uns zu begleiten", sagte William und schritt hinter seinem Diener her. „Ich glaube, meinem Diener ist es gelungen, den Eigentümer des Gasthauses zu *überreden*, für ein paar Stunden auf seine eigenen Räume zu verzichten."

„Wir müssen unsere Taschen holen", sagte Isadore und warf ihm mit diesen großen, glühenden Augen einen bittenden Blick zu.

William nickte Thompson zu.

„Erlauben Sie mir, sie zu holen, Ladys", sagte der Kammerdiener.

Isadore drehte ihren Kopf nur ganz leicht, um ihn zu der Ecke zu dirigieren, wo zwei Taschen in einer nassen Pfütze abgestellt waren. „Vielen Dank", sagte sie zu Thompson.

William konnte seinen Blick nicht von der schönen Dame losreißen, vor allem, da sie ihren Kopf so steif bewegt hatte. War etwas mit ihr nicht in Ordnung? Jedenfalls war in ihrem Kopf alles am Platz. Diese Frau hatte offensichtlich gelernt, wie und wann sie ihre nicht unbeträchtliche Schönheit einsetzen musste, um von Männern genau das zu bekommen, was sie wollte. War sie auf diese Weise zu den Goldbarren gekommen?

Als sie in die hinter der Küche liegenden Räume traten, entschuldigte der Wirt sich wortreich für die Unordnung seiner privaten Zimmer, die aus einem kleinen, von einem Feuer erhellten Wohnzimmer und einem daran anschließenden Schlafzimmer bestanden.

„Das ist unwichtig", sagte William und musterte die vollgestellten Tische und das zerwühlte Bett im Nebenzimmer. „Ich wollte nur einen abgeschiedenen, trockenen Platz für meine … Schwestern, damit sie sich in etwas Trockenes umkleiden und vielleicht etwas Schlaf bekommen können. Saubere Betttücher sind alles, was wir brauchen."

Während eine rundliche Frau das Bett machte, richtete er seine Aufmerksamkeit auf Isadore. „Haben Sie alles, was sie brauchen?"

Ihr Blick flog zu den durchnässten Taschen. „Ich fürchte, alle unsere Kleider sind feucht, aber ich werde sehr froh sein, aus diesen Sachen herauszukommen und bin Ihnen sehr dankbar."

„Dann lasse ich die Damen jetzt alleine", sagte er, „werde aber in einer halben Stunde wiederkommen, um zu sehen, ob ich Ihnen weiter behilflich sein kann." *Und um herauszufinden, was mit den Goldbarren war.*

Ihre langen Wimpern senkten sich verführerisch. „Sie waren überaus hilfreich."

Als er und Thompson dreißig Minuten später zurückkamen, dachte er für einen Moment, dass er in das falsche Zimmer gekommen wäre. Nicht nur war es auf wundersame Weise aufgeräumt worden, sondern alle Möbel waren umgestellt. Sitzmöbel, die zuvor am Kamin gestanden hatte, waren nun umgedreht, vermutlich, um den Blick der darauf Sitzenden von der Sammlung weiblicher Kleidungsstück abzuwenden, die auf Gestellen vor dem Feuer verstreut hingen.

Isadore selbst sah völlig anders aus. Ihr mahagonifarbenes Haar - jetzt getrocknet - war elegant im griechischem Stil frisiert und sie hatte ein saphirblaues Kleid angezogen, dass zwar zerknittert und feucht, aber doch von sehr guter Qualität war. Und sie bewegte sich und ihren Kopf völlig unbehindert, was seinen früheren Verdacht, dass etwas mit ihrem Hals nicht stimmte, zerstreute.

MacIvers Beschreibung wurde der Frau nicht gerecht. Sie war umwerfend.

In einer halben Stunde hatte sie sich von einer dunklen Gestalt zweifelhaften Rufs in etwas wie eine Dame guten Standes verwandelt. Nicht, natürlich, dass Isadore wirklich eine Dame sein konnte. Damen verschafften sich keine Goldbarren von Schmugglern.

Sie war noch rätselhafter als zuvor. Ihr Kleid und ihre Frisur ließen darauf schließen, dass sie sich in modischen Kreisen bewegte, jedoch hatte sie sich offensichtlich um hausfrauliche Tätigkeiten und ihre Frisur gekümmert, was normalerweise Sache einer Zofe gewesen wäre. Von ihrer Schönheit abgesehen war Isadore einfallsreich, ordentlich, nicht ohne Bescheidenheit und irgendwie wohlerzogen. Warum zum Teufel vermittelte sie dann ein Geschäft mit Goldbarren?

Selbst wenn sie die Kunst schwüler Blicke und gurrender Stimme beherrschte, um bei Männern ihren Willen durchzusetzen, konnte William keine Abneigung gegen sie fassen. „Hätten die Damen gerne etwas zu essen? Oder zu trinken?", fragte er.

„Wir haben alles", sagte Isadore. „Wir sind nur erschöpft."

William stellte seinen Fuß in die Tür. Er und Thompson schritten über den Holzboden und fielen auf die von vielen Jahren der Benutzung durchgesessenen Sofakissen. „Es mag sein, dass es Ihnen jetzt gut geht, aber ich könnte wetten, dass dies ein schlimmer Abend für sie war. Sind Sie beide schon lange in Shelton?" Er hatte endlich den Namen des Dorfes erfragt, dessen einziger Existenzgrund es sein musste, für Reisende, die in den Norden wollten, Essen, Trinken und frische Pferde bereitzuhalten.

„Wir kamen gerade vor Ihnen an", sagte Isadore achselzuckend. „Wir hatten ein wenig Pech."

Großer Gott! Hatten Räuber die Goldbarren gestohlen? Eine Falte entstand zwischen seinen Brauen. „Welche Art von Pech? Sie haben doch nicht ... *das* verloren, weshalb ich hier bin?"

Ihre Wimpern legten sich auf ihre Wangen. „Nein, aber wir waren gezwungen, hierher zu laufen, nachdem ...“

Lieber Gott, Wegelagerer *hatten* die Goldbarren geraubt!

„... nachdem der Herr, mit dem wir fuhren, versuchte, sich gewisse Freiheiten herauszunehmen.“

Dorotheas Augen wurden rund und sie nickte bestätigend.

Eine schöne Frau wie Isadore hatte sicher schon einige Jahre damit verbracht, die Annährungsversuche von Männern abzuwehren. Er bedauerte die Schwester, deren Unglück noch grausamer war, wenn sie dem Vergleich mit ihrer begünstigteren Schwester ausgesetzt war. „Dann müssen Sie mir erlauben, meine Damen, Sie zu ihrem Ziel zu begleiten“, sagte er.

Isadore schenkte ihm ein liebliches Lächeln. „Das wäre überaus freundlich von Ihnen.“

„Und Ihr Ziel ist?“, fragte er.

„Dasselbe wie das Ihre, glaube ich.“

„London?“

Sie nickte.

Williams Blick kreiste über die Anwesenden. „Ich möchte Ihnen meinen Kammerdiener vorstellen, meine Damen. Es ist verflixt praktisch, einen Mann wie Thompson um sich zu haben.“

Thompson sah den Damen nicht ins Gesicht, als er antwortete. „Sie müssen nicht alles glauben, was Mr. Birmingham sagt.“

„Sie sind viel zu bescheiden“, sagte Isadore zu dem Kammerdiener. „Sie haben es erfolgreich fertiggebracht, uns Zimmer zu verschaffen.“ Dann schenkte sie William ein wissendes Lächeln.

Beim Teufel, er wünschte sich, sie würde ihn nicht so anlächeln. Es machte es so schwer für ihn, sich daran zu erinnern, was er sagen wollte.

Und es gab verschiedene Dinge, über die er hatte reden wollen. Er räusperte sich. „Es fühlt sich für mich verflixt seltsam an, Sie beide nur beim Vornamen zu nennen, meine Damen."

Isadore schaute ihn mit leerem Blick an.

„Sie haben doch einen Nachnamen?", fragte er.

Wieder erntete er ein hinreißendes Lächeln. „Natürlich."

Und? Es war wohl zu viel gehofft, dass ihre Intelligenz ihrer beträchtlichen Schönheit entspräche. „Wie ist Ihr Nachname?"

„Es ist ein sehr dummer Name, wenn Sie ihn wissen müssen", sagte sie schließlich und warf ihrer stummen Schwester einen Blick zu, die daraufhin nickte.

Er musterte sie skeptisch. „Ich kann nicht glauben, dass irgendetwas, was mit Ihnen beiden zu tun hat, dumm sein könnte."

„Wir sind Doors."

Seine Brauen senkten sich über seine schmal werdenden Augen. *Dummköpfe wohl eher.*

„Dorothea Door und Isadore Door. Sie sehen, wie ich Ihnen sagte, unsere Namen sind dumm."

Ihre Eltern waren entweder geistig nicht ganz auf der Höhe oder hatten einen bösen Sinn für Humor gehabt, aber ein Gentleman konnte solche Verdächtigungen kaum aussprechen. Er zermarterte sich den Kopf nach etwas Nettem, das er sagen könnte. „Da ist etwas ... wie eine Alliteration bei den Namen."

„In der Tat. Unser Bruder heißt Dorian."

Dorian Door? Armer Kerl. Wirklich böse von den Eltern. Will stand auf. „Wir werden Sie jetzt allein lassen, meine Damen. Ich hoffe, Sie können ein paar Stunden der Ruhe ausnutzen, bevor wir am Morgen aufbrechen."

Isadore stand auf. „Es ist schrecklich ungerecht, dass wir in einem gemütlichen Bett schlafen, während Sie als Gentleman in der Gaststube zu bleiben gezwungen sind."

„Verschwenden Sie keinen weiteren Gedanken an uns. Ich habe im Norden bei meiner Schwester unglaublich viel geschlafen", sagte William, „und freue mich eher auf die Gesellschaft anderer Männer."

* * *

So erschöpft, wie sie in der Nacht gewesen war, erwachte Sophia doch, als das erste Morgenlicht durch das Fenster strömte. Wie merkwürdig es sich anfühlte, neben ihrer Zofe zu liegen. Obwohl sie Dottie fast jeden Tag ihres Lebens gesehen hatte, war es doch eine neue Erfahrung, sie wie eine Gleichgestellte zu behandeln. Sophia verlagerte ihr Gewicht auf den Ellenbogen, der Dottie am nächsten war, schaute zu der noch schlafenden Frau hinab und schubste sie.

Dottie schrak hoch. „Liebe Güte! Es ist schon hell. Wir müssen uns für den Tag anziehen." Die Zofe, nicht daran gewöhnt, morgens lange zu schlafen, warf die Decken von sich, ging direkt zum Kamin und begann, das Feuer zu schüren. Als es brannte, nahm sie vorsichtig ihre Kleidung von dem Trockengestell herunter. „Ein Jammer, dass Sie dieses schwarze Seidenkleid nicht mehr tragen können. Es war die verflixte Eibe, die es ruiniert hat." Sie hob Sophias Unterkleid, Korsett und Strümpfe auf und brachte sie ihrer Herrin.

„Mach dir keine Arbeit mit mir", sagte Sophia. „Du musst dich selbst anziehen. Ich komme damit auch sehr gut alleine zurecht."

Dottie schnaubte. „Ich hoffe, der hübsche Mann meint nicht, dass ich zu hochnäsig bin."

„Ich glaube nicht, dass Mr. Birmingham einen Gedanken an dich verschwendet hat", sagte Sophia und schämte sich sofort ihres bösen Snobismus.

„Der doch nicht! Mr. Thompson."

Mr. Thompson? Oh, ja, Sophie erinnerte sich. Der Kammerdiener. Diese ungeplante Reise ließ sie einen besseren Eindruck davon bekommen, wie wenig Interesse sie ihr ganzes Leben an ihren Dienern gehabt hatte. Jetzt behandelte sie nicht nur ihre Zofe wie ein Familienmitglied, sondern hatte sich auch im gleichen Raum mit dem Kammerdiener eines Gentlemans aufgehalten. Selbst, wenn sie dazu gezwungen würde, dachte Sophia, glaubte sie jedoch nicht, dass sie Thompson tatsächlich erkennen würde, träfe sie ihn auf der Straße.

Wie konnte jemand den älteren Mann bemerken, wenn sein Herr so unglaublich gut aussah?

Sie zappelte und befreite sich von den Decken, ließ ihre Füße aus dem Bett hängen und begann, ihre Wollstrümpfe anzuziehen. Die Vorstellung von Mr. Birmingham umwölkte ihre Gedanken. Gott sei Dank hatte sie schließlich seinen Namen erfahren. Sie hatte zu verzweifeln begonnen, dass sein Kammerdiener jemals seinen Herrn mit dessen Namen anreden würde. Wenn sie - oder die verdammte Isadore - irgendeine Verbindung zu diesem Mann hatte, sollte sie wirklich seinen Namen kennen.

Es wäre noch viel hilfreicher, wenn sie wüsste, welcher Art diese Verbindung war.

Wer zum Teufel war Isadore? Wenn sie ein Flittchen wäre, hätte er das Schlafzimmer mit ihr teilen wollen. Die bloße Vorstellung, nackt neben

Mr. Birminghams kräftigen, muskulösen Körper zu liegen, ließ ihren Körper an Stellen pochen, die während ihrer wachen Stunden sonst diskret ignoriert wurden.

Finkie hatte mit Sicherheit nie eine Reaktion dort ausgelöst.

Warum hatte sie Mr. Birmingham nie zuvor kennengelernt? Er war ein Gentleman, und von der offensichtlich substantiellen Geldsumme, die er dem Wirt angeboten hatte, besaß Mr. Birmingham nicht nur tiefe Taschen, sondern war auch gewöhnt, zu bekommen, was er sich wünschte.

Sie versuchte, sich zu erinnern, ob sie je einen außerordentlich reichen Mr. Birmingham kennengelernt hatte, und dann fiel ihr ein, dass dem so war. Nicholas Birmingham, der es geschafft hatte, Lady Fiona Hollingsworths Hand zu gewinnen. Es wurde gesagt, dass die bürgerlichen Birminghams die reichste Familie Englands waren. Aber dieser Mann konnte nicht zu derselben Familie gehören. Nicholas Birmingham, der selbst sündhaft gut aussah, war völlig anders als dieser Mr. Birmingham. Nicholas war sehr groß, sehr schlank und sehr dunkel. Dieser Mr. Birmingham war nur von durchschnittlicher Größe. Er war *nicht* schlank. Und er war nicht dunkel. Abgesehen von der Sonnenbräune.

Tiefe Melancholie legte sich über Sophia. Warum fühlte sie so, nachdem sie doch schrecklich froh war, Lord Finkels Hochzeitsbett entronnen zu sein? Dann ging ihr ein Licht auf - der Grund für ihren Verdruss. Dass die Diener von Finkel auf der Suche nach ihr nach Shelton gekommen waren, zeigte ihr, dass Finkel sie zurückhaben wollte. Er hatte ihre Bitte ignoriert.

Er wollte sie zur Frau, selbst wenn sie ihn nicht wollte. Sie setzte sich zurück und dachte einen Moment lang nach. Es war ein übles Benehmen für einen Gentleman. In der Tat würde kein wahrer Gentleman sich so verhalten, was bedeutete ... dass Finkie böse war.

Nur ein böser Mann würde versuchen, eine Frau in sein Bett zu zwingen.

Sie wand sich innerlich bei dem Gedanken, bei ihm zu liegen.

Hatte er seinen Dienern eine große Belohnung versprochen, wenn sie sie zu ihm zurückbrächten? Die bloße Idee war wie kochende Säure in ihren Gedanken.

Sie würde nie zu ihm zurückgehen können.

Jetzt erkannte sie, wie gründlich falsch sie ihn eingeschätzt hatte. Aus Dankbarkeit für den Schutz von Maryanns Ruf hatte sie ihr Leben mit dem seinen verbunden. Aber jetzt, nachdem ihr klargeworden war, wie böse er war, fragte sie sich auch, ob er nicht derjenige gewesen war, der die unappetitlichen Einzelheiten des Verhaltens ihrer Schwester entdeckt hatte, nicht der, der sie unterdrückt hatte.

Jetzt wusste sie, dass sie nicht alleine mit Finkie fertig werden würde.

Jetzt würde sie alles ihrem Bruder erklären müssen, der vor kurzem das Familienoberhaupt geworden war.

„Sie werden nicht glauben, wie schwierig es ist, nicht zu sprechen", sagte Dottie. Sie hatte sich in eine Ecke des Raums zurückgezogen, um sich eines von Sophias alten Kleidern anzuziehen. Es war eher Zufall, dass sie beide die gleiche Figur hatten, angesichts der Tatsache, dass sie keine andere Ähnlichkeit aufwiesen als ihre Größe, die völlig durchschnittlich war. Wo Sophia großzügige Kurven zeigte, war Dottie so gerade wie eine Bohnenstange.

Sophia warf ihr einen Blick zu. „Ich bin sehr stolz auf dich. Ich verstehe, dass es nicht einfach ist."

„Können stumme Menschen lachen?"

„Ich glaube nicht. Warum?"

„Ich habe fast laut herausgelacht, als Sie sagten, wir wären die Doors."

Sophia schüttelte reumütig ihren Kopf. „Es war das Beste, was mir einfiel. Ich bin nicht besonders gut darin, zu denken, wenn ich stehe, um es so auszudrücken."

„Dorothea Door, wirklich! Der Gentleman wird denken, dass die Eltern nicht ganz richtig im Kopf waren."

„Ich fürchte, ich habe uns in eine Klemme gebracht - oder mehrere Klemmen, eigentlich", sagte Sophia mit einem Seufzen, verließ das Bett und stellte sich vor das Feuer, um sich anzuziehen.

„Besser eingeklemmt als an Finkel gekettet. Konnte den Kerl nie leiden."

„Ein Jammer, dass ich nicht auf dich gehört habe."

„Dieser Mr. Birmingham nun wieder ... ich könnte mir vorstellen, Sie mit jemandem wie ihm zusammen zu sehen."

Sophia gab ein nervöses kleines Lachen von sich. „Nach allem, was wir wissen, könnte Mr. Birmingham ein Straßenräuber sein."

Dottie schüttelte nachdrücklich den Kopf. „Er ist ein feiner Gentleman - und auch reich. Denken Sie an meine Worte." Sie legte einen grünen Schal über ihre Schultern und musterte Sophia. „Ich dachte, als Sie ihn in der Nacht zuerst ansprachen, dass Sie ihn kennen würden. So, wie Sie mit ihm redeten."

„Ich war verzweifelt, und er war der einzige gebildete Mann ringsum. Es war zwingend notwendig, dass du und ich so wirkten, als gehörten wir zu ihm. Nachdem ich Finkies Diener vor dem Fenster gesehen hatte, hätte ich alles Mögliche gesagt oder getan, um mir den Gentleman gewogen zu machen."

Dottie schnaubte. „Vom Regen in die Traufe." Sie betrachtete Sophia unter zusammengezogenen Brauen. „Was glauben Sie, wer Isadore ist?"

„Wenn ich das wüsste. Das einzige, was ich über sie weiß, ist, dass Mr. Birmingham sie noch nie getroffen hat."

„Eines steht fest", sagte Dottie, als sie begann, ihre Kleider zusammenzusuchen, sie ordentlich zu falten und in ihre Taschen zu packen. „Sie müssen ihr ähnlich sehen."

Es klopfte an der Tür. Mit großen Augen legte Sophia ihren Zeigefinger auf den Mund. „Das muss Mr. Birmingham sein."

Sie ging durch das Zimmer und öffnete die Tür.

Er sah umwerfend gut aus - lächelnd, frisch rasiert mit einer gestärkten, weißen Krawatte, die unter seinem gebräunten Gesicht gebunden war und er hielt ein Tablett mit einer dampfenden Teekanne und einem Körbchen voller Toast in den Händen. „Ich habe Ihnen etwas zum Frühstück gebracht, meine Damen."

Sie zog die Tür weit auf. „Sie sind ein äußerst willkommener Anblick, Mr. Birmingham." Kommen Sie doch herein."

Er stellte das Tablett auf einem Tisch nahe dem

Fenster ab und ging zum Feuer. „Sie sind selbst ein noch erfreulicherer Anblick heute Morgen, Miss Door."

Erst jetzt schaute sie aus dem Fenster und stellte fest, dass der Regen endlich abgezogen war, dabei aber einen anhaltenden Nebel und Straßen, die eher wie Sümpfe aussahen, hinterlassen hatte. „Sie sind zu freundlich, Sir."

„Werden Sie zur Abfahrt bereit sein, wenn Sie etwas gegessen haben?"

Sie wirbelte herum und sah ihn an. „Aber die Straßen ..."

„Ich muss zugeben, es wird nur langsam gehen, aber ich habe großes Vertrauen in meinen Kutscher. Außerdem habe ich es eilig, wieder nach London zu kommen."

Was für ein Glück, dass London sein Ziel war. „Nicht so eilig wie ich, Mr. Birmingham." Den Schutz des Gasthauses zu verlassen würde eines der schwierigsten Dinge sein, die sie je getan hatte, denn sie konnte es in ihren Knochen fühlen, dass Finkies Diener nach ihr Ausschau halten würden.

Nur Augenblicke später kam Thompson und holte das Gepäck der Damen, einen Moment später stand sie schwankend, die Röcke in einer Hand gerafft, auf einem trockenen Brett, das zu Mr. Birminghams teurer Kutsche führte.

Voller Angst, dass Finkies Diener sie erspähen könnten, zog sie die Haube des Umhangs tief herab, so dass sie ihr Gesicht und ihre Haare verdecken würde. Als er ihr in die Kutsche half, erhaschte sie einen Blick auf einen Mann in der Finkel-Livree, der neben den Stellen stand und sie musterte. Ihr Magen drehte sich um, als sie in die Kutsche kletterte.

Durfte sie hoffen, dass sie nicht erkannt worden war? Würde ihre Gesellschaft nicht wie zwei Ehepaare wirken? Sie seufzte. *Lieber Gott, ich hoffe es.*

Sie und Dottie saßen auf der nach vorne gerichteten Sitzbank, Mr. Birmingham und sein Diener ihnen gegenüber. Als die Kutsche sich durch den schlammigen Innenhof quälte, hob sie den Vorhang aus kastanienbraunem Samt und beobachtete mit Übelkeit erregender Furcht, wie der Diener Lord Finkels sein Pferd bestieg und ihnen folgte.

Er und drei andere.

Eine große Traurigkeit senkte sich über sie, als sie die Straße erreichten und Richtung Süden zu fahren begannen. Trotz ihrer Bitte hatte Lord Finkel vor, sie zurückzuholen. Das Widerliche war, dass sie ihm - in den Augen des Gesetzes - gehörte. Wie eine Leibeigene. Oder wie ein Stück Vieh. Oder wie ein alter Teppich, auf dem man herumtrampeln konnte.

Obwohl es bereits einige Jahre her war, erinnerte sie sich noch an die erschreckenden Berichte über Lord Wappings Grausamkeit gegenüber seiner Frau. Nicht einmal der Vater der Lady hatte ihr helfen können.

Wie sie, erkannte Sophia, und Übelkeit stieg in ihr auf, hatte Lady Wapping eine große Mitgift mit in die Ehe gebracht.

Als sie aus dem Dorf heraus und auf offenen, einsamen Straßen fuhren, ertappte sie sich dabei, wie sie die Samtvorhänge hob und nach Finkies Dienern Ausschau hielt. Sie begann zu glauben, dass sie ihnen entkommen war.

Dann, etwa zwanzig Minuten, nachdem sie Shelton verlassen hatte, hörte sie eine Explosion,

unmittelbar gefolgt von einer Reihe abscheulicher
Flüche von Mr. Birminghams Kutscher, der
schneller fuhr, und den Klang von Pferdehufen,
die neben ihnen aufholten. „Wegelagerer!", rief der
Kutscher.

Keine Wegelagerer, dachte sie. Lord Finkels
Männer,   denen   man   zweifellos   lockende
Belohnungen versprochen hatte, wenn sie Lady
Finkel zu ihrem Bräutigam zurückbrachten.

Kapitel 3

Beim Geräusch eines schweren Schlags auf dem Kutschersitz schrien Sophia und Dottie gleichzeitig auf. Einer von Finkies Männern war auf die Kutsche gesprungen, um Mr. Birminghams Kutscher anzugreifen!

Das Fahrzeug kam schlingernd zum Stehen.

Mit einer schnellen und flüssigen Bewegung sprangen sowohl Mr. Birmingham als auch sein Kammerdiener auf die Damen zu, wirbelten blitzschnell herum, um die Kissen von ihren Sitzen herunterzuwerfen und die Abdeckung des Sitzes hochzuklappen. Sophias donnernd schlagendes Herz hob sich, als sie das Waffenarsenal sah, das unter dem Sitz der Männer verstaut war.

Bevor jedoch ihre Begleiter ihre Hände auf Pistolen oder Säbel legen konnten, flog die Tür der Kutsche auf. Dann auch die zweite. Von beiden Seiten sahen bedrohlich aussehende Männer in der Finkel-Livree sie an; ihre Musketen waren auf die Passagiere gerichtet.

Ein kräftig gebauter Blonder richtete seine Aufmerksamkeit auf Mr. Birmingham. „Wir wollen Ihnen nichts tun. Alles, was wir wollen, sind die Frauen."

Zu Sophias völligem Erstaunen sprang Mr. Birmingham den bewaffneten Mann an und stieß ihm das Knie in die Leiste. Während aller Augen auf den beiden ruhten, griff Thompson sich einen der Säbel aus der Kiste.

Mit stürmisch klopfendem Herzen schaute Sophia voller Schrecken zu, wie Mr. Birmingham und der Blonde, dessen Waffe auf den schlammigen Boden gefallen war, kräftig aufeinander einzuschlagen begannen.

Dann schwenkte ihr Blick zur anderen Seite der Kutsche, als Thompson den Säbel hob und ihn dem Eindringling in die Seite stach. Ihr entsetzter Blick hing an dem verletzten Mann, der stöhnte und fluchte, als sein Umhang sich rot zu verfärben begann. Als er zurückfiel, explodierte seine Muskete, riss ein Loch in das Dach der Kutsche und sprühte große Wolken heißen Pulvers durch die Luft.

Alles das, während außerhalb der Kutsche ein weiterer Aufruhr tobte, wo der Kutscher einen anderen Mann abwehrte.

Sie war zu starr vor Schreck, um sich zu bewegen, zu entsetzt, um auch nur zu schreien. Ihr Kopf schwenkte von einer Seite auf die andere, als sie zusah, wie ihre mutigen Begleiter versuchten, ihre Feinde zu besiegen. Sobald Thompsons stark blutender Gegner zusammenbrach, sprang ein anderer Mann auf den Kammerdiener zu, einen Dolch in der Hand.

Sophia konnte es nicht mit ansehen. Sie wandte sich ab und sah, dass der tapfere Mr. Birmingham sich mit dem Blonden im Schlamm wälzte, grunzend und zischend, weshalb ihr Herz noch wilder schlug. Sie würde sich so furchtbar elend fühlen, wenn er ernsthaft verletzt würde. Nur, weil sie törichterweise den falschen Mann geheiratet hatte.

Dann hatte sie eine Idee. Ihr Bruder hatte sie gelehrt, mit einer Muskete umzugehen! Sie sprang

auf und fand eine Muskete, die sie schnell lud.
Aber welchen Mann sollte sie retten? Mr.
Birmingham oder seinen Kammerdiener?

Da Mr. Birminghams Gegner nicht mehr
bewaffnet war, entschied sie sich, dem mutigen
Diener zu helfen. Sie zielte mit der Waffe auf den
Mann mit dem Dolch und schrie: „Leg das Messer
weg, oder ich schieße!"

Er schaute sie aus schwarzen Augen an, senkte
seinen erschrockenen Blick auf die Muskete und
ließ seinen Dolch fallen.

Thompson hob es schnell auf und dankte ihr.

„Schnell, Dottie!", sagte sie. „Deine Schärpe!
Wir müssen den Mann fesseln."

Eine zitternde Dottie gehorchte, löste ihre
Schärpe und stieg aus der Kutsche, um dem
Kammerdiener zu helfen.

Dann richtete Sophia ihre Muskete auf den
Blonden, der sein Bestes gab, um den edlen Mr.
Birmingham zu verletzen, aber letzterer besaß die
Kühnheit, lachend zu ihr aufzuschauen. „Ich
brauche keine Frau, die mich rettet."

Mit diesem Kommentar drückte Mr.
Birmingham das Gesicht seines Gegners in den
Schlamm, kam auf die Füße und pflanzte einen
schmutzverkrusteten Stiefel auf den Rücken des
Blonden. Obwohl der blonde Mann riesig war, ließ
er eher an ein Kind denken, als er dort schreiend
und um sich tretend lag, während seine
Gliedmaßen im Schlamm wühlten.

In der Tat, sie hatte keinen Anlass, Mr.
Birmingham zu Hilfe zu kommen. Mit offenem
Mund musterte sie den Mann, dem sie so viel
verdankte. Seine kräftige Hand wischte über sein
Gesicht, aus dem zwei smaragdgrüne Augen aus
einer Schlammschicht blitzen. Seine zerzausten

goldblonden Haare wurden von schlammigen Strähnen durchzogen und sie hätte schwören können, dass der tadellos gekleidete Mann in seinem ganzen privilegierten Leben noch nie so schmutzig gewesen war.

Und in ihrem ganzen so privilegierten Leben hatte sie noch nie ein prachtvolleres Geschöpf gesehen!

Sie löste ihre eigene Schärpe, ging zu ihm und hielt sie ihm hin. „Möchten Sie diesen Mann vielleicht auch fesseln?"

„Eine sehr gute Idee." Er nahm den blauen Satin. „Stellen Sie sich auf seinen Rücken, während ich ihn versorge."

Ohne sich um den Schlamm zu kümmern, der sich am Saum ihres Kleides sammelte, gehorchte sie. Während sie Mr. Birmingham beobachtete, wie er den sich windenden Mann ausmanövrierte, wuchs ihre Bewunderung für ihn.

Als er fertig war, eilte er, dem Kutscher zu helfen und schlug dessen Angreifer schnell zu Boden.

Einige Minuten später verschaffte sie sich einen Überblick über den Schaden. Drei Männer in der Livree der Finkels waren mit Schärpen von Damenkleidern gefesselt, ein vierter lag im Schlamm und umklammerte seine blutende Seite, während er unzusammenhängend (aber sehr unflätig) vor sich hin brabbelte. Das Dach von Mr. Birminghams teurer Kutsche war so gut wie fortgeblasen und seine großartigen, tapferen Diener humpelten in einem elenden Schlammbad herum.

Sie fühlte sich schrecklich schuldig. Sie war der Grund für all dies. Unschuldige Menschen waren in Gefahr gebracht worden, weil sie einen furchtbaren Fehler gemacht hatte. Wäre ihr mutiger Mr. Birmingham verwundet oder - der Himmel mochte ihr helfen - getötet worden, hätte sie auf der Stelle sterben mögen. Oder sich in ein Kloster zurückziehen, um den Rest ihres Lebens damit zu verbringen, für ihre Fehler zu büßen.

Gott sei Dank würde ihr das erspart bleiben.

Mr. Birmingham, dessen Augen mutwillig funkelten, sah ihr in die Augen. „Ein bisschen Schlamm wird meiner Kutsche nicht schaden." Er half ihr durch die eine Tür, während Thompson Dottie seine Hand reichte, die auf der anderen wieder einstieg.

Nachdem die Kutsche losgefahren war, runzelte Mr. Birmingham seine Stirn und sprach. „Habe ich Miss Dorothea Door schreien hören oder nicht? Vorhin?"

Sophia und Dottie tauschten besorgte Blicke aus. „Ich kann das erklären", sagte Sophia, und ihr Herz raste, als sie versuchte, sich eine plausible Erklärung einfallen zu lassen. Aber ebenso wie am Abend zuvor, als er nach ihrem Nachnamen fragte, wollte ihr Gehirn nicht funktionieren.

„Und?", fragte er.

Sie stieß einen tiefen Seufzer aus. Dann fiel ihr etwas ein. „Sehen Sie, meine Schwester konnte früher sprechen. Bevor dieser schreckliche Unfall geschah, bevor ich geboren wurde. Seither ist die arme Dorothea stumm geblieben. Sie kann durchaus weinen und schreien, aber sie scheint sich nicht dazu zwingen zu können, Worte zu formen." Sophia lehnte sich an die samtbezogene Rücklehne und betete, dass er nicht weiter fragen würde.

Ihre Gebete blieben unerhört. „Was", fragte er,

„war die Art dieses tragischen Unfalls?"

Sie schüttelte den Kopf und spielte auf Zeit. „Es war so furchtbar." *Aber wie, Idiotin?*, fragte sie sich selbst. Dann kam ihr eine sehr einfache Begründung in den Sinn. „Sehen Sie, Dorothea war ein Zwilling. Sie und ihre Schwester sprachen miteinander in einer Sprache, die ihnen gemeinsam war. Dann wurde eines Tages die Schwester vom Blitz getroffen. Sie starb auf der Stelle." Sophia drehte sich zu Dottie und nahm ihre Hand. „Die arme Dottie war auch dort. Und seit jenem Tag war sie nicht mehr fähig, ein Wort herauszubringen."

„Wie schrecklich", sagte Thompson und warf der armen Stummen einen äußerst mitfühlenden Blick zu. Oder der Frau, von der er dachte, dass sie stumm wäre.

Mr. Birmingham sah völlig zerknirscht aus. „Verzeihen Sie, dass ich solche traurigen Erinnerungen hervorrief", sagte er.

Sie fuhren längere Zeit in Schweigen versunken weiter, bis er fragte: „Wie hieß die Zwillingsschwester?"

Was für eine seltsame Frage! Dann erinnerte sich Sophia an die angebliche Neigung ihrer Eltern zu Alliterationen. „Dorcas."

Sein Mund verzog sich zu einem Lächeln.

Als ihre Nerven sich beruhigt hatten, wandte sie ihre Gedanken dem äußerst gutaussehenden Mann zu, der ihr gegenübersaß. Er war entschieden *nicht*, was er zu sein schien. Ein feiner Gentleman reiste nicht mit einem Waffenarsenal unter dem Sitz der Kutsche herum, oder mit einem Kammerdiener, der mit dem Säbel so geschickt war wie mit dem Bügeleisen. Wer also war dieser Mr. Birmingham und was war die

Quelle seines Reichtums? Nicht viele Männer würden so jede Aufregung vermissen lassen, wenn eine teure Kutsche ersetzt werden musste.

Was immer er auch machte, sie war sicher, dass es etwas Ungesetzliches war.

Isadore würde es wissen. Ihr Magen drehte sich um.

Isadore führte nichts Gutes im Schilde.

* * *

Da William oft mit großen Geldsummen reiste, gehörte es zu seinen ungeschriebenen Gesetzen, immer auf die Abwehr von Angriffen vorbereitet zu sein, selbst auf einer harmlosen Fahrt nach Yorkshire, auf der er angeblich seine Schwester, Lady Agar, besuchen wollte. Aber dieser neueste Angriff war völlig anders. Er transportierte weder Geld noch Gold. Er wurde nicht von den loyalen Wachen der Birminghams beschützt. Und er war nicht das Ziel des Angriffs.

Die zielstrebigen Entführer waren Willens gewesen, einen der reichsten Männer Englands laufen zu lassen, um Miss Isadore Door und ihre achtzigtausend-Pfund-Goldbarren in die Hände zu bekommen.

Obwohl er und Thompson schon wesentlich wildere Angriffe als den heutigen abgeschlagen hatten, noch nie hatte jedoch William mit größerer Wut gekämpft. Er hatte noch nie irgendetwas so heftig beschützen wollen wie heute Miss Door.

Wenn das ihr Name war. Er war fast sicher, dass das nicht stimmte.

Obwohl sie sich selbst in solche Gefahr gebracht hatte, fühlte er das dringende Bedürfnis, sie zu beschützen. Er würde nie den Schrecken vergessen, der ihn durchfuhr, als die Männer sagten, dass sie nur die Damen haben wollten. Es wäre leichter gewesen, diesen Männern Goldbarren im Wert von einhunderttausend Pfund auszuhändigen, als ihnen zu erlauben, die liebliche Isadore anzurühren.

Sein Blick huschte über sie, wie sie ihm gegenübersaß und angestrengt aus dem Fenster der Kutsche schaute. Wie konnte ein so elegantes Geschöpf mit Goldschmugglern in Verbindung stehen?

Die Frau verbarg etwas vor ihm. Schützte sie auch ihre Schwester vor dem Wissen um ihre gefährlichen Verbindungen?

Obwohl er in der Nacht entschlossen gewesen war, die Goldbarren nicht zu erwähnen, bevor er nicht mit Isadore alleine war, schwankte er jetzt. Könnte er nicht mit unverfänglichen Worten darüber sprechen, die ihre stumme Schwester nicht verstand? Für den Fall, dass die Schwester nicht in diese dunkle Angelegenheit verwickelt war.

Er räusperte sich.

Isadore sah ihn aus ihren großen, fast schwarzen Augen an.

„Ich mag es nicht, dass sich eine Dame in so große Gefahr für ihre Sicherheit begibt", sagte er.

Ihre Blicke trafen sich und einen Augenblick lang antwortete sie nicht. „Vielleicht hat die Dame einen Hang dazu, überstürzt zu handeln."

Seine Augen wurden schmal. „Und ihre ungestümen Handlungen hinterher zu bereuen?"

Sie nickte, und er bemerkte den rotbraunen Glanz, der bei Tageslicht über ihrem dunklen Haar lag.

In diesem Moment wurde seine Überzeugung, dass sie aus guter Familie war, bestätigt. Aus ihm unbekannten Gründen hatte sie sich entschlossen, sich in diese unsauberen Geschäfte verwickeln zu lassen, um einen großen Geldbetrag in die Hände zu bekommen.

„Ich würde mich freuen, glauben zu dürfen, dass nach dem Abschluss dieser Transaktion die Dame ihre ‚Belohnung' an sich nimmt und sich von weiteren riskanten Dingen fernhält", sagte er. Dann ging ihm auf, dass er gar nicht wollte, dass sie diese Transaktion abschlössen. Er wollte nicht daran denken, dass sie noch etwas tun könnte, das ihren schönen Hals in Gefahr brächte.

„Dann sind Sie und ich uns völlig einige, Mr. Birmingham."

„Wenn es um das Geld geht, ich bin ein sehr wohlhabender Mann ..."

Sie wurde steif. „Ich werde kein Geld von Ihnen annehmen."

Sie war viel zu stolz. Lieber als ein Geschenk von ihm anzunehmen, würde sie ihr Leben riskieren. Seine Hände ballten sich zu Fäusten. „Dann werde ich Sie nicht aus den Augen lassen, bis die ‚Transaktion' abgeschlossen ist. Sie sind in großer Gefahr."

„Worauf wollen Sie hinaus, Sir?"

„Sie - und Ihre Schwester - werden in meinem Haus bleiben, bis ich überzeugt davon bin, dass Sie außer Gefahr sind."

Sie schüttelte den Kopf. „Ich bin ... eine unverheiratete Frau."

Die bloße Andeutung von unanständigem Verhalten erregte seine Lust auf sie. Sie war eine unverheiratete Frau, eine sehr schöne unverheiratete Frau, und er war ein unverheirateter Mann. Er war sich noch nie einer Frau so bewusst gewesen. Eine knisternde Hitze flammte zwischen ihnen auf, während er ihre sinnliche Schönheit in sich hineintrank, während sein heißer Blick über ihr exquisites Gesicht flog, über die sahnige Haut ihres Halses und den Ansatz ihrer Brüste, die das blaue Kleid ausfüllten.

Eine Dame aus guter Familie in sein Haus zu bringen, war keine gute Idee. Wie würde er es schaffen, sich ihrem Bett fernzuhalten?

Er holte tief Luft. „Ich gebe Ihnen mein Wort, dass ich mich wie ein Gentleman benehmen werde. Und meine Diener sind sehr diskret. Ihr Ruf wird keinen Schaden leiden.“

Ihre Augen funkelten vor Heiterkeit. „Wie kann ich wissen, ob Sie ein Gentleman sind? Ich kenne keinen Gentleman, dessen Kammerdiener ein geübter Fechter ist.“ Ihr Blick wandte sich Thompson zu, dessen Gesichtsausdruck unergründlich war.

William zuckte mit den Schultern. „Die Art, wie ich meine Geschäfte führe und die Art, wie ich in der feinen Gesellschaft lebe, sind zwei völlig verschiedene Dinge.“

„Vielleicht werde ich es bedauern, Mr. Birmingham“, sagte sie, „aber ich bin bereit, mich in ihre Hände zu begeben. Bis diese Sache ausgestanden ist.“

* * *

„Vier von euch konnten nicht mit zwei Männern fertig werden?“, donnerte Lord Finkel.

„Drei, wenn man den Kutscher mitzählt“, sagte der blonde Lakai.

„Das waren auch nicht irgendwelche zwei Männer“, sagte sein Begleiter. „Diese Männer waren ungewöhnlich gut bewaffnet.“

„Und erfahrene Faustkämpfer“, fügte ein dritter Diener hinzu.

„Und auch mächtig geschickt mit einem Säbel",
sagte ein vierter Diener.

Lord Finkels Blick glühte. Seine verdammte
Frau war mit einem anderen Mann
durchgebrannt. In seiner Hochzeitsnacht! Wie
konnte das passieren? Er hatte erfahren, dass sie
den reichen Kerl im Postgasthof in Shelton
getroffen hatte. Wenn sie mit einem anderen
Mann weglaufen wollte, hätte der sie nicht vor den
Toren von Upton Manor abgeholt? „Wie war der
Name des Mannes?"

Die drei Männer zuckten die Achseln. „Das
wissen wir nicht, Mylord", sagte der blonde.

„Aber er war sehr reich", sagte der andere.

„Die Kutsche war noch feiner als die Euer
Lordschaft."

Lord Finkels buschige Augenbrauen zogen sich
zusammen. „War ein Wappen am Wagen?"

Seine Diener schüttelten die Köpfe.

„Wie sah der Mann aus?", fragte Lord Finkel.

„Er war ein sehr großer Mann", sagte der
blonde. „Ich habe mit allen meinen Kräften gegen
ihn gekämpft, aber ich war ihm nicht gewachsen.
Er war ein Riese."

Der kleinere Diener nickte. „Und seine Kleidung
war von sehr guter Qualität. Genauso teuer wie
die Eurer Lordschaft."

Lord Finkel hieb mit der Faust auf seinen
Schreibtisch. „Ihr geht sofort zurück nach Shelton
und erkundigt euch. Ich brauche den Namen des
Mannes. Kommt nicht ohne ihn zurück."

„Jawohl, Euer Lordschaft."

* * *

Sophia hatte gedacht, dass ihr körperliches
Unbehagen nicht schlimmer werden könnte als
am Abend zuvor, als sie und Dottie sechs Meilen

weit durch einen heftigen Regensturm gestolpert waren.

Sie hatte sich geirrt.

Die fünfstündige Reise in Mr. Birminghams jetzt oben offener Kutsche war schlimmer - vor allem, weil der Himmel wieder seine Schleusen geöffnet hatte und das Innere der Kutsche so nass wie einen See werden ließ, ein eisiger Teich, den keine Gemeinsamkeit erträglich machen konnte. Sie sehnte sich danach, den Schlamm von ihrem Körper zu waschen. Sie sehnte sich nach trockener Kleidung und der Wärme eines Feuers. Aber vor allem sehnte sie sich danach, wieder auf festem Boden zu stehen und die scheußliche Reisekrankheit loszuwerden, die mit jeder Drehung der Räder drohte, den kochenden Inhalt ihres Magens nach oben zu treiben.

Als sie begann, die vertrauten Straßen des Londoner Westends zu erkennen, legte sich ein seltsames Gefühl von Trost über sie. Trost - vermischt mit Furcht, Mr. Birmingham würde sein Bestes tun, um sie von Dottie zu trennen, um die Informationen zu verlangen, die nur die mysteriöse Isadore besaß.

Sie durfte nicht riskieren, mit ihm alleine zu sein.

Als die Kutsche in den Grosvenor Square einbog, verkündete Mr. Birmingham, dass sie an seinem Heim angekommen wären. Eine beeindruckende Adresse. Ihre Großtante, Lady Gresham, lebte hier in Nummer 12.

„Vielleicht, Sir", sagte Sophia, „möchten Sie lieber den Hintereingang benutzen."

Ein teuflisches Lächeln breitete sich auf seinem Gesicht aus. „Ein sehr guter Vorschlag, Miss Door", sagte er. „Wenn meine Nachbarn einen so verwahrlosten Mann aus einer so zerschlagenen Kutsche aussteigen und in mein Haus gehen sähen, würden sie sicherlich nach der Wache schicken. Und das können wir uns nicht leisten, stimmt's, Miss Door?"

Er wies den Kutscher an, zum hinteren Eingang zu fahren.

Was für ein Rätsel dieser Mann war! Sein Haus gehörte zu den schönsten in London, aber sie hatte noch nie von ihm gehört. Sie war sich fast sicher, dass die Quelle seines Reichtums nicht legal sein konnte. Warum sonst dieses Waffenarsenal in seiner Kutsche? Warum sollte er sonst eine fremde Frau namens Isadore treffen wollen, um eine ‚Ware' zu übergeben?

Einen Moment später, beim Aussteigen aus der Kutsche, bot Mr. Birmingham Sophia eine nasse Hand. Kaum, dass sie das elegante Haus betreten hatten, begann er, seinen Dienern Befehle zuzurufen, dass die Schwestern in das Blaue beziehungsweise das Gelbe Zimmer gebracht werden sollten, und dass schleunigst Bäder für die Damen zu richten wären.

„Was ist mit Ihnen, Mr. Birmingham?", fragte die Haushälterin und ihr entsetzter Blick ruhte auf der zerrissenen, schlammverschmutzten Kleidung ihres Dienstherrn.

„Ich nehme ein Bad, sobald die Damen das ihre beendet haben."

Für ein Haus in London, vor allem am Grosvenor Square, war Mr. Birminghams klein. Wie es zu einem Junggesellen passte. Sophia wurde es unbehaglich. Er war doch ein Junggeselle, oder nicht? Ein Kloß in der Größe einer Walnuss setzte sich in ihrer Kehle fest, als sie hinter ihm die Treppen hinaufging. „Gibt es …

eine Mrs. Birmingham?", fragte sie. *Bitte sag nein.*

„Sie bekommen ihr Zimmer."

Sophias Magen wollte sich wieder umdrehen.

„Meine Mutter kommt nur ein oder zwei Mal im Jahr zu Besuch. Meine Schwester hat gelegentlich das Gelbe Zimmer benutzt, aber jetzt ist sie verheiratet und hat ihr eigenes Haus in der Stadt."

„Ist das die Schwester, die Sie gerade im Norden besucht haben?", fragte Sophia und fühlte, wie ihre Schritte leichter wurden.

„Ja." Er öffnete die Tür zum Blauen Zimmer, einem Raum mit hoher Decke, ausgelegt mit blassblauen Teppichen, die Wände mit Seide desselben Farbtons bedeckt. Das Zimmer zeugte von tadellosem Geschmack, von seinem hohen, samtverhangenen Himmelbett bis zum Marmorkamin und seiner goldenen Uhr, die von türkisfarbenen Sèvres-Vasen eingerahmt wurde. Mit welchen illegalen Aktivitäten Mr. Birmingham sich auch beschäftigen mochte, offensichtlich lohnte es sich.

„Ihre Schwester bekommt das Nebenzimmer", sagte er, noch immer in der Tür stehend, während zwei Diener den nassen Badezuber ins Zimmer brachten und ihn vor dem Kamin abstellten, wo ein Zimmermädchen kniete, um das Feuer anzuzünden. „Ich bitte die Damen, sich um sechs Uhr mit mir im Speisesaal zu treffen", fügte er hinzu.

Das würde ihnen drei Stunden geben, um sich zu reinigen, auszuruhen und zum Essen anzukleiden. „Es wird uns ein Vergnügen sein", sagte Sophia.

* * *

Bevor Sophia und Dottie sich auf den Weg zum

Speisezimmer machten, bat Sophia ihre Zofe um zwei Dinge. „Erstens", sagte sie zu Dottie, die sich in ihr Zimmer geschlichen hatte, um ihr beim Ankleiden zu helfen, „du darfst mich *nicht* bedienen."

„Auch nicht beim Frisieren?"

„Nicht einmal, um mir beim Frisieren zu helfen. Du musst so tun, als wärest du selbst eine Dame."

Dottie nickte. „Eine taube Dame."

„Nicht taub. Stumm."

„Ich verwechsele die beiden Wörter immer."

Ein Grund mehr für Sophia, sich dafür zu gratulieren, dass sie gefordert hatte, Dottie möge die Stumme spielen. „Dann muss ich dich um noch etwas bitten."

Dottie hob ihre Brauen.

„Du darfst mir nicht erlauben, mit Mr. Birmingham alleine zu sein."

„Er gefällt Ihnen, stimmt's? Wenn Sie mich fragen, wäre es ein sehr guter Plan, ihn Ihren Ruf ruinieren zu lassen, damit Sie nicht zu diesem abscheulichen Lord Finkel zurückgehen müssen."

Das, was die Zofe sagte, hatte durchaus etwas für sich. Wenn Sophia Lust gehabt hätte, ihren Ruf durch einen Mann ruinieren zu lassen, hätte sie sich keinen geeigneteren Kandidaten denken können als den feinen Mr. Birmingham. Schade, dass er ein Verbrecher war. „Darum geht es nicht! Ich darf nicht mit Mr. Birmingham alleine bleiben, weil er dann erwarten wird, dass ich Isadore bin."

„Aber er hält Sie doch schon für Isadore!"

„Was ich meine, ist, dass er versuchen wird, Informationen von mir zu bekommen, die ich ihm einfach nicht geben kann."

Dottie rieb ihr spitzes Kinn. „Ich kann sehen,

wo das Problem liegt, aber was kümmert es Sie, was Mr. Birmingham denkt? Jetzt, wo er uns nach London zurückgebracht hat, warum gehen wir nicht in das Haus von Lord Devere zurück?"

Sophia musste zugeben, dass Dottie eine große Portion gesunden Menschenverstands besaß. „Ich hatte zuerst daran gedacht, wieder zu meinem Bruder zurückzugehen, aber da ich jetzt weiß, dass Lord Finkel jede Bosheit recht sein wird, um mich an ihn gekettet zu halten, kann ich nicht zu Devere zurück. Lord Finkel wird erwarten, dass ich dorthin gehe, und ich bin ziemlich sicher, dass er fordern wird, dass ich ihn wieder nach Upton Manor begleite." Ihre Schultern sackten herab. „Und das Schlimme ist, dass das Recht auf seiner Seite ist. Erinnerst du dich an die Sache mit Lady Wapping?"

Dottie nickte traurig. „Ich fürchte, Sie haben recht, Mylady."

„Ein weiterer guter Grund, warum du stumm sein solltest. Sonst würde dir sicher die Zunge ausrutschen und du mich *Mylady* nennen."

„Was, wenn der hübsche Mr. Birmingham in Ihr Zimmer kommt, wenn Sie schlafen?"

Die Vorstellung, dass irgendeiner ihrer siebenundvierzig früheren Verehrer in ihr Schlafzimmer kommen könnten, wäre abstoßend gewesen, aber seltsam, die Vorstellung, dass Seine Erhabenheit dort auftauchen könnte, ließ einen Schauer über ihren Körper laufen. Es fiel ihr schwer, sich auch nur an das Thema zu erinnern, das Dottie angeschnitten hatte, da der Gedanke, wie Mr. Birmingham sie mit glühenden Küssen weckte, im Weg war. Sie musste erst wieder zu Atem kommen, bevor sie antworten konnte. „Ich werde mich krank stellen. Ich werde nach dem Essen vortäuschen, Fieber zu haben und mich in mein Bett zurückziehen und du musst vorgeben, dass du mich die ganze Nacht pflegst." Wieder einmal würde Sophia in der merkwürdigen Lage sein, mit ihrer Dienerin zusammen zu schlafen.

„Wie ich wünsche, dass ich zusammen mit den Dienern essen dürfte", jammerte Dottie, als sie auf die Tür zugingen. „Ihr Mr. Birmingham wird sicher alles über mich herausfinden, wenn er meine Tischmanieren sieht. Ich habe nicht die leiseste Ahnung, welche Gabel ich wann zu benutzen habe."

„Oh, mein liebster Dottie", sagte Sophia mit ehrlicher Reue, „verzeih' mir, was ich dich alles durchmachen lasse. Du hältst dich großartig und ich bin so stolz auf dich. Keine Angst wegen des Essens. Beobachte mich einfach und mache alles so wie ich."

Sie ging auf die Tür zu, hielt inne und drehte sich dann zu ihrer Zofe um, ihre Augen blitzten mutwillig. „Könnte es einen anderen Grund geben, warum du lieber bei den Dienern essen möchtest? Könnte es sein, dass dir Mr. Birminghams Kammerdiener zu gut gefällt?"

„Mr. Thompson kann jederzeit seine Schuhe unter mein Bett stellen."

Sophia kicherte und ihr Herz begann bei der Vorstellung, wie Mr. Thompsons Herr *seine* Schuhe unter ihrem Bett abstellte, zu flattern.

„Oh, Mylady! Von hinten sehen ihre Haare aus wie ein Rattennest. Sind Sie sicher, dass Sie sich nicht schnell an den Frisiertisch setzen und es mich richten lassen wollen?"

Natürlich wollte sie das, vor allem, um für ihren blendend aussehenden Gastgeber attraktiver zu wirken, aber sie konnte es nicht riskieren, dass einer seiner Diener ins Schlafzimmer kam und Dotties wahre Stellung entdeckte. „Auch, wenn meine Frisur vielleicht nicht deinen hohen Ansprüchen genügt, bezweifle ich doch ernsthaft, dass es dem Nest eines Nagetiers ähnelt. Du, meine liebste Dottie, hast eine Neigung zu übertreiben."

Aber als Sophie am Ende der Treppe angekommen war und einen seitlichen Blick auf ihre Haare in einem vergoldeten Adam-Spiegel erhaschte, erkannte sie mit Entsetzen, dass Dottie nicht übertrieben hatte.

Kapitel 4

Sophia genoss tatsächlich zwei Festmahle an diesem Abend. Da sie seit dem Toast am Morgen nichts gegessen hatte, war das Essen sehr willkommen. Aber noch willkommener war der Anblick Mr. Birminghams, der, tadellos in schwarz gekleidet, mit einem strahlend weißen Hemd und Krawatte, an der Spitze der Tafel saß. Obwohl sein Verhalten höflich war, lag ein Ernst über ihm, der zuvor nicht in seinem Verhalten sichtbar gewesen war.

Dieser Ernst richtete sich auf sie. Jedes Mal, wenn sie aufsah, starrte er sie an. Während sie an ihrer Suppe nippte, spürte sie seine Augen auf ihr ruhen. Als sie ihren Fisch zerlegte, beobachtete er sie. Als sie ihr Weinglas hob, trafen ihre Augen sich. Und hielten den Blick für einen Moment. Beim Anblick, wie er sein Weinglas an seine Lippen führte, fragte sie sich, wie es wohl wäre, diese Lippen auf den ihren zu spüren. Keineswegs wie Finkie und seine Heringe, da war sie sich sicher.

Dieses Bild von einem Mann übte eine irrsinnige Wirkung auf sie aus. Normalerweise war sie eine lebhafte Gesprächspartnerin, jetzt schaffte sie es gerade, seine Fragen einsilbig zu beantworten. Er würde sie mit Sicherheit für eine Idiotin halten.

Als die Diener das Tischtuch entfernten und die Süßspeisen auftrugen, entschied sie, dass sie ihn wirklich davon überzeugen musste, dass sie nicht stumm wie ihre Schwester werden würde. Ihre unruhigen Hände in ihrem Schoß gefaltet, drehte sie sich zu ihm und schenkte ihm eines ihrer verführerischen (wie man ihr oft gesagt hatte) Lächeln.

Das Grün in seinen Augen funkelte wie glänzende Teiche.

Dann brachte sie sich selbst mit der Dummheit ihrer Frage in größte Verlegenheit. „Sagen Sie, Mr. Birmingham, ist Ihr Vater ein wohlhabender Mann oder hat er sein Geld verdient?"

„Beides, eigentlich. Er wurde ziemlich arm geboren, verstand sich aber darauf, Geld zu *verdienen*. Er ist tot."

„War er ein ... Gentleman?"

Der Ausdruck auf seinem Gesicht wurde kalt. „Nein, das war er nicht. Es war sein größter Wunsch, dass seine Kinder so erzogen werden sollten, dass sie eine Stellung in der Gesellschaft würden einnehmen können, die ihm versagt blieb."

Bis zu diesem Moment hatte sie noch nie einen selbstbewussteren Mann als Mr. Birmingham gesehen. Blitzartig erschien in ihrer Erinnerung die gefährliche Konfrontation am Morgen, die Art, wie Mr. Birmingham leichthin den bewaffneten Mann besiegt hatte, obwohl dieser sich ihm gegenüber durchaus im Vorteil befunden hatte, nicht zuletzt, weil seine Waffe geladen gewesen war. Mit großer Bewunderung erinnerte sie sich an die übermütige Art und Weise, mit der Mr. Birmingham ihre Hilfe abgelehnt hatte.

Selbst sein Heim war das eines Mannes von Stil und guter Erziehung.

Und doch hatte sie einen Punkt entdeckt, wo

ihm das Selbstvertrauen fehlte. Der gutaussehende, gentlemanlike Mr. Birmingham schämte sich seiner Herkunft.

In allen Punkten außer einem - seinen mysteriösen, illegalen Aktivitäten - hatte Mr. Birmingham mit Sicherheit den Ehrgeiz seines Vaters erfüllt.

Wie bei jedem Essen, seit sie aus dem Schulzimmer entlassen worden war, fuhr Sophia unbewusst auf Französisch fort. „Würde Ihr Vater noch leben, denke ich, er wäre sehr stolz auf den Mann, der Sie geworden sind."

Mr. Birmingham lachte. „Und ich denke, Sie verwechseln Dankbarkeit mit Bewunderung."

„Ich kann nicht leugnen, dass ich zutiefst dankbar bin, dass Sie heute Morgen Ihr Leben riskierten, um meines zu retten, aber ich versichere Ihnen, dass meine Bewunderung auf einer soliden Grundlage von edlen - und gentlemanliken - Handlungen Ihrerseits beruht."

Dann erst fiel ihr auf, dass ihr Gastgeber in einwandfreiem Französisch zu ihr gesprochen hatte. Er war auf jeden Fall als Gentleman erzogen worden. „Sagen Sie, Mr. Birmingham, sprach Ihr Vater Französisch?"

Er wurde wieder ernst. „Er sprach nur Englisch. Und *nicht* des Königs Englisch."

„Und Sie, Mr. Birmingham? Welche anderen Sprachen sprechen Sie?

„Deutsch. Italienisch. Griechisch. Spanisch."

Sechs Sprachen, die englische und französische mitgezählt, die er so gut sprach. Ein überaus gebildeter Mann. „Und ich würde vermuten, dass Sie auch Latein lesen und schreiben können."

„Ich hatte keine Wahl. Ich wurde von den besten Lehrern, die mein Vater bezahlen konnte, unterrichtet, seit ich vier Jahre alt war. Ich war der Jüngste der Familie und zu der Zeit, als ich geboren wurde, war mein Vater ein sehr wohlhabender Mann."

Nachdem sie die Süßspeisen verzehrt hatten, stand er auf. „Möchten Sie mir in den Salon folgen, meine Damen? Vielleicht können wir Loo spielen."

Was das einzige Spiel war, von dem Sophia annahm, dass sie alle drei es spielen konnten. „Meine Schwester würde lieber sticken, aber ich würde sehr gerne eine Partie Whist gegen Sie spielen."

Nur ein Spiel, dann musste sie krank werden. Obwohl sie vorgehabt hatte, schon bei Tisch ein Unwohlsein vorzutäuschen, war sie noch nicht bereit, Mr. Birminghams charmante Gesellschaft zu verlassen.

* * *

Er hatte nicht beabsichtigt, den Abend zu Hause zu verbringen. Diane erwartete ihn nach ihrer Vorstellung im Theater. Er ging immer zu ihr, wenn er nach London zurückkam. Zu ihr und ihrem überaus teuren Haus in der Park Lane, wo er sie untergebracht hatte. Aber Diane war nicht die Frau, mit der er diesen Abend verbringen wollte.

Nur die hinreißende Isadore fesselte seine Aufmerksamkeit. Seine Versuche, vor dem Essen einige Briefe zu schreiben, waren fruchtlos gewesen. Er konnte an nichts anderes denken als an Isadore. Es war nicht nur ihre prachtvolle Schönheit, die sein Interesse geweckt hatte - obwohl es ebenso wundervoll war, sie anzusehen, wie es war, die Bank beim Faro zu sprengen. Er konnte sich nur eines vorstellen, was ihm mehr

Freude hätte bereiten können. Und er hatte ihr sein Wort gegeben, dass er das nicht tun würde.

Zum hundertsten Mal, wie es ihm schien, fragte sich William, warum eine Frau mit so ungewöhnlicher Bildung sich mit Schmugglern zusammentun würde. Denn er hatte keinen Zweifel daran, dass diese Frau zur guten Gesellschaft gehörte. Sie sprach elegantes Französisch. Sie trug teure Kleidung nach der letzten Mode. Und dem Durcheinander ihrer Frisur nach zu urteilen, war sie es offensichtlich gewöhnt, eine Zofe zu haben. Was könnte sie dazu bewogen haben, ihr privilegiertes Heim zu verlassen und sich derart in Gefahr zu bringen? Geld, mit Sicherheit. Aber eine so wunderschöne Frau wie Isadore konnte zweifellos einen königlichen Herzog bezirzen und sich nie wieder Sorgen um Schulden machen.

Beim Teufel, er wünschte, dass diese Schwester nicht drei Fuß neben ihr säße, mit einem Stickrahmen im Schoß. Das machte es verflixt schwierig, das Thema auf Goldbarren zu lenken.

Direkt gegenüber auf der anderen Seite des Spieltischs schien Isadore noch schöner, als sie schon beim Essen gewesen war. Vor vorne war ihr glänzendes, dunkles Haar elegant aus ihrem alabasterweißen Gesicht gekämmt und versteckte die ungekämmten Strähnen am Hinterkopf. Sie trug ein atemberaubendes, scharlachrotes Kleid, das ihre bloßen, weißen Schultern zur Geltung brachte und kaum ihre köstlichen Brüste verdeckte. Ein rechtwinklig geschnittener Rubin als Mittelstück einer doppelten Perlenkette lag um ihren anmutigen Hals, ein Hals der darum bat, geküsst zu werden.

Er verfluchte sich dafür, dass er dieses

verdammte Versprechen gegeben hatte.

Da er sich sicher war, sie mit verbundenen Augen beim Whist besiegen zu können, arrangierte er schnell die Spielfläche und musterte sie dann gelassen. Ihre schlanken Finger sortierten die Karten. Ihre langen, dunklen Wimpern senkten sich. Ihre schneeweißen Zähne knabberten an ihrer üppigen Unterlippe. Hatte die Frau keine Vorstellung davon, wie verführerisch jede ihrer Bewegungen war?

„Sind Ihre Zimmer zufriedenstellend?", fragte er. Keine besonders intelligente Einleitung eines Gesprächs, aber es war zumindest besser, als vom elenden Wetter anzufangen.

Ihre dichten Wimpern hoben sich und sie schenkte ihm ein strahlendes Lächeln. „Ja, sehr. Die Person, die Sie diese Räume haben einrichten lassen, hat den gleichen Geschmack wie ich selbst."

„Tatsächlich habe ich die Einrichtung ausgesucht."

Sie warf ihm einen ungläubigen Blick zu.

„Ich reise ziemlich viel ..."

„Wegen Ihrer großen Sprachkenntnisse?"

„Ja. Das ist bei meinen Geschäften überaus hilfreich."

„Und wenn Sie reisen, kaufen sie Gemälde, Porzellan und feine Seiden für Ihr Haus?"

Er nickte. „In der Tat habe ich ein ganzes Lager voller griechischer und römischer Statuen für ein Landhaus, wenn ich je lange genug sesshaft werden sollte, um eines zu bauen."

Ihr Blick wanderte wieder auf die Spielfläche zurück. Hatte sie Angst, er würde Fragen über sie stellen, Fragen, die sie nicht zu beantworten wünschte?

Sie spielten einige Augenblicke schweigend, bevor sie sich an ihre Schwester wandte. „Ist dir kalt, Liebes? Wir könnten sonst Thompson bitten, deinen Schal zu holen."

Die viel ältere Schwester musste frieren, dachte er. Kein Fleisch auf ihren sämtlichen Knochen.

Miss Dorothea Doors Gesicht hellte sich auf und sie nickte.

Er klingelte nach einem Diener, und als dieser erschien, trug er ihm auf, Thompson den Schal der Dame bringen zu lassen. Williams Blick flog zu Isadore. „Was für eine Farbe hat der Schal ihrer Schwester?"

„Schwarz."

Obwohl Miss Dorothea Door beträchtlich älter war als ihre Schwester, übernahm doch die jüngere die Rolle einer beschützenden älteren Schwester, was William bewundernswert fand. Ihre Sorge für ihre behinderte Schwester dürfte ihr Zögern erklären, ihre Schwester zurückzulassen, selbst wenn Isadore sich an illegalen Handlungen beteiligte.

Thompson betrat bald den Raum und kam, um der älteren Miss Door ihren Schal zu überreichen. Die scharfen Züge ihres Gesichts wurden weich, als sie zu seinem Kammerdiener aufsah. So lebhaft hatte er das arme Wesen noch nicht gesehen.

„Erlauben Sie mir, Ihnen zu helfen, Miss", sagte Thompson zu der unscheinbaren Person.

Ihre Wimpern flatterten, als sie sich aufrecht hinsetzte, während Thompson den Schal um ihre knochigen Schultern drapierte.

Die unglückliche Schwester war, wenn William sich nicht irrte, erfreut über Thompsons Aufmerksamkeiten. Wie schade, dass dabei nichts herauskommen würde. Thompson würde nie die Grenze zwischen oben und unten überschreiten. Er war sich seiner Stellung nur allzu sehr bewusst.

William schaffte es knapp, die Runde zu gewinnen, aber seine Freude war von kurzer Dauer. Isadore warf ihre Karten beiseite und ließ den Kopf in die Hände sinken. Er sprang auf und eilte zu ihr. „Was ist los?" Er ergriff ihre weichen Schultern und sog ihren Rosenduft ein.

„Ich weiß nicht, was über mich gekommen ist", sagte sie mit plötzlich dünner Stimme. „Mir ist furchtbar schwindelig und ich habe grauenvolle Kopfschmerzen."

„Ich lasse einen Arzt holen."

Sie schüttelte den Kopf. „Ich nehme an, dass es nur die Erschöpfung von der anstrengenden Reise ist."

„Ich hoffe, dass sie sich in diesem hässlichen Wetter nicht erkältet haben."

„Ich *bin* ausgesprochen anfällig für Verkühlungen", sagte sie heiser flüsternd und warf ihrer Schwester einen Blick zu, die bestätigend nickte.

Er hätte nicht darauf bestehen dürfen, dass sie heute bis London weiterfuhren, in diesem eisigen Wetter und nassen Kleidern. Es würde ihm recht geschehen, wenn sie sich durch die Kälte den Tod holte. Jeder konnte sehen, wie zart sie war. Er beugte sich vor, um seinen Arm um sie zu legen. „Erlauben Sie mir, Ihnen in Ihr Zimmer zu helfen."

Als sie die Eingangshalle erreicht hatten, wies er den Diener an, warme Milch in Miss Doors Zimmer hinaufsenden zu lassen. „Meine Mutter schwört, dass warme Milch die schlimmsten

Verkühlungen abwendet", erzählte er Isadore.

Mit einem schwachen Lächeln fiel sie schlaff gegen ihn, ihr Kopf ruhte an seiner Schulter. Als er den Arm um sie legte, erkannte er, wie wirklich klein sie war. Durch den ständigen Vergleich mit ihrer mageren Schwester hatte er Isadore für füllig gehalten - vielleicht wegen ihrer schön gerundeten Brüste. Aber jetzt stellte er fest, dass sie genauso dünn war wie ihre Schwester. Nur mit Rundungen an den richtigen Stellen - Stellen, an die zu denken er sich nicht erlauben würde. Nicht, solange die arme Frau so krank war.

Miss Dorothea Door lief voraus, um eine Kerze anzuzünden und die Decken im Bett ihrer Schwester aufzuschlagen, während William Isadore half. Da er befürchtete, dass sie zu schwach sein könnte, ins Bett zu klettern, hob William sie auf seine Arme und legte sie dann auf die glatten, weißen Laken. Seine Brauen zogen sich besorgt zusammen. „Ich würde mich viel wohler fühlen, wenn Sie mir erlauben würden, einen Arzt zu rufen."

Sie legte eine anmutige Hand auf die seine. „Sie sind sehr freundlich, aber ich wage zu behaupten, dass eine Nacht ruhigen Schlafs Wunder bewirken wird." Sie wandte sich ihrer Schwester zu. „Nicht wahr, Dorothea?"

Die Stumme nickte.

„Geben Sie mir Ihr Wort, dass Sie nach mir schicken werden, wenn Ihr Zustand sich während der Nacht verschlimmert", sagte er.

Sie fiel in ihre Kissen zurück und nickte. „Wenn es nötig werden sollte, schicke ich meine Schwester, um an Ihre Tür zu klopfen."

„Meine Zimmer sind direkt gegenüber den Ihren in diesem Flur."

Er bekämpfte das Verlangen, sich hinab zu beugen und ihre Stirn zu küssen, wie seine Mutter es bei ihm gemacht hatte, als er noch ein Junge war.

Auf der anderen Seite des Flurs, in seinem Schlafzimmer, ließ er sich an seinem Schreibtisch nieder, um die Briefe zu Ende zu schreiben, die er am Nachmittag unbeendet gelassen hatte. Der Raum schien von dem Duft von Rosen durchdrungen zu sein. Isadores Duft.

Obwohl es noch nicht neun Uhr abends war, wusste William, dass er Diane später nicht besuchen würde.

Isadore könnte ihn brauchen.

* * *

Sie lauschte, als seine Schritte in seinem Schlafzimmer verklangen. Dann zog sie sich aus und legte mit Dotties Hilfe ihr Nachtgewand an. Sie stand vor dem Feuer, umarmte ihre nackten Arme und dachte über William Birmingham nach. Bald rann eine Träne über ihre Wange.

Dottie eilte zu ihr. „Oh, Mylady! Was ist nur los? Sie sind wirklich krank!"

„Ich bin verflucht, Dottie. Völlig verflucht. Warum konnte ich dieses Bild von einem Mann nicht kennenlernen, bevor ich die verhängnisvolle Entscheidung traf, Lord Finkel zu heiraten?"

„Ein Bild von einem Mann, ja, Mylady, wenn Sie von Mr. Birmingham sprechen ..."

Sophia schniefte. „Ja, natürlich. Er ist alles, wonach ich bei den siebenundvierzig Männern suchte, die ich abgelehnt habe. Er ist so ... großartig."

Dottie stemmte ihre Hände in die Taille. „Sie sagten selbst, er könnte ein Straßenräuber sein."

Sophia schaute sie böse an. „Und du hast

erwidert, dass du überzeugt wärest, dass er ein Gentleman sei. Ein sehr reicher, feiner Gentleman. Und, du musst doch zugeben, dass du dich nie in Menschen irrst."

Obwohl ihr Verstand ihr sagte, dass Mr. Birmingham große Geldsummen auf der falschen Seite des Gesetzes gemacht haben musste, sagte ihr Herz ihr doch, dass er ein guter Mann war. Ein Gentleman. Sie brach auf ihrem Bett zusammen, und eine neue Tränenflut folgte. „Warum habe ich nicht auf dich gehört, als du mich vor Finkie gewarnt hast?"

Ein Klopfen ertönte an der Tür und Dottie öffnete, um die warme Milch in Empfang zu nehmen. „Ich bin sicher, dass Mr. Birmingham mit der warmen Milch recht hat", sagte Dottie, als sie ihrer Herrin das Glas brachte. „Trinken Sie aus, und Sie werden sich besser fühlen."

„Aber ich habe mich *nicht* verkühlt."

„Sie wird Ihnen trotzdem helfen, sich besser zu fühlen."

„Nichts wird je dazu führen, dass ich mich besser fühle. Lord Finkel wird mich nie gehen lassen. Ich kann es in meinen Knochen spüren. Und ich kann den Mann absolut nicht mögen. Ich will nicht den Rest meines Lebens als Lady Finkel verbringen."

Das war natürlich genau das, was Lady Wapping einmal empfunden hatte. Aber nachdem der böse Lord Wapping ihre beachtliche Mitgift kassiert und das liebliche Geschöpf angeblich unsäglicher Behandlung ausgesetzt hatte, hatten nicht einmal ihr Vater oder die englischen Gerichte sie aus dieser unglücklichen Ehe retten können. Nach englischem Recht war eine Ehefrau das Eigentum ihres Mannes, gleich, wie abscheulich dieser Ehemann war.

Dottie, die gute Seele, verzichtete darauf zu sagen: ‚Ich habe es doch gleich gesagt'. Ein paar Minuten später, nachdem sie sich selbst fürs Schlafengehen umgezogen hatte, verkündete die Zofe, dass sie einen Plan hätte, mit dem ihre Herrin den unerwünschten Ehemann loswerden könnte.

Sophia wirbelte herum, um ihre Zofe anzusehen, ihre dunklen Augen funkelten.

„Sie müssen Mr. Birmingham erlauben, Ihren Ruf zu ruinieren. Sicher wird Lord Finkel Sie dann nicht wiederhaben wollen."

„Das ist der teuflischste Plan, von dem ich je gehört habe!" *Obwohl er sehr verlockend klang.* „Ich bezweifele, dass Mr. Birmingham im Geringsten daran interessiert ist, Isadore zu verführen. Ich weiß nicht, was er von der verflixten Frau will, aber bestimmt nicht ... diese Schlafzimmersachen. Du hast doch gehört, wie er schwor, dass er ein Gentleman wäre, und ich glaube, dass er ein edler Mann ist, der nicht fähig wäre, ein Versprechen zu brechen."

„Ich habe gesehen, wie er Sie anschaut."

Sophia fuhr hoch. „Wie?"

„Mit Verlangen. Sexuellem Verlangen."

Sie wagte nicht zu fragen, wieso Dottie Dinge wie sexuelles Verlangen kannte. Ein Kribbeln durchzog ihren Körper, als sie über das nachdachte, was ihre Zofe ihr gerade gesagt hatte. „Wenn ich auch zugeben muss, dass du bei Männern immer recht hast, diesmal musst du dich irren."

Dottie schüttelte den Kopf. „Ich weiß, was ich sehe."

„Du bist eine Gans. Blas die Kerze aus und geh

ins Bett.“

Als Sophia dann in der Dunkelheit lag, leiser Regen an die Fenster klopfte, fragte sie sich wie es wäre, so neben Mr. Birmingham zu liegen. Die bloße Vorstellung ließ seltsame Dinge mit ihrem Körper geschehen.

Und raubte ihr den Schlaf.

* * *

Am nächsten Morgen brachte Mr. Birmingham das Frühstückstablett höchstpersönlich. Frisch rasiert und fröhlich; er zumindest musste eine Nacht lang gut geschlafen haben. Im Gegensatz zu ihr.

„Wie geht es ihnen heute Morgen?“, fragte er.

„Besser, aber mein Kopf fühlt sich an, als ob ein Grenadierregiment die ganze Nacht darauf getanzt hätte.“

Sein Blick schweifte über sie, und blieb an dem Morgenkleid aus weißer Spitze hängen, das sie gerade übergeworfen hatte. „Ich habe etwas mitgebracht, das Ihnen helfen sollte. Thompson hat ein großartiges Mittel, es wirkt Wunder bei bösen Kopfschmerzen.“

Sie musste daran denken zu sprechen, als ob es ihr große Mühe bereite. „Dann hoffe ich, dass es hilft“, sagte sie mit einem kaum hörbaren Flüstern.

Er stellte das Tablett so, dass es auf ihrem Schoß ruhte, trat zurück und richtete seine weiteren Kommentare an Dottie. „Ich werde ein wenig bei Ihrer Schwester bleiben, wenn Sie andere Dinge zu tun haben. Sie können letzte Nacht nicht gut geschlafen haben.“

Sophia durfte nicht mit ihm alleine bleiben. Er würde sicher „Isadore“ Fragen stellen, die Sophia vermutlich nicht beantworten konnte. Sie wurde steif. „Nein!"

Mit einem verwirrten Blick auf seinem Gesicht drehte er sich um und sah Sophia an.

Sie senkte ihre Stimme. „Es ist nur, weil meine Schwester sich immer übermäßig sorgt, wenn ich krank bin. Sie wird mich kaum aus den Augen lassen." Sie senkte ihre Stimme noch mehr. „Nachwirkungen von Dorcas' tragischem Tod, zweifellos."

Er warf Dottie einen freundlichen Blick zu.

„Außerdem", fügte Sophia hinzu, „kann ich als unverheiratete Dame Sie schlecht in meinem Schlafzimmer empfangen."

Seine Augen wurden hart. „Also vertrauen Sie mir nicht?"

Sie zuckte die Schultern. „Eigentlich schon. Ich halte Sie für einen Gentleman."

„Dann, da Ihre Schwester Ihnen ja nicht vorlesen kann, erlauben Sie mir, es zu tun. Es wird Ihnen helfen, die Zeit zu vertreiben und nicht an Ihre Krankheit zu denken."

Wie geschmeichelt sie war, dass er ihr seine Zeit schenken wollte, wo nach seiner Abwesenheit so viele andere Dinge ihn in der City beanspruchen mussten. Und wie unmöglich es ihr war, ihm zu erlauben fortzugehen, wenn sie nichts anderes wollte, als jede Minute mit ihm zu verbringen. „Gedichte vertreiben meine trüben Gedanken immer gut."

Er lächelte sie lässig an. „Haben Sie einen Wunsch?"

„Cowper oder Blake. Ich mag beide sehr gern."

Er hob seine Augenbrauen. „Wie, keine Sterbeverse? Ich dachte, alle Damen liebten Gedichte, die man nur mit dem Taschentuch in der Hand lesen kann."

Sie warf ihm einen amüsierten Blick zu. „Oh, ich liebe diese Art von Gedichten", log sie, „aber ich nahm an, dass ein Gentleman wie sie so etwas nicht in seiner Bibliothek haben würde."

„Habe ich auch nicht." Er entschuldigte sich, um in seine Bibliothek zu gehen.

* * *

Er war mehr denn je davon überzeugt, dass Isadore eine Dame aus gutem Haus war. Statt der faden, blumigen Liebesgedichte drittklassiger Dichter, die von Frauen in den niedrigeren Gesellschaftsschichten geschätzt wurden, hatte Miss Isadore Door einen hervorragenden Geschmack bei Poesie, wie bei allem anderen auch. Außer ihrer Neigung dazu, sich in Gefahr zu begeben.

Es kam ihm in den Sinn, während er die Bände von Blake, Cowper und Pope durchsuchte, dass er und Isadore sehr viel gemeinsam hatten. Wenn sie Popes Namen zu der Liste ihrer liebsten Dichter hinzugefügt hätte, wäre es sicher ein Zeichen des Allmächtigen gewesen, dass sie sein Schicksal war. Obwohl sie eine geheimnisvolle Dame war.

In dem Moment, als er wieder in ihr Schlafzimmer trat und ihre ungewöhnliche Schönheit sah, wurde er zornig darüber, dass sie diesen so lieblichen Hals in Gefahr brachte. Bei Gott, das würde er nicht zulassen! Er würde sie auf den rechten Weg bringen, selbst wenn er, Schluck, ihr die achtzigtausend Pfund aus seiner eigenen Tasche *schenken* müsste!

„Ich habe Cowper mitgebracht", teilte er ihr mit.

Ihre einzige Antwort war ein Flattern ihrer Wimpern und ein schwaches Lächeln.

Er zog einen Stuhl neben das Bett. „Haben Sie

ein Lieblingsgedicht?", fragte er und öffnete das Buch.

„Sie können eines auswählen."

Er begann, aus dem *Winterabend* zu lesen. Sie lächelte über seine Auswahl und obwohl es ein langes Gedicht war, sprachen ihre Lippen lautlos einige Zeilen mit.

Und als er geendet hatte, sagte sie: „Diese Waldnymphe dankt Ihnen aus ganzem Herzen."

Großer Gott! „Waldnymphe" stammte aus einer versteckten Zeile in Popes *Wald von Windsor*.

Sie musste Die Eine sein.

Auch, wenn sie eine geheimnisvolle Dame war.

Kapitel 5

So sehr sie es genossen hatte, ihren Morgen mit Mr. Birmingham zu verbringen, an den sie nur noch als Mr. Perfekt dachte (außer wegen des Problems, dass er vermutlich ein Gesetzesbrecher war), wartete sie doch ungeduldig darauf, dass er gehen sollte. Sie musste einfach mit ihrem Bruder über die Schwierigkeiten mit Finkie sprechen.

Devere würde wissen, ob es irgendeine Hoffnung gab, dass sie diese katastrophale Ehe auflösen lassen könnte. Sie mussten versuchen, einen Weg zu finden, damit ihr ... äh, *Ehemann* seine Hände nicht auf ihre Mitgift legen konnte.

Obwohl, würde er alle seine Rechte als Ehemann aufgeben, würde sie ihm gerne erlauben, das Geld zu behalten. Natürlich würde auch Devere etwas dazu zu sagen haben.

Sie hatte ein beklemmendes Gefühl in der Brust, als sie überlegte, dass sie ihrem Bruder würde erzählen müssen, auf welche Weise Finkie sie gezwungen hatte, ihn zu heiraten. Das würde bedeuten, das dunkle Geheimnis ihrer Schwester zu offenbaren. Sie hatte nie in Betracht gezogen, es jemandem zu erzählen, aber Devere *war* jetzt das Familienoberhaupt. Er sollte es wissen. Hätte sie es ihm nur früher erzählt. Bevor sie die Ehe mit Finkie einging. Bevor sie wusste, dass Finkie nicht der nette Mann war, für den sie ihn gehalten hatte.

So sicher sie wusste, dass Finkie seine Diener

zu dem Gasthaus in Shelton geschickt hatte, sowohl in der Nacht ihrer Flucht und am nächsten Morgen, wusste sie auch, dass Männer im Dienste Lord Finkels jetzt das Haus ihres Bruders beobachten würden. Sie konnte nicht dorthin gehen.

Sie würde Dottie schicken müssen. Würden sie auch die Zofe erkennen, so, wie sie ihre Herrin trotz ihrer Kapuze am vorigen Morgen erkannt hatten?

Vielleicht, wenn sie Mr. Birminghams Kammerdiener überreden konnte, Dottie dorthin zu begleiten, würde es aussehen, als wären sie ein Paar, das Lord Devere besuchen wollte. Der Kammerdiener schien sich immer so fürsorglich um Dottie zu kümmern. Der Mann musste ein weiches Herz haben, vor allem einer schwachen Frau mit einem so einschränkenden Leiden gegenüber.

Zuerst erklärte sie Dottie ihren Plan. „Du musst meinen Bruder zu mir bringen. Er darf *nicht* in seiner Kutsche mit dem Wappen kommen und niemand darf wissen, dass er mein Bruder ist. Du musst darauf achten, dass niemand euch hierher folgt. Wenn Devere hier ist, musst du aufpassen, wann Mr. Birmingham zurückkommt. Ich kann nicht zulassen, dass er Devere sieht." Es war durchaus möglich, dass ihr Bruder Mr. Birmingham bekannt war und sie konnte nicht zulassen, dass Mr. Birmingham erfuhr, dass sie nicht Isadore war.

Dotties Augen hellten sich auf. „Thompson soll mich begleiten?"

„Ja, ich möchte, dass du und der Kammerdiener es einrichtet, auszusehen wie ein wohlsituiertes Paar."

„Ihr Bruder könnte mich vor Mr. Thompson verraten."

„Das dürfen wir nicht riskieren. Ich werde eine Nachricht für ihn schreiben, die ihm sagt, dass er *nicht* zu erkennen geben darf, dass er dich kennt. Und sie wird ihm auch erklären, dass es wichtig ist, dass du die Rolle der Stummen spielst. Einer Stummen aus gutem Haus." Sophia holte tief Atem. „Ich werde ihm auch schreiben, dass ich in Gefahr bin."

Auf Dotties lächelndem Gesicht lag ein seltsamer Ausdruck.

„Warum lächelst du darüber, dass ich in Gefahr bin?", verlangte Sophia zu wissen.

„Ich lächele nicht, weil Sie in Gefahr sind - was ich nicht leugnen kann. Ich lächele, weil ich den Nachmittag damit verbringen werde, mit den hübschen Mr. Thompson vorzutäuschen, ein Paar zu sein."

Sophias Augen wurden schmal. „Gib mir dein Wort, dass du dir keinen Ausrutscher leisten und mit Thompson sprechen wirst."

Dottie seufzte. „Sehr wohl, Mylady."

Sophie klingelte dann nach einem Diener und bat diesen, Mr. Birminghams Kammerdiener zu rufen. Während sie auf ihn wartete, schrieb sie einen Brief an Devere.

Mein lieber Bruder,

Ich bin in großer Gefahr; du musst zu mir kommen. Ich habe Dottie geschickt, um dich zu holen, da dein Haus mit ziemlicher Sicherheit von Dienern des abscheulichen Lord Finkel beobachtet wird. Bitte, tu so, als ob Du Dottie NICHT kennst. Es ist unerlässlich, dass man sie für meine stumme Schwester hält. Komm zu mir an den Grosvenor

Square - aber nicht in einer Kutsche mit deinem Wappen. Und achte darauf, dass du nicht verfolgt wirst. - Sophia

Als Thompson im Wohnzimmer vor Sophias Schlafgemach ankam, sagte sie: „Ich hoffe, Ihr Herr wird nichts dagegen haben, wenn ich Sie heute Nachmittag um Ihre Hilfe bitte." Sie musterte ihn, um festzustellen, ob er als Mitglied des Landadels oder sogar Hochadels durchgehen könnte.

Seine nüchterne Kleidung - ein schwarzer Gehrock über einem weißen Hemd und schwarzen Hosen - war so makellos und geschmackvoll wie die seines Herrn. Aber sie brauchte etwas Aufhellung.

Als sie ihn beäugte, erinnerte sie sich daran, wie heftig Dottie sich von ihm angezogen fühlte. Es war eine Anziehung, die Sophia nicht verstehen konnte. Der Kammerdiener war mindestens ein Jahrzehnt älter als sein Herr und einige Zoll größer. Herr und Diener waren sehr gegensätzlich. Mr. Birmingham war knapp sechs Fuß groß und eher stämmig, mit goldenem Haar. Mr. Thompson war über sechs Fuß groß, dünn und hatte schwarze Haare. Sie hielt sein Gesicht für nett genug.

Thompson nickte. „Mr. Birmingham hat mich damit beauftragt, mich um Sie und Ihre Schwester zu kümmern."

„Da ich mich noch nicht wieder ganz wohl fühle, muss ich meine Schwester bitten, etwas für mich zu erledigen, aber Sie können sich vorstellen, wie schwierig das für sie ist, wenn man ihren ... Zustand bedenkt."

„Ich würde mich sehr geehrt fühlen, Ihrer

Schwester behilflich sein zu dürfen."

„Ich möchte, dass Sie sie in die Curzon Street begleiten. Es ist nicht sehr weit, aber ich mache mir Sorgen um sie."

„Ich werde sie mit meinem Leben beschützen."

* * *

Bevor William zu seinem Bruder in die Threadneedle Street ging, hielt er beim besten Wagner von London an und bestellte eine neue Kutsche. Wenn Isadores Gesundheit wiederhergestellt sein würde, müsste er sie vielleicht irgendwohin in die City begleiten und er wollte nicht, dass sie sich wieder verkühlte. Er fühlte sich für ihren gegenwärtig schlechten Gesundheitszustand verantwortlich. Wenn er es nur nicht zugelassen hätte, dass die Damen all diese Stunden im Regen weiterfuhren.

„Meine derzeitige Kutsche hat unter einer Bande Straßenräuber gelitten." Er ignorierte die Ausrufe des Wagners und fuhr fort. „Ich überlege, ob Sie mir eine Kutsche leihen könnten, bis die neue fertig ist. Ich würde gerne einen guten Mietpreis dafür zahlen."

„Selbstverständlich, Mr. Birmingham. Erlauben Sie mir, Ihnen eine unserer gebrauchten Kutschen zu zeigen, die zum Verkauf stehen."

William traf seine Wahl, sie einigten sich und William fuhr weiter zur City. Später würde er einen Diener schicken, um den Tilbury, mit dem er zum Wagner gefahren war, zurückzubringen. Als er in die City fuhr, tadelte er sich selbst. Was ließ ihn glauben, dass Isadore noch bei ihm sein würde, wenn die neue Kutsche fertig wäre? Sie könnte ihm morgen die Goldbarren verkaufen und für immer aus seinem Leben verschwinden.

Daran wollte er gar nicht denken.

Als er bei Nicks Büro ankam, sprang er vom Kutschersitz und band sein Pferd an. Es war spät genug, dass er eher erwarten konnte, Nick hier statt an der Börse zu finden.

Als William das innere Zimmer von Nicks Büro betrat, schaute sein älterer Bruder von einem Kontenbuch auf, das er gerade durchsah. William fiel wieder das ungleiche Aussehen der Brüder auf. Niemand hielt sie je für Brüder. Zufällig war Will der einzige unter den vier Geschwistern, der keine dunklen Haare und Augen hatte, und der einzige der drei Brüder, der muskulös war. Er seufzte. Er wäre gerne so groß wie seine Brüder gewesen.

„Wie fandst du unsere Schwester?", fragte Nick.

William hatte fast vergessen, dass der Besuch bei seiner Schwester im Norden den Vorwand für seine heimlichen Zwecke der Reise dorthin abgegeben hatte. „Wie es scheint, bekommt ihr die Schwangerschaft. Sie sieht wundervoll aus und Agar behandelt sie, als wäre sie aus Zucker. Der Ausdruck anbeten ist noch zu wenig gesagt." William ließ sich in einen Stuhl am Kamin fallen.

„Ich kann mir in meinen wildesten Träumen unsere schüchterne kleine Schwester nicht vorstellen, wie sie als Dame des Hauses dort auftritt. Sie ist so ein stilles, kleines Ding."

„Agar ermutigt sie, nicht so übermäßig bescheiden zu sein und ich muss sagen, sie wirkt tatsächlich, als wäre sie immer Lady Agar gewesen. Ich glaube, das Personal liebt sie geradezu wegen ihrer Freundlichkeit und sanften Art."

„Ich bin froh, dass jemand von ihrer eigenen Familie sie zu besuchen gefahren ist. Es muss schwierig für sie sein, zum ersten Mal in ihrem

Leben von ihrer Familie getrennt zu sein."

„Mach dir keine Sorgen um Verity. Sie und Agar sind ungewöhnlich glücklich." Er musterte Nick. „Erlaube mir, das neu zu formulieren. Vielleicht nicht ungewöhnlich - wenn man bedenkt, dass du und Lady Fiona ebenso ekelhaft verliebt seid."

Nick lachte leise. „Ich hoffe, du wirst etwas ebenso Befriedigendes erleben. Du solltest aufhören, aus deiner Reisetasche zu leben und dich mit einer netten Frau niederlassen. Agar und ich können das Heiraten sehr empfehlen."

Will konnte seine Gedanken nicht daran hindern, zu Isadore abzuschweifen. Es war ihm flüchtig in den Sinn gekommen, dass sie *DIE* Frau war. Wie konnte er so etwas nur über eine Frau denken, die vermutlich im Gefängnis enden würde? Oder schlimmer. „Ich denke, ich werde warten, bis ich dreißig bin."

„Wenn du so lange lebst, bis du dreißig bist. Gibt es denn nichts, was Adam oder ich tun können, damit du deine gefährlichen Unternehmungen aufgibst? Guter Gott, Mann, es ist doch nicht so, als ob du das Geld brauchst!"

„Ich bin nicht dafür geschaffen, Bankier zu sein wie Adam oder Börsenmakler wie du. Jeden Tag am gleichen Ort zu verbringen - noch dazu drinnen - wäre schlimmer, als mitten im Ozean Wasser zu treten. Ich würde sterben."

„Ich wünschte, du würdest an die Börse gehen. Ich kann dir nicht vermitteln, wie aufregend es ist, jeden Tag ein Vermögen zu gewinnen oder zu verlieren."

„Das werde ich vermutlich tun - nachdem ich geheiratet habe. Wenn andere von mir abhängig sind, werde ich nicht länger meinen Hals riskieren. Dann riskiere ich vermutlich lieber anderer Leute Geld - so wie du."

Nick lachte. „Wie war der andere Teil deiner Reise?"

„Ich komme der Sache näher."

Nick hob eine Braue. „Näher, dieses abscheuliche Stück Mist der Gerechtigkeit zuzuführen?"

„Das ... oder ihn vernichten. Auf die ein oder andere Weise werde ich ihn erwischen. Ich erfahre von immer mehr unschuldigen Leben, die er zerstört hat."

„Und doch schwänzelt er als Lord ohne Tadel und über jeden Zweifel erhaben in der Gesellschaft herum." Nick schüttelte den Kopf. „Es war eine verdammte Schande mit Stoney."

„Vielleicht entsteht aus seinem Tod doch noch etwas Gutes - wenn ich Lord Finkels größte Übeltaten aufdecken kann."

„Und hast du die Goldbarren?"

„Noch nicht. Aber McIvers Mittelsmann hat Kontakt mit mir aufgenommen."

„Die mysteriöse Isadore?"

Will sah sie vor seinen Augen. Er wünschte, ein Romney könnte ihre unglaubliche Schönheit mit diesen tiefdunklen Augen in dem sahnigweißen Gesicht einfangen, die Krone glänzend dunkler Haare darüber von roten Lichtern verschönt. Er nickte, sein Mund verzog sich zu einem Lächeln.

„War sie so hübsch, wie McIver sagte?"

„Hübscher."

„Wann wird sie dir die Goldbarren geben?"

„Das weiß ich nicht."

„Wie meinst du das?"

„Es gibt Umstände, die sich dazu verschworen haben, uns von einer Unterhaltung über die

Goldbarren abzuhalten.“

Nicks dunkle Augen wurden schmal. „Was zur Hölle?“

„Da ist ihre stumme Schwester, von der ich glaube, dass sie bezüglich Isadores rechtsbrecherischen Aktivitäten im Dunklen gehalten wird. Und da sind die bewaffneten Männer, die versuchten, sie zu entführen. Und ...“

Nick hob eine Hand. „Bewaffnete Männer?“

„Thompson und ich haben sie leicht erledigt. Der einzige Verlust war meine Kutsche.“

„Du meinst, sie glaubten, dass du die Goldbarren hättest?“

„Nicht direkt. Irgendwie müssen sie gewusst haben, dass Isadore Zugang dazu hat, weil sie *sie* wollten.“

„Wo zum Teufel sind die Goldbarren?“

„Das weiß ich nicht. Isadore soll mich ja zu ihm führen.“

„Warum kannst du sie nicht einfach fragen?“

„Ich habe es nicht geschafft, einen Moment mit ihr allein zu sein.“

„Dann, um Himmels willen, mach schon und frag sie in Gegenwart ihrer Schwester. Ich nehme nicht an, dass man hoffen darf, dass die Schwester auch taub ist?“

„Nein, ihr Gehör ist normal.“ William seufzte. „Ich würde mich nicht gut dabei fühlen, das Thema anzuschneiden. Isadore ist furchtbar besorgt um ihre Schwester. Ich möchte nicht der Grund für einen Bruch in ihrer Familie sein.“

„Wie kannst du dich wieder mit Isadore in Verbindung setzen?“

„Tatsächlich ist sie derzeit bei mir am Grosvenor Square.“

Nick bedachte ihn mit einem verschmitzten

Lächeln. „Ach, ist sie das? Und ich könnte schwören, dass du das sehr genossen hast."

„Es ist nicht so, wie du denkst. Sie ist eine ... Dame."

Nick brach in Gelächter aus. „Natürlich. Eine Dame, die Goldbarren ins Land schmuggelt. Eine Dame, die mit MacIver bekannt ist. Du musst deine Intuition verlieren, alter Junge. Ich dachte immer, du hättest ein gutes Auge für die Damen."

„Das kannst du nicht verstehen. Sie ist nicht so, wie du denkst ..."

„Bist du sicher, dass du und sie ...?"

„Das Ausmaß unserer Intimität bestand darin, dass ich ihr Gedichte vorgelesen habe."

Nick brach in herzliches Gelächter aus und fing bald an zu keuchen. Als er sich endlich wieder beruhigt hatte, sagte er: „Ich muss deine Isadore kennenlernen."

„Sie ist nicht *meine* Isadore."

„Hör' auf deinen älteren Bruder. Geh nach Hause und fordere, dass sie dir sagt, wo zum Teufel die Goldbarren sind." Nick betrachtete seinen Bruder einen Moment lang ernst. „Ich war nie dafür, dass du das Gold auf diese Weise kaufst, aber nachdem du angefangen hast, haben Adam und ich Käufer gefunden. Wir dürfen sie nicht enttäuschen. Ich muss wissen, wann wir die Lieferung erwarten können."

Will nickte kläglich, stand auf und verabschiedete sich von seinem Bruder.

* * *

Sophia lauschte geduldig, als ihr Bruder die Treppen heraufstieg, aber im Moment, als seine Füße den Treppenabsatz berührten, rannte sie aus ihrem Schlafzimmer und warf sich in seine Arme. Er klopfte ihr in eher väterlicher Weise auf den Rücken, bevor er sich von ihr losmachte und sie mit ernstem Gesichtsausdruck ansah. „Was zum Teufel hast du mit Finkel gemacht?"

Sie seufzte. „Komm, lass uns alleine darüber reden."

„Wessen Haus ist das hier?"

„Es gehört einem reichen Mann namens William Birmingham."

Eine Falte entstand zwischen seinen Brauen. „Nicholas Birminghams Bruder?"

„War das der, der Lord Agars Schwester geheiratet hat?"

„Ja, und seine Schwester ist mit Lord Agar verheiratet."

„Das kann nicht mein Mr. Birmingham sein."

„Es gibt einen anderen Birmingham-Bruder, der Bankier ist."

Sie schüttelte den Kopf. „Dieser Mann kann kaum ein Bankier sein, und ich habe den sündhaft gutaussehenden Nicholas Birmingham gesehen. Glaub mir, William Birmingham kann nicht mit ihm verwandt sein. Obwohl er gut aussieht, ist er nicht groß und auch nicht dunkel wie Nicholas Birmingham. Kannst du dir Nicholas Birmingham mit einem goldhaarigen Bruder vorstellen?"

„Nicht wirklich." Er musterte die üppige Einrichtung, als sie zu ihrem Zimmer gingen. „Was machst du hier mit einem Mann, der eindeutig nicht dein Ehemann ist?"

Sie schloss die Tür und bat ihn, sich neben sie auf das Sofa vor dem Feuer zu setzen. „Ich bin nicht sicher. Er denkt, ich sei eine Frau namens Isadore."

„Ich komme nicht mit."

„Sag, hast du von Lord Finkel gehört?"

„Allerdings, und er ist furchtbar wütend. Er sagt, du hättest ihn in deiner Hochzeitsnacht sitzen lassen, aber er besteht darauf, dir zu verzeihen - was ich ziemlich großzügig von ihm fand."

„An ihm ist gar nichts Großzügiges. Ich bin zu dem Schluss gekommen, dass er wirklich böse sein muss."

„Warum hast du ihn dann geheiratet, wenn du ihn nicht liebst? Nicht einmal *magst*, so wie das klingt!"

„Ich hatte einen guten Grund, obwohl meine Entscheidung sicher auch damit zu tun hatte, dass ich dabei war, endgültig eine alte Jungfer zu werden. Ich hatte fast fünfzig Freier abgelehnt und war zu dem Entschluss gekommen, dass ich nie einen Mann finden würde, den ich lieben könnte. Keine Frau möchte eine alte Jungfer werden, ohne zu Hause und eigene Familie." Wie sehr sie wünschte, dass sie gewartet hätte. Sie glaubte jetzt, dass es *doch* einen Mann gäbe, den sie lieben könnte. Auch, wenn er vermutlich ein zweifelhafter Charakter war.

Mit ernstem Blick schaute sie ihren Bruder an und fuhr fort. „Lord Finkel machte etwas, das mich zwang, seinen Antrag anzunehmen. Wie du wurde ich von dem getäuscht, was ich für seine Großzügigkeit hielt."

„Wie hat er dich gezwungen?"

Sie seufzte. „Ich hatte beabsichtigt, Maryanns Geheimnis mit ins Grab zu nehmen, aber jetzt kann ich das nicht länger. Wir - du und ich - müssen Lord Finkel davon abhalten, ein unschuldiges Wesen zu vernichten."

„Maryann?"

Mit tiefernstem Gesichtsausdruck nickte

Sophia. „Während eines Aufenthaltes in Stonebridge Manor bei den Colgroves mit ihrer Freundin Louisa hat sich Maryann mit dem zweitältesten Sohn der Colgroves, in den sie schon immer verliebt war, sehr unpassend und dumm benommen."

„Mein Gott, sie kann doch nicht ..." Seine Brauen schossen nach oben.

Sophia nickte. „Sie war erst fünfzehn. Er war siebzehn und sollte nach Spanien in den Krieg gehen. Sie waren beide jung, bildeten sich ein, dass sie sich liebten und befürchteten, dass sie sich nie wiedersehen würden, nachdem er in den Krieg zog."

„Und Finkel wusste von diesen ... Intimitäten?"

„Ich weiß nicht, wie er davon erfahren hat. Tatsächlich glaubte ich ihm nicht. Bis ich Maryann damit konfrontiert habe. Sie war entsetzt, dass jemand es herausgefunden haben könnte - dann erinnerte sie sich, dass Lady Louisa ihr erzählt hatte, dass jemand in Spanien ihrem Bruder alle seine Briefe aus dem Zelt gestohlen hätte. Maryann hatte Captain Landsdowne über ihre Reue geschrieben."

„Willst du sagen, dass Finkel, um deine Hand zur Ehe zu bekommen, gedroht hat, unsere Schwester bloßzustellen - und jede Chance zu ruinieren, dass sie je heiraten könnte?"

„Ja. Ich denke auch, dass er mehr wollte als meine Hand. Vergiss nicht, dass ich eine beträchtliche Mitgift habe."

Devere stieß einen Fluch aus.

Ihr Bruder hatte nie solche Worte in ihrer Gegenwart benutzt. Auch zum Teufel hatte er nie gesagt. Bis heute. Sie nahm an, dass das Gespräch über Finkie Schimpfworte verdiente. Er erwies sich als ein ausgesprochen übler Mensch.

„Ich habe jetzt beschlossen, dass, da du das Familienoberhaupt bist, entscheiden musst, wie mit Lord Finkel zu verfahren ist."

„Ich hätte verdammte Lust, ihn umzubringen!"

„Das ist keine Lösung." Sie runzelte die Stirn.

„Wird er Anspruch auf meine Mitgift haben?"

Devere fluchte erneut. „Ich werden meinen Anwalt darauf ansetzen." Er schüttelte den Kopf. „Ich denke nur ständig an die Sache mit der armen Lady Wapping."

„Ich auch. Oh, Devere, du musst mir helfen. Ich will nicht wie Lady Wapping enden."

Er hielt ihre Hand. „Ich rede mit meinem Anwalt." Er stand auf. „Komm, ich nehme dich mit nach Hause."

Sie schüttelte den Kopf. „Ich kann nicht dorthin gehen. Ich weiß, dass Lord Finkel Devere House von seinen Dienern bewachen lässt." Ihre Stimme wurde brüchig. „Ich glaube, sie würden mich mit Gewalt wegholen. Gestern haben sie versucht, mich zu entführen, aber Mr. Birmingham und sein Kammerdiener- der keinem Kammerdiener ähnelt, von dem ich je gehört hätte - vereitelten den Versuch."

„Wie könnten Finkels Diener ermächtigt sein, die Herrin des Hauses zu entführen?"

„Ich sage dir doch, dass sie es taten. Und sie waren bewaffnet. Sie haben mich nicht mit dem geringsten Respekt behandelt. Man hätte meinen können, ich sei eine gemeine Verbrecherin, so, wie sie mit mir sprachen und mich behandelten."

Ihr Bruder fluchte wieder. „Das ist in keiner Weise annehmbar." Er kam wieder zum Sofa zurück und drückte ihre Schultern. „Wir müssen einen Weg finden, dich da rauszuholen. Ich werde mit Finkel sprechen, aber ich lasse dich nicht gerne hier bei diesem ... merkwürdigen Birmingham."

„Er ist ein Gentleman. Ich habe keine Angst um meine Sicherheit oder meine Tugend, solange ich bei ihm bin."

„Ich muss zumindest mit ihm sprechen."

„Ich darf ihn nicht wissen lassen, wer ich wirklich bin. Ich bin nur willkommen, da er glaubt, dass ich Isadore bin."

„Wer ist Isadore?"

„Ich wünschte, ich wüsste es."

Er ging zur Tür. „Ich komme wieder."

„Du darfst nicht kommen, wenn Mr. Birmingham hier ist. Ich schicke dir eine Nachricht, wenn er geht." Sie dachte einen Moment lang nach. „Wenn du mit mir reden möchtest, schau zu meinem Fenster auf. Wenn Mr. Birmingham ausgegangen ist, wirst du einen Kerzenleuchter hier sehen." Sie zeigte auf das Gesims unter dem hohen Fenster. „Wenn er zu Hause ist, wird er nicht dort stehen."

***

„Ich dachte, Sie würden gerne wissen, dass Miss Isadore Door heute einen Besucher hatte", sagte Thompson zu William, als er dessen Krawatte für das Abendessen band.

William hob fragend eine Braue. „Einen männlichen Besucher?"

„In der Tat."

„Wer war er?"

„Ich weiß es nicht, aber ich weiß, dass er in einem eleganten Haus in der Curzon Street wohnt."

„Und woher solltest du das wissen?"

„Weil Miss Isadore Door mich gebeten hatte,

mit ihrer Schwester dorthin zu gehen. Miss Dorothea Door überbrachte dem Gentleman, der dort wohnt, eine Nachricht."

„Weißt du, was in der Nachricht stand?"

Der Kammerdiener schüttelte den Kopf.

„Wo hat sich Isadore mit diesem Gentleman getroffen?"

„In den Räumen Ihrer Mutter. Im Wohnzimmer, glaube ich."

„Und die Tür war geschlossen?"

„In der Tat."

„Das muss der Mann sein, dem sie die Goldbarren anvertraut hat. Es ist recht merkwürdig, dass ein Mann, der in einer eleganten Straße wie der Curzon lebt, in Schmuggel verwickelt ist."

„Nicht merkwürdiger als bei einem Gentleman, der am Grosvenor Square lebt. Und wie Sie war dieser Mann ein Gentleman." Thompson räusperte sich. „Vielleicht möchten Sie erfahren, dass Miss Isadore Door den Mann umarmte."

William hatte das Gefühl, dass ihm jemand in den Bauch getreten hätte.

In welcher Beziehung stand dieser sogenannte Gentleman zu Isadore? William mochte nicht daran denken, dass sie in irgendeiner Weise mit einem anderen Mann verbunden war.

Thompson half ihm in seine Abendkleidung. William war es müde, um das Thema der Goldbarren herumzutanzen. Die Zeit war gekommen, Isadore geradeheraus zu fragen. Er würde jetzt sofort zu Tisch gehen.

Kapitel 6

Als er das Speisezimmer erreicht hatte, hinderte ihn sein aufsteigender Ärger daran, Isadore herzlich zu begrüßen. Die strenge Kontrolle, die er über seine Zunge ausübte, gelang ihm bei seinen Augen nicht. Sie wanderten hart über die in rotem Samt umwerfend aussehende Frau. Ihre dunklen Wimpern hoben sich, als er an den Tisch trat und ein sanftes Lächeln hob ihre Mundwinkel. Sie war exquisit.

Er wandte schnell die Augen ab und richtete das Wort an ihre Schwester. „Guten Abend, Miss Door." Dann erlaubte er seinem Blick, wieder zu der Schönen hinüberzuhuschen. „Sie scheinen sich besser zu fühlen, Miss Door."

Sie seufzte. „Es ist nicht so, dass es mir wesentlich besser ginge. Vielmehr verspürte ich ein dringendes Verlangen, der Enge meines Schlafzimmers zu entfliehen."

Er war nicht in der Lage, ein Lachen zu unterdrücken, als er sich auf seinen Stuhl am Kopf des Tisches gleiten ließ. „Verzeihen Sie mir, wenn ich ihnen kein Mitleid ausspreche. So sehr können Sie sich nicht gelangweilt haben. Ich habe gehört, dass Sie heute einen Gentleman in Ihrem Schlafzimmer unterhalten haben, oder nicht?" William war sich sicher, dass der Mann nichts Gutes im Schilde führte.

„Nicht wirklich in meinem Schlafzimmer. Ich verbrachte den Tag auf dem Sofa im angrenzenden Wohnzimmer. Dort habe ich mit dem Gentleman gesprochen."

Seine Augen waren hart, als er sprach. „Also ist er derjenige, der die Goldbarren hat?" Da! Es war heraus. Keine Zweideutigkeiten mehr.

Einen Moment lang antwortete sie nicht. „Was könnte Sie zu dieser Annahme veranlassen, Mr. Birmingham?"

„Sie müssen doch darauf bedacht sein, den Austausch vorzunehmen und wieder zu ... nach Hause zurückzukehren." Es kam ihm plötzlich in den Sinn, dass sie ihn belogen haben könnte und doch eine verheiratete Frau war. War der heutige Besucher ihr Ehemann?

Warum ließ die bloße Vorstellung seinen Magen sich umdrehen?

„So, wie ich mich im Moment fühle, bin ich der Heimreise nicht gewachsen."

Ihm war nicht danach, sein Mitgefühl zu bekunden. „Und wo wäre dieses Heim?"

Sie zögerte, bevor sie antwortete. „Sie müssen verstehen, dass es einer Frau in meiner Lage nicht freisteht, solche Einzelheiten zu offenbaren."

„Was *eine Frau in Ihrer Lage* angeht - Sie haben meine Frage über den Herrn, der Sie besuchen kam, nicht beantwortet."

Sie schüttelte den Kopf. „Er hat die Goldbarren nicht mehr."

„Aber er hat Ihnen gesagt, wo er ist?"

„Natürlich. Aber ich kann ihnen jetzt nicht sagen, wo er ist."

„Nicht, bevor Sie nicht Ihre achtzigtausend Pfund erhalten haben."

Ihre riesigen dunklen Augen wurden für den Bruchteil einer Sekunde ganz rund. „Wann kann ich meine Bezahlung erwarten?"

„Ich habe sie jetzt."

Sie drehte sich zu ihrer Schwester und legte eine zitternde Hand auf den Unterarm dieser Dame." „Bitte, Liebes, ich spüre, dass ich einen Rückfall erleiden werde. Ich wusste, ich hätte nicht diese Treppe herunterkommen dürfen. Es war zu viel für mich." Mit jedem Wort, das sie sprach, wurde ihre Stimme ein wenig leiser, bis ihre letzten Worte kaum noch hörbar waren.

Beide Damen erhoben sich, die schöne klammerte sich an die dünnere. Isadore wandte sich zu ihm und sprach mit schwacher Stimme. „Verzeihen Sie mir, aber ich muss mich verabschieden. Ich fürchte, ich könnte zusammenbrechen."

Er sprang auf. „Bitte, erlauben Sie mir, Ihnen zu helfen." Damit ging er daran, sie auf seine Arme zu heben, als wäre sie ein kleines Kind.

Obwohl er ein starker Mann war, hatte er doch, nachdem er mit ihr auf dem Arm zwei Treppen hinaufgestiegen war, Schwierigkeiten beim Atmen. Die Schwester öffnete Isadores Schlafzimmertür und er trug sie zum Bett und ließ sie darauf fallen.

Er war nicht überzeugt, dass sie wirklich krank war. Es schien fast, als würde sie vorgeben, krank zu sein, um nicht die Goldbarren herausgeben zu müssen. Hatte sie sie verloren? An einen anderen verkauft? Nein, dann hätte sie nicht im ‚Stachelschwein'-Gasthaus auf ihn gewartet. Aber warum dann zum Teufel wollte sie ihren Aufenthalt hier am Grosvenor Square ausdehnen?

* * *

Nachdem Sophia sich überzeugt hatte, dass Mr. Birmingham aus ihrem Schlafzimmer verschwunden und ins Speisezimmer zurückgegangen war, erholte sich ihre Stimme zu bemerkenswerter Klarheit. „Oh, Dottie, ich habe mich so in die Klemme gebracht!"

„Ich würde es nicht als Klemme betrachten, achtzigtausend Pfund zu bekommen. Das hört sich für mich an wie ein wahrgewordener Traum."

„Du vergisst, dass die achtzigtausend für Isadore sind."

„Aber ich dachte, Sie wären Isadore."

„Mit Sicherheit nicht. Du kennst mich doch schon mein ganzes Leben. Ich bin Sophia Beresford."

Dottie schüttelte den Kopf. „Nicht mehr. Sie sind Sophia Finkel."

Sophia schloss übertrieben die Augen und stöhnte. „Bitte, erinnere mich nicht daran."

„Wenigstens weißt du jetzt, warum er Isadore finden wollte."

„Ja. Wegen der Goldbarren. Es scheint, dass die Quelle des Reichtums unseres lieben Mr. Birminghams der Goldschmuggel ist."

„Wenigstens ist er kein Mörder oder sonst etwas wirklich Schlimmes."

„Das stimmt nun wieder", sagte Sophia resigniert.

„Ich glaube, er wird ungeduldig, die Goldbarren in die Hände zu bekommen."

„Ich vermute, du hast recht. Was soll ich nur tun?"

„Ich verstehe nicht, warum Sie nicht nach Devere House zurückkehren können."

„Weil ich sehr stark vermute, dass Lord Finkels Männer mitbekommen werden, wenn ich ankomme, und ihr Herr mich zwingen wird, zu ihm zurückzugehen. So, wie es jetzt steht, ist das Gesetz auf seiner Seite. Devere hätte keine andere

Wahl, als Finkel zu erlauben, mich mitzunehmen."

„Ich kann nicht glauben, dass Lord Devere das zulassen würde."

„Kannst du dich nicht an die herzzerreißende Geschichte mit der furchtbaren Ehe von Lady Wapping erinnern? Ich war damals noch ein Kind, aber man redet noch immer darüber."

Dottie schüttelte den Kopf. „Ich höre nicht alle Geschichten, die man sich in der *guten Gesellschaft* erzählt."

Sophia holte tief Luft. „Lady Wappings Schönheit hatte dazu geführt, dass ihre Einführung in die Gesellschaft überaus erfolgreich verlief. Sie wurde sehr umworben, schenkte aber Lord Wapping ihr Herz." Sophia seufzte wieder. „In ihrer Hochzeitsnacht begann Lord Wapping - ohne dass jemals jemand den Grund dafür erfahren hätte - sie schrecklich zu schlagen. Sobald sie konnte, lief sie heimlich fort, zu ihren Eltern. Ihr Kopf war verletzt, ein Arm gebrochen und sie war ganz zerschlagen."

Dottie zuckte zusammen. „Sie hätten den Mann aufhängen sollen!"

„Das finde ich auch, aber es gab keine Gerechtigkeit. Lord Wapping kam zum Haus ihres Vaters, um sie zu holen. Ihr Vater sagte, er würde seiner Tochter nicht erlauben, zu dieser Bestie zurückzukehren. Lord Wapping entgegnete, dass die Lady sein Eigentum sei und die Gesetze von England sein Recht, sie zurückzuholen, wahren würden. Der Vater sagte, dass die Gesetze nicht für Männer gemacht wären, die zu solch abscheulicher Gewalt fähig wären - worauf Wapping erwiderte, dass ein Ehemann das Recht habe, seine ungehorsame Frau zu bestrafen."

Dotties Brauen zogen sich zusammen. „Sie wollte nicht mit ihrem Mann schlafen?"

Sophia zuckte die Achseln. „Die Lady sagte, sie habe getan, was er verlangte."

„Dann muss ihr Mann ein Verrückter gewesen sein."

„Offensichtlich war er nicht normal. Das Traurige war jedoch, dass die Gerichte schließlich urteilten, dass der Ehemann das Recht hätte, seine Frau von ihrem Vater wegzuholen, und dass er das Recht hätte, sie zu schlagen, wenn er wollte - vorausgesetzt, es wäre nicht übertrieben. Was ich so verstehe, solange er sie nicht umbringt."

„Es muss mächtig hart für ihren Vater gewesen sein, sie zu dieser Bestie zurückgehen zu lassen."

Sophia nickte. „Man musste ihn fesseln. Aber es dauerte nicht lange. Er tötete Lord Wapping lieber, als dem Unhold zu erlauben, seine Tochter zu verletzen, und der arme Vater wurde wegen des Mordes gehängt."

Dotties Augen füllten sich mit Tränen. „Oh, Mylady! Das könnten Sie sein! Warum nur haben Sie diesen abscheulichen Mann geheiratet?"

„Ich hatte meine Gründe." Es musste einen anderen Weg geben, Maryanns Ruf zu retten. Es war eine solche Erleichterung, dass sie ihre Ängste mit Devere hatte teilen können. Sicher würde er Maryanns Problem lösen können.

„Wird Lord Devere nach einem Weg suchen, wie er Sie aus dieser Ehe befreien kann?"

„Er wollte direkt zu seinem Anwalt gehen, nachdem er hier fortging." Sie dachte weiter an Lady Wapping.

„Ich hoffe, Ihr Bruder wird Erfolg haben."

„Als ob die Schwierigkeiten mit meiner ... *Ehe* nicht schrecklich genug wären, jetzt bin ich auch noch in einen Goldschmuggel verwickelt."

„Nicht Sie. Isadore."

Sophie schaute Ihre Zofe finster an.

Dottie seufzte. „Was werden Sie nur tun?"

„Ich habe keine Ahnung. Deshalb musste ich vortäuschen, dass ich schwer krank wäre. Ich musste von Mr. Birmingham wegkommen und einen Plan machen." Sie musterte Ihre Zofe. „Du weißt doch, wie verflixt ungeschickt ich darin bin, mir direkt etwas einfallen zu lassen."

„Tatsache ist, Mylady, dass Sie auch bei der Auswahl eines Ehemanns verflixt ungeschickt waren!"

„Daran brauchst du mich nicht zu erinnern. Ich bereue es jede einzelne Sekunde des Tages."

Dottie verzog nachdenklich ihr Gesicht. „Ich nehme nicht an, dass Sie irgendwelche Goldbarren haben?"

Sophia machte ein finsteres Gesicht. „Was glaubst du denn?"

„Ich denke, das wäre die richtige Isadore. Ein Jammer, dass Sie sie nicht finden können."

„Hmmm. Das ist tatsächlich eine sehr gute Idee, Dottie."

„Aber Sie können sie nicht finden, solange Sie hier krank liegen."

„Richtig. Aber ... mir ist jetzt klar, dass jemand Mr. Birmingham erzählt hatte, dass eine Frau namens Isadore, die im Besitz der Goldbarren ist, Kontakt zu ihm aufnehmen würde. Das würde erklären, warum er, als ich im ,Stachelschwein' auf ihn zu kam, sofort annahm, dass ich Isadore wäre. Ich glaube, Mr. Birmingham könnte ebenso vermuten, dass es Diebe waren, die sich für das Gold interessierten - und nicht Finkels bezahlte Helfer - die am nächsten Morgen versuchten, mich zu entführen."

Dottie nickte.

„Also steht zu vermuten, dass die echte Isadore versuchen wird, sich mit Mr. Birmingham in Verbindung zu setzen."

„Sie könnte jede Minute hier an die Haustür klopfen!"

„Ein sehr guter Punkt! Gott sei gedankt, dass mein Schlafzimmer auf den Grosvenor Square hinausgeht. Ich werde einfach mein Sofa ans Fenster schieben und Wache halten. Es ist unbedingt erforderlich, dass ich sie aufhalte, bevor sie mit Mr. Birmingham sprechen kann."

„Wenn Sie die achtzigtausend von Mr. Birmingham bekommen könnten, wäre es möglich, ihr die Goldbarren abzukaufen."

„Genau!"

„Aber wie lange müssen Sie so tun, als wären Sie furchtbar krank?"

„So lange es eben dauert."

„Ich weiß, wie sehr Sie es hassen, im Haus zu bleiben, wie sehr Sie aufleben, wenn Sie alle Ihre Freunde und Ihre Familie um sich haben."

„Ich muss zugeben, es ist sehr schwierig."

Dottie beäugte sie misstrauisch. „Schien es Ihnen nicht auch, dass Mr. Birmingham heute Abend nicht so gut auf Sie zu sprechen war?"

„Ja, allerdings."

„Ich könnte wetten, dass es daran lag, dass Sie Herrenbesuch hatten. Eifersüchtig, das ist es, was er ist, merken Sie sich meine Worte."

„Aber der Gentleman, der mich besuchte, war mein Bruder!"

„Das weiß Mr. Birmingham doch nicht!"

„Ich bin sicher, er ist nicht eifersüchtig. Es ist doch nicht so, als ob er mir je das leiseste

Anzeichen dafür gegeben hätte, dass er in dieser Weise an mir interessiert wäre."

„In der Weise, wie Sie an ihm interessiert sind?" Sophia nickte wehmütig.

„Sie sagten, nach dem Fiasko mit Lord Finkel würden Sie auf Dottie hören. Ich habe bei Männern immer recht."

„Ach, Dottie, wie sehr ich mir wünschte, dass du hier recht hättest!"

„Ich sage es noch einmal. Ich kann sehen, was Sie für den gutaussehenden Mr. Birmingham empfinden. Ich hatte Ihnen gesagt, Sie sollten sich von ihm ruinieren lassen. Mit Sicherheit würde Lord Finkel keine verdorbene Ware wollen."

„Ich hätte keine Ahnung, wie ich mich ruinieren lassen sollte, wie ich irgendwie diesen gutaussehenden Gentleman verführen könnte." Dotties Vorschlag hatte viel für sich. Mr. Birmingham kennenzulernen hatte eine bemerkenswerte Wirkung auf sie ausgeübt. Fast über Nacht war sie aus einer Frau, die die Küsse eines Mannes verabscheute, zu einer geworden, die förmlich nach den Küssen eines bestimmten Mannes hungerte - und nach mehr als nur nach Küssen.

„Warum machen Sie sich nicht richtig hübsch und ich bringe Mr. Birmingham eine Nachricht, dass er herkommen und meiner melancholischen Schwester vorlesen soll? Das sollte ihn erweichen. Sie wissen doch, wie sanft er letzten Abend zu ihnen war."

„Ich kann keine solche Nachricht schreiben. Ich würde wie ein Flittchen wirken!"

„Aber ich kann sie schreiben und sagen, wie sehr ich mich um meine Schwester sorge."

Sophia stieß einen tiefen Seufzer aus.

„Könntest du zuerst ins Speisezimmer zurückgehen? Ich kann gar nicht sagen, wie hungrig ich bin. Ich wünschte, du könntest mir etwas mitbringen."

„Überlassen Sie das mal Dottie."

* * *

Er gab seinen Plan, heute Abend Diane zu sehen, auf, sobald die arme Stumme ihm ihren gekritzelten Brief überbracht hatte, in dem sie ihn drängte, zu kommen, um ihrer melancholischen Schwester vorzulesen. So schlecht er im Moment auf Isadore zu sprechen war, fand er sich doch machtlos, dem Verlangen zu widerstehen, ihr jeden Wunsch zu erfüllen.

So war er es - und nicht ihre Schwester - der der angeblich kranken Dame ein Tablett mit Essen brachte. Er klopfte sacht an ihre Tür; als er eintrat, stockte ihm fast der Atem angesichts der Vision in schaumweißen Spitzen, die dort auf der Chaiselongue lag. Ihr schönes Gesicht hellte sich auf, als sie aufschaute und ihn erblickte.

Er blieb davon nicht unberührt. Sehr zu seinem Leidwesen.

„Sie müssen hungrig sein", sagte er mit Zärtlichkeit in der Stimme. „Ich habe etwas von dem Essen gebracht, das Ihre Schwester ausgewählt hat."

Sie setzte sich weiter auf und sprach mit schwacher Stimme. „Es würde mir vermutlich gut tun, etwas zu essen. Ich fühle mich so schwach."

Er stellte das Tablett auf den Teetisch neben ihrer Chaiselongue.

Sie nahm die Gabel, die er mitgebracht hatte, spießte das Kalbfleisch auf und aß es mit gutem Appetit. „Ich muss zugeben, ich war hungrig. Wie überaus freundlich von Ihnen, mir dies zu bringen. Bitte, wollen Sie sich nicht setzen?"

Er ließ sich neben ihr auf dem Sofa nieder.

„Wo ist meine Schwester?"

„Sie war anscheinend sehr hungrig. Ich glaube nicht, dass ich schon jemals eine so dünne Person einen Teller so mit Essen habe füllen sehen. Es würde mich überraschen, wenn sie den Teller in weniger als einer halben Stunde leeren könnte."

Isadore kicherte. „Meine Schwester hat einen herzhaften Appetit." Dann erlitt die Dame einen Hustenanfall. Es war ein eher asthmatischer Husten als ein verschleimter oder - Gott bewahre, die Art des Bluthustens, die man mit Schwindsucht in Verbindung brachte.

Als sie fertig gehustet hatte, richtete sie ihre Aufmerksamkeit wieder auf ihren Teller. Es schien, dass beide Schwestern sich eines guten Appetits erfreuten. Er war nicht fähig, seine Blicke von ihrer Schönheit abzuwenden. Sie wirkte im Profil ebenso schön wie von vorn. Er versuchte, sich darüber klar zu werden, was an ihr so schön war. Sie hatte dunkle Wimpern, die unglaublich lang waren, aber es gab so viel anderes, was zu ihrer Schönheit gehörte. Im Feuerschein wirkte ihre Haut so glatt und hell wie poliertes Elfenbein. Ihre Nase war pure Perfektion, ebenso wie ihr anmutiger Hals. Sein Blick wanderte zu der süßen Schwellung ihres Busens und er atmete tief ein. Dann wandte er seinen Blick ab.

Er wünschte bei Gott, er hätte nicht sein Wort gegeben, sie nicht zu verführen. Er hatte noch nie eine Frau so sehr küssen wollen, wie er Isadore in diesem Moment küssen wollte.

Er ging zu dem Tisch in ihrem Raum, wo eine Karaffe Portwein wartete und goss für jeden von ihnen ein Glas ein. Als sie fertig gegessen hatte, nahm sie ihr Glas und wandte ihm dann ihre volle Aufmerksamkeit zu. Ihre Augen trafen sich und blieben aneinander hängen. Obwohl ihre fast kohlschwarz waren, hatten sie jedoch ungewöhnlich starke Ausdruckskraft. Ernst.

Sie stieß mit ihrem Glas leicht an seines. „Auf einen erfolgreichen Abschluss unserer Partnerschaft."

Sie trank. Er trank. Nur wenige Worte wurden zwischen ihnen gewechselt. Bald holte er die ganze Karaffe zum Teetisch und sie tranken jeden Tropfen aus.

Er fragte sich, ob sie nicht an Wein gewöhnt wäre, da er einen solch erweichenden Einfluss auf sie hatte. Sie begann, seine Wangen zu streicheln, während sie zärtlich zu ihm sprach. „Ich glaube, dass ich Ihnen mein Leben verdanke, lieber Mr. Birmingham."

Seine Fähigkeit, ein perfekter Gentleman zu bleiben, begann zu schwinden. Er ertappte sich dabei, wie er ihre Hand hob und seine Lippen sanft auf ihre Handfläche drückte. Ihr heftig gehender Atem erregte ihn. Dann, wenn er sich nicht irrte, begann sie fast wie eine Katze zu schnurren. Sie legte ihren Kopf auf seine Schulter und sein Arm umfasste sie.

„Ich bedauere das alberne Versprechen, das ich Ihnen gegeben habe", sagte er mit heiserer Stimme.

Ihr Kopf hob sich von seiner Schulter, ihre Augen schauten fest in die seinen. „Mich nicht zu verführen?"

„Das auch, aber gerade jetzt sehne ich mich danach, Sie zu küssen."

* * *

Es war, als wäre ihr Herz in Stücke

zersprungen. Seine Worte hatte jede Selbstkontrolle erschüttert, die sie je besessen hatte. Sie schmiegte sich enger an ihn, so dicht, dass sie seinen Atem spüren und seinen Duft nach Sandelholz riechen konnte. Zum ersten Mal in ihren siebenundzwanzig Jahren ertappte sie sich dabei, wie sie ihr Gesicht hob, um den Kuss eines Mannes zu empfangen.

Aber dies war nicht irgendein Mann. Dies war der Mann, den sie während des letzten Jahrzehnts gesucht und von dem sie geglaubt hatte, dass es ihn nicht gäbe. Aber es gab ihn doch. Sie hätte vor Verlangen nach ihm weinen können.

Ihre Lippen trafen sich mit heißem Begehren. Keiner von ihnen konnte dieses rasende Verlangen, sich zu berühren, zu schmecken und sich wie besessen zu fühlen, noch kontrollieren. Sie wurde steif, als ihre Münder sich füreinander öffneten, aber jeder Widerstand war nur von kurzer Dauer angesichts der berauschenden Lust dieser magischen Vereinigung. Was sie bei anderen Männern abgestoßen hätte, war erregend, wenn er es tat ... *William*. William Birmingham. Sein bloßer Name ließ ihr Herz schneller schlagen.

Sie wollte nicht, dass dieser Kuss je enden sollte. Ihre flüchtigen, rasenden Gedanken spiegelten ihr vor, wie William in sie eindrang. Das Verlangen, ihn in sich zu fühlen, überwältigte sie.

Er begann, eine Spur feuchter Küsse entlang ihres Halses zu legen, bis dorthin, wo ihr Morgengewand aus Spitzen zusammengerafft war. Er schnippste die Spitzen beiseite, um ihre bloßen Brüste zu enthüllen.

Er stöhnte und sie wurde noch erregter. Als sein Mund sich über einer Brustwarze schloss,

war sie sicher, dass ihr geradezu der Atem
ausgesogen wurde. Ihr Unterleib begann sich zu
winden, dann in seine Richtung zu drängen.

Er riss sich plötzlich los, sein Blick ruhte
liebevoll auf ihren entblößten Brüsten, als er sie
zärtlich wieder mit dem Spitzengewand bedeckte.
„Verzeihen Sie mir", sagte er mit erstickter
Stimme. „Ich habe mich hinreißen lassen. Ich
vergaß, dass Sie krank sind."

Sie fühlte sich, als wäre sie von Laudanum
betäubt. „Ich muss ein Geständnis ablegen."

Seine grünen Augen glänzten vor Heiterkeit.
„Sie sind nicht wirklich krank?"

Sie nickte. „Ich hätte sonst etwas gesagt oder
getan, um dafür zu sorgen, dass ich hier bei Ihnen
bleiben konnte." Seine Hand legte sich wieder auf
ihre Wange. „Von dem Moment an, wo Sie in mein
Leben traten, habe ich ... mich seltsam zu Ihnen
hingezogen gefühlt."

Er seufzte. „Sie machen es mir nicht leicht,
Isadore. Ich kann Ihnen nicht sagen, wie sehr ich
mir wünsche, sie zu lieben, aber ich habe Ihnen
mein Wort gegeben."

„Ich verzeihe ihnen, dass Sie falsche
Versprechungen gemacht haben."

Er küsste ihre Wange. „Es ist nicht so einfach.
Es kommt hinzu, dass Sie Jungfrau sind. Es
gefällt mir nicht, eine Unschuldige zu verführen."

„Selbst, wenn diese *Unschuldige* Sie mehr will,
als sie je etwas gewollt hat?" Ihre Stimme war
wieder schwächer geworden.

* * *

So, wie er sie wollte. Mehr, als er je eine andere
Frau begehrt hatte. Als sie ihm erzählte, wie sie
sich zu ihm hingezogen fühlte, hatte er ein
Hochgefühl verspürt, wie er es noch nie gekannt

hatte. Er fühlte sich, als könnte er über die Westminster Abbey springen.

Seine eigene Zuneigung zu ihr war so viel mehr als nur diese schmerzliche, körperliche Gier. Ihre Schönheit, ihre Intelligenz, ihr Mitgefühl für ihre leidende Schwester, ihr Geschmack bei Poesie, alle diese Eigenschaften hoben sie weit unter allen Frauen, die er je gekannt hatte, heraus.

Und jetzt diese unglaubliche, sexuelle Übereinstimmung. *Sie ist DIE Frau.*

Er wollte seufzen, aber er war so erregt, dass sein Seufzer nur stockend kam. Dann zog er sie heftig in seine Arme und küsste sie gierig.

„Dann, meine liebste Isadore, hoffe ich, dass du diese Liebesnacht nie bereuen wirst."

Kapitel 7

Als sie aufwachte, verspürte sie ein tiefes Wohlgefühl im ganzen Körper. Ein Vogelzwitschern vor ihrem Fenster schien direkt in ihrer Seele widerzuhallen, als ob ihr Herz sänge. Die letzte Nacht war die wundervollste Nacht ihres Lebens gewesen. William war ihr Schicksal.

Aus irgendeinem seltsamen Grund war einer ihrer ersten Gedanken beim Erwachen, dass Finkie sie jetzt bestimmt nicht mehr wollen würde - jetzt, wo sie es einem anderen Mann erlaubt hatte, jeden Teil ihres Körpers zu besitzen. So viele Male, wie sie in der Nacht zuvor begierig Williams Samen in sich aufgenommen hatte, könnte sie sogar sein Kind tragen. Mit Sicherheit würde Finkie von einer solchen Möglichkeit so abgestoßen sein, dass er froh sein würde, ihre sogenannte Ehe aufzulösen.

Sie rollte sich auf die Seite, um einen Blick auf den so höchst gutaussehenden Mann zu haben, dem sie ihr Herz geschenkt hatte - und so viel mehr. Seine Augen waren offen. Er hatte sie beobachtet. Seine goldene Schönheit war im Tageslicht ebenso umwerfend, wie sie es im Licht der Kerzen gewesen war. Sie würde nie müde werden, diese sonnengebräunte Haut anzuschauen, oder seine goldenen Locken oder seinen muskulösen Körper. Ihr Blick wanderte zu dem lockigen, blonden Haar auf seiner Brust und sie rutschte näher, um ihren Kopf dorthin zu betten.

Seine Arme legten sich um sie, als er Küsse in ihr Haar drückte. „Du weißt, dass wir heiraten müssen."

Worte, die sie zur glücklichsten Frau auf Gottes weiter Erde hätten machen sollen, fühlten stattdessen wie ein heißer Meteor an, der sie durchbohrte.

Ein paar Minuten lang dachte sie daran, ihm die Wahrheit über ihre Identität und ihre angebliche Ehe zu erzählen. Aber sie wusste, dass das einzige, was er hören würde, die Tatsache wäre, dass sie einem anderen Mann gehörte. Sie musste warten, um zu sehen, ob ihr Bruder etwas tun konnte, um ihre Ehe zu beenden. Gab es irgendeine Hoffnung?

„Ich würde nie einen Mann heiraten wollen, der sich verpflichtet fühlt, um meine Hand anzuhalten."

„Aber Isadore, meine Liebste, du und ich wissen, dass uns eine unverkennbare Macht zueinander drängt. Immer."

Sie hätte weinen können. Er hatte nicht direkt gesagt, dass er sie liebte, aber was er sagte, kam dem nahe. Er bot ihr nicht die Ehe an, weil er ihre Jungfräulichkeit genommen hatte, die sie ihm in ihrem Verlangen angeboten hatte. Er bot ihr an, sie zu heiraten, weil er wusste, was sie wusste: sie gehörten zusammen. Oh, ja, sie hätte Tränenströme vergießen können.

Mit feuchten Augen hob sie ihren Kopf, um ihn zu küssen. Dann, das Laken um sich gewickelt, kletterte sie aus dem Himmelbett. „Ich werde mit Sicherheit ernsthaft über Ihr Angebot nachdenken, mein lieber Mr. Birmingham."

Er setzte sich im Bett auf und musterte sie feindselig. Da sie das Laken vom Bett gezogen hatte, war er nackt, herrlich nackt. „Nenn mich nicht *Mister* Birmingham."

Ihre Stimme wurde sanft. „Ja, William." Wie sehr sie sagen wollte: „Mein Liebster", aber das konnte sie nicht, solange sie nicht frei war.

Er sprang auch aus dem Bett und stieg in die Hosen, die er in hitziger Eile nachts zuvor abgeworfen hatte. Sie schlüpfte wieder in ihr Spitzengewand. Er kam, nahm sie in seine Arme und übersäte ihren Hals mit Küssen.

Sie könnte vor Verlangen nach diesem Mann verrückt werden. „Ich vermute, jeder in diesem Haus - einschließlich meiner Schwester - weiß, dass ich ruiniert bin."

„Meine Diener sind diskret. Ich hatte den Eindruck, dass deine Schwester unsere ... Beziehung ermutigte."

„Das hat sie wohl. Seit jener Nacht im Gasthaus hat sie dein Lob gesungen - schriftlich." Sophia wandte sich um und drückte sich an ihn. „Sie meint, du wärest perfekt für mich."

Er hob ihr Kinn. „Wie viele Heiratsanträge hast du abgelehnt?"

„Wenn ich dir das sage, wirst du denken, dass ich ein schrecklicher Flirt bin."

„Du bist kein Flirt. Wie viele, Isadore? Fünfzehn?"

„Mehr."

„Zwanzig?"

„Es ist so peinlich. Ich habe siebenundvierzig Anträge bekommen, aber ich habe auf den Mann gewartet, der in mir eine Leidenschaft entflammen würde." Sie spähte zu ihm auf. „Ich habe auf dich gewartet, William."

„Und ich habe *nicht* nach einer Frau gesucht, aber dann habe ich vor zwei Tagen gewusst - wegen des Pope-Zitats an jenem Abend - dass du *DIE* Frau bist."

Ihre Augen weiteten sich, ihr Mund stand offen. Ein verträumter Ausdruck huschte über ihr Gesicht. Einige Augenblicke vergingen, bevor sie sprechen konnte. „Du bewunderst Pope auch?"

„Sehr." Er trat von ihr fort. „Ich kann nicht so nahe bei dir sein und nicht wünschen, dich wieder in dieses Bett zu tragen, aber ich darf nicht. Ich habe ein Treffen am Mittag."

„Dann solltest du zum Rasieren gehen und zusehen, dass du frisch aussiehst. Ich kann allerdings nicht sagen, dass es mir leidtut, dass du letzte Nacht so um deinen Schlaf gebracht wurdest."

* * *

William hatte ein Treffen mit McIver vereinbart, um alles, was möglich war, über Isadore zu erfahren. Die Frau hatte ihn völlig verzaubert.

Sie trafen sich in einem Kaffeehaus am Strand. Es war ein Platz, wo die Tageszeitungen herumgereicht wurden, so dass die Männer sich informieren konnten, ohne die teuren Abonnementsgebühren zahlen zu müssen. McIver war einer der am ungepflegt aussehendsten Männer in dem Lokal. William war in der Tat überrascht, dass er dieses Kaffeehaus gewählt hatte, da McIver nicht der Typ zu sein schien, der sich über öffentliche Angelegenheiten informieren wollte.

William ließ sich auf einem Stuhl an dem winzigen, runden Tisch nieder, den McIver für sie belegt hatte.

„Was ist los, Chef?"

„Sie müssen mir alles über Isadore erzählen, was Sie wissen."

„Sie hat noch keinen Kontakt mit Ihnen aufgenommen?"

„Doch, hat sie."

MacIvers blaue Augen betrachteten ihn einen Moment lang intensiv. „Ich war überrascht, als sie mir sagte, dass Sie sie nie getroffen hätte."

„Warum?", fragte William.

„Weil sie Ihnen so ähnlich ist. Sie reist auf dem Kontinent herum, spricht mehrere Sprachen und bringt ihren hübschen Hals ständig idiotisch in Gefahr."

„Dann bin ich überrascht, dass unsere Wege sich nie gekreuzt haben. Handelt sie gewöhnlich mit Goldbarren?"

„Nicht unbedingt. Manchmal ist sie einfach die folgsame Ehefrau ihres anständigen Ehemanns."

William fühlte sich, als hätte gerade eine Kanonenkugel ihn in die Brust getroffen. „Ehemann? Dann ist sie ... verheiratet?" Seine Gedanken flogen zu der vergangenen Nacht und der Lust, die sie ihm bereitet hatte. Er hätte das gesamte Birmingham-Vermögen darauf verwettet, dass sie nie zuvor mit einem Mann geschlafen hatte.

„Ja. Sie legt keinen Wert darauf, dass ihre *Geschäftspartner* ihre wahre Identität kennen, da ihr Ehemann nicht nur nichts über ihre geheimen Aktivitäten weiß, sondern auch eine hohe Stellung im Außenministerium hat.

William schluckte, ein riesiger Klumpen saß in seinem Hals. „Kenne ich ihn?"

„Wenn Sie noch nichts mit ihm zu tun hatten, kennen Sie sicher trotzdem seinen Namen. Der britische Botschafter in Den Haag."

„Guter Gott. Lord Evers!" William hatte ihn nicht nur kennengelernt. Er mochte den sympathischen Mann sehr gern. Er wusste auch, dass alles, was Evers geerbt hatte, der Titel gewesen war. Kein Geld.

Anscheinend wollte Isadore das ausgleichen.

MacIver nickte. „Ich bitte, dass Sie die *Aktivitäten* der Dame für sich behalten. Lord Evers sollte nicht erfahren, mit welchen Methoden seine Frau zum Familienvermögen beiträgt."

William schwindelte bei der Entdeckung, dass *seine* Isadore einem anderen gehörte. Er fühlte sich, als fiele er von einem riesigen Baum.

MacIver musterte ihn weiter mit wissenden Blicken. „Ich kann sehen, dass Sie ihrem Zauber erlegen sind. Sie sind nicht der erste. Sie hat es nie zugelassen, dass ihre Ehe sie von ihren kleinen *Romanzen* abhielt. Sie wissen, wie diese Damen aus der *guten Gesellschaft* sind."

William wollte dem Mann seine Faust ins Gesicht schlagen, weil er solche Dinge über Isadore sagte. Er konnte nicht von Isadore sprechen. So war sie nicht! Zorn durchfuhr ihn. Er schluckte seinen Kaffee hinunter, stand auf, warf eine Krone auf den Tisch und stürmte aus dem Lokal, ohne sich von seinem langjährigen Partner zu verabschieden.

Da er zu Pferd gekommen war, verspürte er das Bedürfnis nach einem wilden Ritt. Er ritt zum Hyde Park und galoppierte über die gepflegten Wege, als ob ein rasender Feuerball ihn jagte. Er war sich nicht sicher, ob der rasende Feuerball nicht direkt durch ihn hindurch brannte.

Viele Frauen, viele schöne Frauen waren in den neun Jahren, seit er die Universität verlassen hatte, durch sein Leben gegangen, aber keine hatte ihn je so berührt wie Isadore. Als sie in der letzten Nacht, Haut an nackter Haut, zusammengelegen hatten, waren sie eins gewesen. Sie hatte ihn in Besitz genommen, so wie warmer Honig in jede Zelle seines Körpers drang.

Eine tiefgehende Wut fraß an ihm. Er hatte nie einen schwärzeren Tag erlebt als diesen, diesen Tag, der mit seinem Heiratsantrag begonnen hatte. Seinem ersten. An diesem Morgen war er von Glück erfüllt gewesen. Und nun war da nur noch düstere Hoffnungslosigkeit.

Mehr als eine Stunde lang ritt er so schnell und hart er konnte. Dann wurde der Himmel dunkel. Zuerst waren es nur einzelne Tropfen. Dann öffnete sich der Himmel. Er müsste zum Grosvenor Square zurückkehren. Aber dort war *sie*. Er wusste nicht, wie er es ertragen sollte, sie zu sehen und zu wissen, dass sie einem anderen gehörte.

Er war sich nicht einmal sicher, dass er seinen Zorn würde zügeln können.

Natürlich würde er nicht mit ihr schlafen.

Den ganzen Weg zurück nach Hause fragte er sich, was er ihr sagen sollte. Sie hatte es letzte Nacht deutlich gemacht, dass sie nicht nach Hause gehen wollte. Gott! Jetzt erinnerte er sich an ihre Worte: *Eine Frau in meiner Lage darf nicht zu viel verraten*. Das ergab einen Sinn im Lichte dessen, was er jetzt über sie und ihren angesehenen Ehemann wusste. War Lord Evers überhaupt in London? Warum zum Teufel wollte sie nicht zu ihrem Mann gehen?

Nach der letzten Nacht glaubte William im tiefsten Inneren, dass er es war, den sie wollte. Aber natürlich konnte das nie wahr werden. Er respektierte Lord Evers zu sehr.

Er fragte sich, ob sie je ehrlich mit ihm sein würde.

Bevor er am Grosvenor Square ankam, hatte er einige Entschlüsse gefasst. Er würde sie meiden, außer, wenn sie die Goldbarren gegen das Geld tauschte. Wenn sie noch immer am Grosvenor Square bleiben wollte mit einem Mann, der sich weigerte, auch nur eine Mahlzeit mit ihr einzunehmen, dann bitte. Er würde nicht länger, wie er es an den beiden vorhergehenden Abenden gemacht hatte, seine Zeit zu Hause verbringen, aber er konnte auch nicht zu Diane zurückgehen. Nicht nach dem, was er mit Isadore erlebt hatte. Schließlich war er fest entschlossen, nicht wieder mit ihr zu schlafen.

Obwohl der bloße Gedanke daran ihn erregte.

* * *

Nachdem sie nun nicht länger die Kranke spielen musste, ging Sophia die Treppen hinunter, um Williams Bibliothek zu nutzen. Was für ein gemütlicher Raum das war mit seinem dunklen Holz, schweren, roten türkischen Teppichen, Reihen ledergebundener Bücher und einem Feuer, das im Kamin loderte.

Sie ging zu Williams Schreibtisch und setzte sich. Sie vermisste ihn so schrecklich, sie wollte seine Gegenwart spüren. Wie wohl seine Handschrift aussah? Ob er seinen Schreibtisch aufgeräumt hielt? Dort auf dem Mahagonischreibtisch lag ein ledernes Kontenbuch. Obwohl sie kein Recht hatte, es zu öffnen, tat sie genau das. Schließlich könnte sie, wenn sie nicht schon verheiratet gewesen wäre, in dieser Minute mit William verlobt sein und man durfte doch in den Sachen seines Ehemanns - oder seines Verlobten - herumstöbern. Oder nicht? Die Erinnerung an seinen Heiratsantrag ließ ihr Herz höher schlagen.

Anstelle von Zahlenreihen enthielt diese Mappe eine Reihe handgeschriebener Nachrichten. In Williams Handschrift? Anscheinend. Es gab keinen Anhaltspunkt dafür, dass er einen Sekretär hatte.

Die Abkürzung eines Namens am oberen Rand der allerersten Seite erregte ihre Aufmerksamkeit. *Lord Finkel.* Ihr Magen drehte sich um. Sie überflog alle drei mit Notizen bedeckten Seiten, obwohl vieles davon in einer eigentümlichen Kurzschrift geschrieben war, die William erfunden haben musste.

Es wurde deutlich, dass William Finkie zutiefst verabscheute und versuchte, die vielen Menschen aufzulisten, deren Leben der grässliche Lord Finkel zerstört hatte.

Würde William über Lord Finkels kürzliche Hochzeit Bescheid wissen? In den Zeitungen war nichts darüber veröffentlicht worden. Da Sophia William nie zuvor getroffen hatte, glaubte sie nicht, dass er in der Gesellschaft verkehrte. Daher war es durchaus möglich, dass William nichts von der Ehe wusste, die Finkie kürzlich eingegangen war. Nur drei andere Menschen waren bei der Hochzeit dabei gewesen - ihre beiden Geschwister, die in London waren und Lord Finkels Freund, der Verleger Josiah Smith.

Woher kannte William Finkie? Oder war jemand, den er mochte, von Finkie ruiniert worden? Sie konnte sich gut vorstellen, wie William sich für jemanden einsetzte, dessen Leben der verhasste Lord Finkel zerstört hatte. Sie glaubte, William würde sein Leben für jemanden geben, den er liebte. Selbst für sie - bevor sie sich dieser mächtigen Liebe bewusst waren, die sie aneinander band.

Sie musste das ihrem Bruder erzählen. Vielleicht könnte er das verwenden, um Finkie dazu zu bewegen, sie freizugeben. Sie fand Papier und begann, die Seiten abzuschreiben.

Als sie fertig war, ging sie zu Dotties Zimmer, aber sie war nicht dort. Sie war in Sophias Schlafzimmer und - bügelte.

Das war das erste Mal, dass die Lady und ihre Dienerin sich sahen, seit sie Dottie am Abend zuvor geschickt hatte, um ihr etwas zu essen zu holen. Sophia verzog im Scherz das Gesicht, als sie sich ihrer angeblichen Schwester näherte.

Dottie schaute von ihrer Arbeit, dem Bügeln des Kleides ihrer Herrin, auf; ihr Gesicht trug einen vorwitzigen Ausdruck und in ihren Augen lag ein Zwinkern. „Wie fühlt es sich an, eine ruinierte Frau zu sein?"

„Wenn man von Mr. William Birmingham ruiniert wurde, ist meine Antwort ... wundervoll." Sie musterte Dottie und sprach ernsthaft. „Er hat mich heute Morgen gebeten, ihn zu heiraten."

„Ich hoffe, Sie haben ja gesagt. Ich habe seit jener ersten Nacht gewusst, dass er der Mann für sie ist."

„Ich konnte wirklich nicht ja sagen. Ich bin schon verheiratet."

Das Gesicht der Zofe fiel in sich zusammen. „Was hat er dazu gesagt?"

„Ich konnte ihm nicht erzählen, dass ich verheiratet bin. Dann hätte er mich gemieden wie die Pest. Und das könnte ich nicht ertragen."

„Lady Sophia Beresford ist verheiratet, aber Isadore nicht."

„Was soll das heißen?", fragte Sophia verblüfft.

„Könnte Isadore ihn nicht heiraten?"

„Ich bin Isadore - sozusagen - und ich kann den Mann meiner Träume ganz bestimmt nicht heiraten, weil ich schon verheiratet bin!"

„Was man alles beachten muss, mit all den verschiedenen Geschichten, zu denen es passen muss - und noch dazu nicht sprechen zu dürfen." Dottie stellte ihr Eisen weg und begann vorsichtig das frisch gebügelte Kleid in den Wäscheschrank zu legen. „Ich hab's!"

„Was?", fragte Sophia hoffnungsvoll.

„Ich gehe zu diesem Stinkie-Finkie und erzähle ihm, dass Sie ihren Ruf mit einem anderen Mann völlig ruiniert haben. Sicher gibt er Sie dann frei."

Sophia schüttelte den Kopf. „Das kann ich nicht zulassen. Lord Finkel ist für sein Temperament bekannt. Ich fürchte, er würde den Boten töten wollen - dich, nämlich - und ich würde nie zulassen, dass das passiert."

Dottie seufzte. „Während Sie letzte Nacht ruiniert wurden, dachte ich die ganze Zeit, wie sehr ich mir wünschte, von Mr. Thompson ruiniert zu werden. Aber ich würde nie den ersten Schritt machen, da er denkt, dass ich als feine Lady außerhalb seiner Reichweite bin. Ich kann ihm nicht einmal sagen, dass das nicht stimmt. Ich kann ihm gar nichts sagen."

„Es gibt auch nonverbale Möglichkeiten, ihn wissen zu lassen, dass du interessiert bist."

„Was bedeutet nonverbal?"

„Ohne Worte."

„Also soll ich einfach hergehen und meinen Mund auf seinen drücken?"

„Auf keinen Fall! Du musst subtil sein. Denk daran, er hält dich für eine Dame."

„Was würden Sie Subtiles tun?"

„Sagen wir, er begleitet dich wieder zum Haus meines Bruders - worum ich ihn bitten werde - und du nimmst seinen Arm. Erlaube seinem Oberarm, die Seite deiner Brust zu streifen. Ich gebe zu, deine Brüste sind nicht groß, aber es ist genug da, um dich vom anderen Geschlecht zu unterscheiden." Sophia holte tief Luft, als sie daran dachte, wie William ihre eigenen Brüste berührte. „Dann könntest du seinen Arm mit deiner freien Hand streicheln. Nicht, wie man einen Hund streichelt, sondern eine langsame, sinnlich kreisende Bewegung deiner Finger. Ich glaube durchaus, dass eine so kleine Geste ihm die Botschaft viel lauter übermitteln würde, als deine Stimme es könnte."

Dottie fächelte sich Luft zu. „Ich werde ganz heiß und aufgeregt, wenn ich nur daran denke."

Jetzt verstand Sophia diese Gefühle vollkommen.

„Geh und mach dich so hübsch wie möglich, während ich einen neuen Brief an meinen Bruder schreibe. Dann rufe ich Thompson, damit er dich zur Curzon Street bringt, um ihn abzugeben."

Nachdem Dottie in ihr Zimmer zurückgegangen war, setzte sich Sophia an ihren Schreibtisch und schrieb.

Liebster Devere,

Ich füge einige Informationen über Lord Finkel bei. Ich hoffe, dass du eine Möglichkeit findest, sie zu benutzen, um unser Ziel zu erreichen - Maryanns Ruf zu schützen UND meine Ehe mit dem abscheulichen Mann zu beenden.

Bitte komm zu mir, sobald du etwas erfährst. Aber nicht, während Mr. Birmingham hier ist.

Ich habe das Gefühl, als ob mein Leben in deinen Händen läge. Ich hoffe, du hast bald gute

Nachrichten für mich.
  Deine dich liebende Schwester, S.

Sie fragte sich, ob sie ihren Bruder hätte bitten sollen, derjenige zu sein, der Finkie informierte, dass sie eine ruinierte Frau wäre, aber sie fürchtete, Devere würde sie von William wegreißen und ihn als Verführer ihrer Unschuld tadeln.

Sie konnte nichts davon zulassen.

Nachdem sie Thompson ihre Anweisungen gegeben hatte, der zum Glück nicht fragte, warum er Miss Dorothea Doors Gesellschaft brauchte, um eine Nachricht zu überbringen, gingen die beiden los. Sophia saß am Fenster ihres Schlafzimmers und schaute in den trüben Tag hinaus. Sie musste ein Auge auf die echte Isadore halten, sollte sie hier auftauchen. Sophia beobachtete, wie Thompson Dottie in einen Tilbury half. Wie rücksichtsvoll, dass er wünschte, es Miss Dorothea Door zu ersparen, ihre Röcke durch die nassen, schmutzigen Straßen zu schleifen. Jetzt, wo es ziemlich heftig regnete, fühlte Sophia sich schuldig, dass sie die arme Dottie in ein solches Wetter hinausschickte.

Sie machte sich noch mehr Sorgen um ihren lieben William, der zu Pferd unterwegs war. Er würde völlig durchnässt werden. Sie fragte sich, wen er wohl treffen wollte, wie lange er fort sein würde - während sie weiter nach Isadore Ausschau hielt.

Würde die Frau ihr äußerlich ähnlich sehen? Sophias hohe Fenster beschlugen immer wieder und sie musste sie mehrfach mit einem weichen Tuch säubern.

Zwei Stunden schlichen dahin, bis Dottie zurückkam. Sie kam förmlich in das Zimmer ihrer

Herrin geflogen, ihr Gesicht glühte. „Ich habe es getan, Mylady!"

Sophia war nicht dumm genug, um zu glauben, dass die Überbringung ihres Briefes für Dotties ungewöhnliche Freude verantwortlich war. Sie musste sich dem Kammerdiener subtil verführerisch genähert haben. „Ich verstehe es so, dass du dein Ziel erreicht hast?"

„Sie hatten recht, Mylady! Nachdem ich seinen Arm zärtlich gestreichelt hatte, subtil, so, wie Sie es mir gesagt hatten, legte er seine Hand ganz zärtlich auf meine."

„Hat er etwas gesagt?"

„Nur durch sein Benehmen. Denken Sie daran, er glaubt noch immer, dass ich selbst eine feine Dame wie Sie bin. Er ist viel zu stolz."

„Ich denke, es ist gut, dass du dies sehr langsam angehst. Aber nächstes Mal, wenn ich ihn bitte, dich zu begleiten, kannst du etwas leicht Provokativeres anfangen als heute."

„Wie etwa?"

„Lass mich ein bisschen darüber nachdenken. Du weißt ja, dass ich nicht so schnell im Denken bin. Was war aber mit meinem Bruder? Hast du ihn gesehen?"

„Er war nicht zu Hause."

„Oh", sagte Sophia enttäuscht. „Also hast du den Brief nur abgegeben, dass er ihn lesen kann, wenn er zurückkommt."

Dottie rollte mit ihren Augen. „Ich wäre fast aufgeflogen, als Morris die Tür öffnete. Er sah mich und wollte etwas zu mir sagen. Dann hat er es sich anders überlegt, wohl, weil ich ihn so hochnäsig angeguckt habe."

„Das war Glück. Wenn Thompson die Wahrheit herausfände, würde er es William erzählen, und das könnte alles für mich ruinieren."

Dottie kam und legte sanft eine Hand auf Sophias Schulter. „Ich möchte nicht, dass Sie so enden wie die arme Lady Wapping."

„Ich habe das Glück, dich als meine Zofe, meine Schwester und liebe Freundin zu haben."

Dottie schaute auf die andere Seite des Schlafzimmers zu dem großen Himmelbett. „Ich nehme an, dass Sie heute Nacht das Bett wieder mit Mr. Birmingham teilen werden?"

„Wenn er je nach Hause kommt." Wie konnte sein verdammtes Treffen so elend lange dauern?

Auch, nachdem es schon dunkel geworden war, saß sie weiter an ihrem Fenster und schaute über den Grosvenor Square hinaus. Keine Spur von einer Frau, die Isadore sein könnte. Keine Spur von William.

Irgendetwas stimmte da nicht. Der Morgen war der glücklichste ihres Lebens gewesen. Als der Abend anbrach, war sie in tiefe Melancholie versunken.

Kapitel 8

Nicht weniger als drei Männer in Lord Finkels Diensten lungerten diskret entlang des Blocks von Herrenhäusern herum, die die Curzon Street säumten. Einer, ein kräftiger Junge von achtzehn Jahren, in Ölzeug gekleidet, um den Regen abzuwehren, schien seine Aufmerksamkeit völlig seinem Pferd zu widmen, das vorgeblich zu lahmen begonnen hatte. Ein anderer, in einem schweren Umhang, der für seine beträchtliche Höhe viel zu kurz war, stand an der Ecke und verkaufte heiße Kastanien. Der letzte von Finkels Männern beobachtete eifrig die Wagen, die an der gegenüberliegenden Ecke vorbeifuhren und schien auf jemanden zu warten. Dies war auch der Fall.

Alle drei waren im Besitz von Waffen, die zu benutzen sie nicht zögern würden, um Lady Finkel zu ihrem Ehemann zurückzubringen. Wenn diese Teufelin, die er geheiratet hatte, je bei ihrem Bruder Schutz suchte, würden Lord Finkels Männer sie sofort erwischen.

Dieses Wissen hätte den besagten Lord zufriedenstellen müssen. Aber das tat es nicht.

Drei Nächte waren jetzt seit seiner unglücklichen Hochzeitsnacht vergangen, und noch hatte er nicht die leiseste Ahnung, wohin seine verdammte Braut geflohen war. Wenn man seinen Dienern glauben konnte, war die Hexe mit einem wohlhabenden Riesen von einem Mann davongelaufen. Welches Vergnügen es Lord Finkel bereiten würde zu sehen, wie dieser Frauendieb zu Brei geschlagen würde. Lord Finkel hatte niemals selbst Gewalt ausgeübt - nicht, wenn er Dutzende von Dienern besaß, die nichts dagegen einzuwenden hatten, seine oft illegalen Pläne auszuführen.

Während er selbst Deveres Haus aus seiner Kutsche heraus beobachtete, seufzte er ungeduldig auf. Wie hatten seine Pläne, die er über die letzten zwei Jahre hin mühsam vorbereitet hatte, so völlig fehlschlagen können? Seit er Lady Sophia zuerst bei Almack's erblickt hatte, war er von dem Verlangen getrieben worden, sie zu besitzen, auf welchem Weg auch immer.

Dies war der dritte Tag, an dem er nach Devere House gekommen war, um nach dem Verbleib seiner Frau zu forschen. Dem schockierten Gesichtsausdruck ihres Bruders an jenem ersten Tag zufolge, glaubte Lord Finkel, dass Lord Devere nichts über die Flucht seiner Schwester wusste.

Lord Finkels Kutscher öffnete seine Tür und hielt einen Regenschirm über die Türöffnung, als sein Herr ausstieg. Lord Finkel ergriff den Regenschirm mit seiner eigenen Hand, schritt zu der glänzenden Vordertür von Devere House und klopfte. Einen Moment später öffnete ein ältlicher Butler die Tür.

Obwohl Finkel sich gewöhnlich von seinem Kutscher anmelden ließ, wollte er heute selbst die Reaktion von Deveres Diener begutachten. „Lord Finkel möchte Lord Devere sprechen."

Am Gesichtsausdruck des Butlers war keine Veränderung zu bemerken. „Lord Devere ist nicht im Haus."

Finkel stellte einen Fuß in die Türöffnung.

„Dann würde ich gerne drinnen auf ihn warten."

Jetzt sackten die sorgfältig unter Kontrolle gehaltenen Gesichtszüge des Butlers für einen Sekundenbruchteil weg, bevor er sich wieder fasste. „Natürlich, Mylord. Ich werde Sie in die Bibliothek seiner Lordschaft führen."

Sie schritten durch die schachbrettartig mit Marmor ausgelegte Eingangshalle, wo die Wände mit Portraits längst verstorbener Deveres geschmückt waren, bis an den Wänden die Treppen hinauf. Als die beiden Männer die spargelgrüne Bibliothek im Erdgeschoss erreicht hatten, sagte der Butler mit schwacher Stimme: „Ich kann nicht sagen, wann Lord Devere nach Hause kommen wird, Mylord. Es ist möglich, dass er den ganzen Tag ausbleibt."

Finkel ging an einem Schreibtisch vorbei, um sich vor das Feuer zu stellen. „Ich verstehe."

Als der Butler den Raum verlassen wollte, fragte Finkel beiläufig: „Im Übrigen, haben Sie Lady Sophia gesehen?"

Der Diener schüttelte seinen weißen Kopf. „Nicht seit dem Tag, an dem sie geheiratet hat. Wir vermissen Sie sehr. Mrs. Blackpool - das ist unsere Haushälterin - sagt, es sei, als ob das Haus um Lady Sophia weine. Es ist so still und ruhig hier, seit sie fort ist."

Sobald die Tür zur Bibliothek sich geschlossen hatte, eilte Finkel zum Schreibtisch zurück. Als er daran vorbeigekommen war, hatte er einen Blick auf einen Brief in Lady Sophias Handschrift erhascht. Er schnappte ihm vom Stapel mit der heutigen Post. Er war an ihren Bruder adressiert.

Er riss ihn auf und begann zu lesen, aber ein Satz sprang ihm direkt in die Augen und erfüllte sein Herz mit Schrecken: *vernichtende*

Informationen über Lord Finkel. Mit hämmerndem Herzen und unter unterdrückten Flüchen überflog er den Rest des Briefs, den er dann ins Feuer warf.

Er holte tief Luft und besah das zweite Blatt Papier - eine Liste. Ihm wurde übel. Jemand hatte es geschafft, etliche seiner Erpressungen aufzulisten. Da war Lady Audleys Affäre mit ihrem Bankier. Da war die Angelegenheit des Spielbetrugs von Lord Smithington bei White's und ein Landschwindel von Sir Percy Yarborough.

Wer konnte nur gewusst haben, dass er sein Wissen um diese potenziell vernichtenden Skandale benutzt hatte, um sein eigenes Vermögen zu vergrößern? Er drehte das Blatt um. Noch einige mögliche Skandale mehr, die er - zu einem gewissen Preis - unterdrückt hatte, waren aufgeführt.

Er wäre ruiniert, wenn diese Informationen je bekannt würden. Es war unbedingt notwendig, dass er den Ersteller dieser Liste fand.

Er wünschte, er hätte die Nachricht der Teufelin nicht ins Feuer geworfen. Hatte sie nicht einen Mr. Birmingham erwähnt? Sie hatte ihrem Bruder geschrieben, dass er zu ihr kommen sollte, aber nicht, wenn Mr. Birmingham nicht zu Hause war. Das musste bedeuten, dass sie bei Birmingham wohnte. Er musste der wohlhabende Riese sein, mit dem sie durchgebrannt war.

Plötzlich fühlte er sich, als hätte er einen Stich in den Bauch erhalten. In der Hauptstadt lebte ein irrsinnig reicher Mann namens Birmingham, Nicholas Birmingham. Und er war weit überdurchschnittlich groß. Es hieß, der Börsenmakler wäre der reichste Mann in England.

Lord Finkels Ressourcen konnten sich nicht

mit Birminghams messen.

Hatte Nicholas Birmingham nicht im Jahr zuvor Lady Fiona Hollingsworth geheiratet? Warum sollte er Lady Sophia helfen wollen?

Lord Finkel musste herausfinden, ob der Makler der Mann war, mit dem Lady Finkel weggelaufen war. Wichtiger noch, er musste die Identität des Mannes herausfinden, der ihm nachspürte.

Dieser Mann musste sterben.

* * *

Sophia verbrachte den größten Teil des Tages damit, die Fenster in ihrem Schlafzimmer abzuwischen, um sehen zu können, wenn die echte Isadore zum Grosvenor Square käme. Sie musste ihren dicken Samtumhang umlegen, da die kalte Luft durch die dünnen Fenster in ihr Zimmer zu strömen schien. Das eisige Glas machte es auch nötig, dass sie ihre Handschuhe anzog.

Sie konnte sich nicht erinnern, sich jemals so gelangweilt zu haben. Sie hätte jedes Haus auf der Nordseite des Grosvenor Square aus dem Gedächtnis malen können. Sie hatte die entsprechenden Nummern der jeweiligen Häuser auswendig gelernt. Sie hatte eingehend die charakteristischen Friese jeder Villa am Grosvenor Square studiert. Sie wusste, dass das erste Haus an der nördlichen Ecke cremefarbene Stuckverzierungen hatte, das zweite solche aus Portland-Steinen.

Wenn auch nur eine Amme mit ihrem Schützling den Park in der Mitte des Platzes betreten hätte, wäre es eine Unterbrechung von Sophias Langeweile gewesen, aber an einem so regnerischen Tag war ihr nicht einmal eine so kleine Abwechslung vergönnt.

Nicht einen Moment an diesem ganzen Tag hörte der unerbittliche Regen auf. Glücklicherweise verspürten Dottie und ihr Beschützer keine üblen Auswirkungen ihres Besuchs in der Curzon Street. Nachdem ihre Dienerin zurückgekommen war, hatte Sophia sie angewiesen, sich trockene Kleider anzuziehen.

Der einzige Lichtblick in Sophias trüben Tag ereignete sich, als Dottie, in ein frisches Kleid gehüllt, in das Zimmer ihrer Herrin gestürzt kam, vor Aufregung platzend.

Ein Lächeln zuckte um Sophias Lippen und ihre Augen wurden vor gespieltem Tadel schmäler, als sie ihre Zofe ansprach. „Mir scheint, dass Thompson empfänglich für deine Zuneigungsbekundungen war."

In ihrer Fröhlichkeit wirkte die magere Dottie fast hübsch. Obwohl jedes ihrer vierzig Jahre sich in ihr kantiges Gesicht eingegraben hatte, gaben einige Sommersprossen auf ihrer Nase und die von Grau noch unberührten kupferfarbenen Haare ihr ein jüngeres Aussehen. Ihre grünen Augen glänzten vor kindlicher Freude. „Oh ja, Mylady!"

„Hast du langsame, sinnliche Kreise auf seinen Arm gemalt?"

Unfähig, ein Grinsen zu unterdrücken, nickte Dottie bejahend.

„Hat er irgendetwas getan oder gesagt?"

„Zuerst nicht. Zuerst war er ganz still, aber nach einiger Zeit - als er verstand, dass ich ihm absichtlich ein *nonverbales* Signal gab - schien etwas in ihm sich zu ändern. Er sagte nichts, aber es war, als würden seine Schritte leichter und ein Lächeln blieb auf seinem Gesicht hängen."

„Ich kann mich nicht erinnern, den Mann je lächeln gesehen zu haben."

„Ich auch nicht. Das war seine *nonverbale* Art, mir zu sagen, wie erfreut er von meinem Verhalten war."

„Er hat nichts über deine ... Handlungen gesagt?"

Dottie schüttelte den Kopf.

„Hat er vielleicht versucht, dir auch nonverbale Signale zu geben?"

„Allerdings." Hätte Dottie gerade einen Heiratsantrag von einem Prinzen erhalten, hätte sie kaum glücklicher wirken können.

Sophia legte den Kopf auf die Seite. „Wirst du mir davon erzählen?"

Dottie seufzte. „Es hat mich so glücklich gemacht, ich denke so gerne daran. Ich dachte, mein Herz würde vor Freude zerspringen."

„Raus damit."

„Er hat seine Hand über die meine gelegt und sie ziemlich lange festgehalten. Seine Hand ist so groß, fast zweimal so groß wie meine. Dann, als wir an der Tür von Devere House ankamen, hat er seinen Arm um mich gelegt, fast als wären wir Mann und Frau. Ich habe mich nie so wohlgefühlt. Ich hatte das Gefühl, dass er mein persönlicher Beschützer wäre. Ich habe mich gefühlt ... gefühlt, wie nie, seit ich zuletzt vor langer Zeit in den Armen meiner Mutter geschaukelt wurde."

Sophias Herz wurde weich. „Du hast dich geschätzt gefühlt."

Dottie nickte. „Das ist genau das Wort, nach dem ich gesucht habe. Wissen Sie, es spricht sehr viel für *nonverbale* Verständigung."

Sophia dachte an all die schweigenden

Hinweise, mit denen sie William gezeigt hatte, wie viel er ihr bedeutete. „Ja, in der Tat."

„Also, Mylady, haben Sie noch mehr Ratschläge, was ich als nächstes tun soll, um Mr. Thompson eine liebevolle *nonverbale* Nachricht zu schicken?"

Sophia dachte über die Frage einen Moment nach. Sie war nie besonders schnell beim Denken gewesen. Sie überlegte, wie sie William ihre Zuneigung ohne Worte deutlich machen würde und plötzlich entstand in ihrem Kopf eine Idee. „Wenn ihr zusammen in der Kutsche fahrt, könntest du eine Hand auf seinen Oberschenkel legen."

Dotties Augen wurden rund. „Und diese langsamen, sinnlichen Kreise auf sein Bein malen, meinen Sie?"

Sophia nickte. „Damit würdest du die Initiative ergreifen."

„Nur daran zu denken raubt mir einfach den Atem!"

Diese Unterhaltung mit Dottie hatte Stunden zuvor stattgefunden.

William war noch immer nicht zurückgekommen. Wohin war er gegangen? Hatte er einen warmen Umhang mitgenommen? Hatte er es geschafft, sich vor dem eiskalten Regen zu schützen? Das Grollen fernen Donners machte sie nur noch mehr verdrießlich. War ihrem Liebsten etwas zugestoßen? Achtete er nicht auf seine Gesundheit? In diesem abscheulichen Wetter auszureiten könnte ihn mit Fieber ins Bett bringen - oder noch Schlimmeres.

Sophias Gedanken flogen immer wieder zu seinem Heiratsantrag an diesem ersten Morgen am Grosvenor Square. Wie konnte etwas, das sie so glücklich gemacht hatte, nun zu etwas so Melancholischem werden? Hatte sie nur geträumt, dass William sie hatte heiraten wollen? Sie war zutiefst von seiner Aufrichtigkeit überzeugt. Jetzt schwankte ihr Vertrauen in ihn. Hätte er wirklich gefühlt, dass sie zusammengehörten, wäre er nicht den ganzen Tag fortgeblieben. Würde er nicht genauso dringend wünschen, bei ihr zu sein, wie sie sich danach sehnte, ihn hier zu haben?

Der Tag wurde immer dunkler. Weder ihr Bruder noch ihr Liebster kamen. Ihre Melancholie wuchs. Sie war sich sicher, dass etwas nicht stimmte. Sie befürchtete, dass irgendetwas William bedrohte. Was auch passiert war, das wusste sie instinktiv, würde die Seligkeit zerstören, die sie an diesem Morgen empfunden hatte, würde das Band, das sie zusammenschmiedete, als ob sie nur einen Herzschlag hätten, zertrennen.

Dottie kam und versuchte, sie zum Essen zu überreden, aber Sophia lehnte ab. Die Furcht, die sie wie der stärkste Branntwein durchfuhr, hatte ihren Magen in Aufruhr gebracht.

Um diese Zeit des Jahres wurde es früh finster. Um vier Uhr war der schon dunkle Himmel völlig schwarz geworden, nur die Laternen neben den Eingängen auf der anderen Seite des Platzes gaben Licht. Gerade, als der Diener ihrer Tante die Lampen in Nummer 12 anzündete, ritt ein einsamer Reiter über den Platz. Sie hätte ihn unter tausend Reitern erkannt. Selbst mit einem voluminösen wollenen Umhang und einem Hut, der auf seine goldenen Locken gedrückt war, konnte er diese außerordentlich breiten Schultern und die kraftvollen Oberschenkel, die auf beiden Seiten des Pferdes lagen, nicht verbergen. Er saß zu Pferd wie er alles tat - den Eindruck vermittelnd, dass er es beherrschte. Er war die Art von Mann, an den man sich in einer Krise wenden würde. So, wie sie es tatsächlich getan hatte.

Als sein Reittier auf sein schmales Haus zutrabte, erinnerte sie sich, wie meisterhaft er Finkies gewalttätige Helfer'abserviert hatte, und ihr Herz wurde weit. Vor ihren Augen stand das Bild, wie er zwei Männer überwältigt hatte, als ob er ein Insekt zerdrückte.

William war ihr Schicksal. Sie glaubte, dass er auf diese Welt gekommen sein musste, um das Leben mit ihr zu teilen, ihr Beschützer, ihr Liebster zu sein. Er war dazu geboren, sie vor dem abscheulichen Lord Finkel zu retten. Kein anderer Mann als William würde ihr je gefallen.

Als ein Diener aus dem Haus rannte, um Williams Pferd zu übernehmen, sprang sie von ihrem Sofa auf und eilte aus ihrem Zimmer, ihr Herzschlag wurde schwach, als sie daran dachte, gleich dem Mann gegenüberzustehen, der ihr inzwischen so viel bedeutete. Sie flog die Stufen hinab, und als sie sich der Eingangshalle näherte, hielt sie an und sah zu, wie er seinen durchnässten Mantel dem Butler übergab. Seine Reithosen waren so durchweicht, als wären sie in einen See getaucht worden.

Als sie näher kam, sah sie, dass die normalerweise gebräunte Haut seines Gesichts von den Elementen zu einem rauen Rot verfärbt worden war, und er zitterte. Sie beobachtete, wie er die nassen Lederhandschuhe abstreifte. Seine eisigen Finger sahen taub aus.

Der Unterschied zwischen der Art, wie er morgens ausgesehen hatte, als er sie verließ, und der Art, wie er jetzt wirkte, ließ ihr Herz einen

Schlag aussetzen. Er sah aus, als wäre er in einen Zyklon geraten. Es war nicht nur der offensichtliche Kampf mit den entfesselten Elementen, der für seinen zerzausten Zustand verantwortlich war. Es war, als ob das Selbstvertrauen, das so selbstverständlich zu ihm gehörte, zerstört worden wäre.

Sie ging auf ihn zu, mit einer Falte zwischen den Brauen. „Ich habe mir den ganzen Tag um dich Sorgen gemacht, und jetzt scheint es, dass ich Grund dazu hatte. Warum hast du dich diesem widerlichen Wetter ausgesetzt? Du wirst dir eine Lungenentzündung holen." Sie wollte in seinen Armen gehalten werden, aber sie wusste, dass er eine solche Zurschaustellung vor seinen Dienern nie dulden würde. Stattdessen trat sie neben ihn, um ihren Arm durch den seinen zu schieben, aber er versteifte sich und schob sie fort.

Seine Kälte tat weh. „Ich bitte darum, dass du kommst und dich vor das Feuer in meinem Zimmer setzt", sagte sie mit sanfter Stimme. „Dir muss bis in die Knochen kalt sein."

„Ich danke, aber ich habe Pflichten, die meine Aufmerksamkeit erfordern." Er begann, die Treppe hinaufzusteigen." „Fenton, ich brauche sofort ein heißes Bad."

„Wie Sie wünschen, Mr. Birmingham."

Ihr Herz überschlug sich beim Gedanken daran, wie seine kraftvollen goldenen Gliedmaßen in das Bad gleiten würden. Sie sah vor sich, wie sein bloßer Körper im Feuerschein ausgesehen hatte, ihr Atem stockte. Wie sie sich danach sehnte, diejenige zu sein, die warmes Wasser über den Körper rieseln lassen würde, der ihr in der Nacht zuvor solche Lust beschert hatte. Sie konnte es sich nicht erlauben, bei dem Gedanken zu verweilen, seinen muskulösen Oberkörper einzuseifen oder sich vorzustellen, wie ihre Finger durch sein Haar fuhren - nicht, wenn er offensichtlich seine Meinung völlig geändert hatte.

Als sie ihm schweigend die Treppe hinauf folgte, fühlte sie sich wie ein kleiner Hund, der gerade von seinem Herrn getreten wurde. *Was habe ich getan?* Woher kam seine plötzliche Eiseskälte?

So erschrocken sie über seine plötzliche Steifheit ihr gegenüber war, sorgte sie sich doch ebenso um sein Wohlergehen. War er den ganzen kalten Wintertag im Regen herumgeritten? In Ihrer Vorstellung sah sie Bekannte, die vor ihrem fünfundzwanzigsten Lebensjahr an Auszehrung gestorben waren.

Als er den zweiten Stock erreichte und auf sein Schlafzimmer zuging, sprach sie. „Du solltest heißen Tee trinken, dich warm anziehen und gut zudecken."

Er hielt an und drehte sich langsam zu ihr um, auf seinem schönen Gesicht lag ein frostiger Ausdruck. „Heben Sie sich ihre Besorgnis für Ihren Ehemann auf."

Kapitel 9

Obwohl es erst vier Uhr war, war es doch schon fast völlig dunkel, als Lord Finkel Nicholas Birminghams Büro in der Threadneedle Street erreichte. Es war ein scheußlicher Tag, um den Elementen ausgesetzt zu sein. Verdammt sollte das Frauenzimmer sein, das er geheiratet hatte! Als der Kutscher kam, um die Tür zu öffnen, blies der Wind sie aus seiner Hand. Finkel fluchte in sich hinein, als er den Regenschirm aus der Hand seines wohlmeinenden Dieners riss. Selbst mit dem Regenschirm würde er völlig durchnässt werden. Und es war bestialisch kalt.

Das alte rote Backsteinhaus, in dem Nicholas Birmingham seine Geschäfte abwickelte - wenn er nicht an der Börse war - sah nicht aus wie das Geschäftshaus von jemandem, von dem es hieß, dass er der reichste Mann im Königreich wäre. Das Innere mit seiner einfachen Zweckmäßigkeit war noch schockierender. Keine türkischen Teppiche auf dem kalten Steinfußboden, nur ein einsamer Schreibtisch, hinter dem ein junger, bebrillter Angestellter saß.

„Kann ich Ihnen helfen?", fragte der Kerl.

„Lord Finkel möchte Mr. Birmingham sprechen."

„Werden Sie erwartet?"

„Nein, aber es ist unbedingt notwendig, dass ich mit ihm spreche."

„Vielleicht kann ich ihnen weiterhelfen. Alle

Geschäfte von Mr. Birmingham gehen durch meine Hände."

Lord Finkel blitze ihn böse an. „Die Angelegenheit, die ich mit Mr. Birmingham zu besprechen habe, ist privater Natur."

Der junge Mann stand auf. „Sehr wohl. Ich werde nachsehen, ob er ein paar Minuten erübrigen kann."

Finkel hatte den reichen Börsenmakler nie zuvor kennengelernt, nie mit ihm gesprochen, aber er hatte ihn und seine schöne Frau - die frühere Lady Fiona Hollingsworth, die Tochter eines Earls - bei Almack's gesehen.

Einen Moment später kam der Angestellte aus dem Zimmer seines Arbeitgebers zurück. „Sie dürfen eintreten, Mylord."

Birmingham stand auf, als Finkel hereinkam. Obwohl Finkel beabsichtigt hatte, dem Emporkömmling herablassend zu begegnen, war er doch unerklärlich verblüfft. In der Gegenwart dieses Mannes fühlte Finkel sich klein, fast unzureichend. Es hieß, Nicholas Birmingham wäre der bestaussehende Mann in London. Finkel konnte es gut glauben. Der Mann war vermutlich sechs Fuß, drei Zoll groß, mit breiten Schultern und einer schlanken Gestalt. An seinem Gesicht gab es nichts auszusetzen. In der Tat war der Mann von Geburt mit wundervollen, weißen Zähnen und einer graden Nase gesegnet. Er war eher ein dunkler Typ, mit tiefbraunen Haaren, schwarzen Augen und einer dunklen Haut, wie Menschen aus den Ländern des Mittelmeerraums.

„Wie kann ich Ihnen behilflich sein, Mylord?", fragte Birmingham. Obwohl seine Worte höflich waren, klang doch seine Stimme steif bis beinahe abschätzig.

„Ich will nicht um den heißen Brei herumreden. Ich bin gekommen, um meine Frau abzuholen."

Ein verwirrter Blick huschte über das Gesicht des größeren Mannes. „Ich bitte um Verzeihung? Ich weiß nichts über Ihre Frau."

Finkel hatte schon angenommen, dass Nicholas Birmingham ein Narr sein müsste, wenn er seiner schönen Lady Fiona untreu wäre. Die Frau war die Perfektion selbst. Dann erinnerte er sich plötzlich, dass es noch einen Birmingham-Bruder gab. „Dann muss es sich um Ihren Bruder handeln, der die Familienbank der Birminghams leitet."

„Wenn Sie denken, dass mein Bruder Adam mit Ihrer Frau durchgebrannt ist, versichere ich Ihnen, dass Sie im Wahn reden. Ich sehe meinen Bruder jeden Tag und bin überzeugt, dass Sie sich irren."

„Wenn ich erfahre, dass Sie mich angelogen haben, Birmingham, werde ich alles in meiner Macht Stehende tun, um das Haus Birmingham zu Fall zu bringen."

Birminghams Augen wurden schmal und in seiner Stimme lag etwas Stählernes, als er sprach. „Verlassen Sie das Haus, sofort."

Finkel erwiderte Birminghams eisigen Blick, drehte sich um und stürmte aus der Tür.

Er musste nur ein paar Türen weiterfahren, um die Bank der Birminghams zu erreichen, wo er verlangte, Adam Birmingham in einer privaten Angelegenheit zu sprechen.

Das Büro dieses Bruders verriet den großen Reichtum der Familie. Es gab türkische Teppiche, einen Canaletto an der Wand, reiche Mahagoni-Möbel und mit üppigem Samt bezogene Sessel. Von der Decke hingen Kristall-Kronleuchter.

Als Finkel Adam Birmingham von Angesicht zu Angesicht gegenüberstand, hatte er fast das Gefühl, Nicholas Birminghams Zwilling zu sehen. Die geringfügigen Unterschiede zwischen den beiden konnte man kaum in Worte fassen. Vielleicht lag ein Zug um den Mund, der den einen vom anderen Bruder unterschied, oder es war die Form ihres Kinns. Beide waren groß und dunkel und würden als durchaus gutaussehend bezeichnet werden. Dieser Bruder schien etwas freundlicher als der andere.

Er verbeugte sich, lächelte Finkel an und hob fragend eine Augenbraue. „Sie möchten mich in einer persönlichen Angelegenheit sprechen?"

Finkel trat in das luxuriöse Büro ein und schloss schweigend die Tür hinter sich. „Allerdings. Meine Frau ist mit einem Mr. Birmingham davongelaufen und ich möchte sie wiederhaben."

Adam Birmingham begann zu lachen. „Ich versichere Ihnen, Mylord, ich bin nicht mit Ihrer oder der Frau irgendeines Mannes durchgebrannt."

„Die Beschreibung des Mannes, mit dem meine Frau weggelaufen ist, passt auf Sie."

„Normalerweise diskutiere ich mein Privatleben mit niemandem, aber erlauben Sie mir zu sagen, dass ich mit meiner derzeitigen häuslichen Situation glücklich bin."

„Dann sind Sie verheiratet?"

„Das habe ich nicht gesagt."

Da erinnerte Finkel sich. Etwa ein Jahr zuvor hatte er gehört, dass die schöne italienische Opernsängerin Anna Cannales unter dem Schutz Adam Birminghams stand.

Finkel war sich sicher gewesen, dass dies der

Mann war, der seine Frau gestohlen hatte, aber er glaubte doch, dass er - und sein Bruder - die Wahrheit sagten. Die Birminghams standen in dem Ruf, zu bekommen, was sie wollten, und wenn einer von ihnen Lady Sophia Beresford wollte, hätte er keine Bedenken gehabt, das zuzugeben.

Er hatte den ganzen verdammten Nachmittag vergeudet - und sich unnötig dem Toben der Elemente ausgesetzt.

„Dann bedaure ich, dass ich Ihre Zeit in Anspruch genommen habe."

Wieder einmal stürmte Finkel wütend aus einem Birmingham-Haus.

Wer zum Teufel war der Birmingham, mit dem seine Frau davongelaufen war? Finkel würde nicht aufgeben, bis er ihn gefunden hatte.

* * *

Es würde ihr recht geschehen, wenn er sich ein Lungenfieber holte und starb! Der Schuld für sein törichtes Regenbad in diesen Temperaturen unter dem Gefrierpunkt ruhte einzig auf ihren zarten Schultern.

William ertappte sich dabei, wie er wünschte, er wäre nicht morgens zu MacIver gegangen und hätte nicht erfahren, dass sie einem anderen gehörte. Wenn er nur das berauschende Gefühl von Besitzerstolz wieder einfangen könnte, das er am Morgen empfunden hatte, als er daran dachte, sein Leben an ihres zu binden.

Obwohl er nicht gedacht hatte, dass er gerne verheiratet wäre, hatte doch die Idee, Isadore zu heiraten, nachdem sie sich erst einmal in ihm festgesetzt hatte, ihn mit einem Schauer fast unerträglicher Freude erfüllt. Es war, als hätte er sein ganzes Leben darauf gewartet, die perfekte

Partnerin zu finden.

Und er hatte sie in Isadore gefunden.

Von der kriminellen Art, ihren Lebensunterhalt zu verdienen, abgesehen, war sie die Perfektion selbst. Schönheit, Intelligenz und höchste sexuelle Übereinstimmung, alle in einem einzigen, exquisiten Geschöpf vereint.

Ein exquisites Geschöpf, das zu einem ehrenwerten Mann gehörte. Lord Evers.

Wie hatte sie William so völlig zum Narren halten können? Er war überzeugt gewesen, dass sie die Wahrheit gesagt hatte, als sie ihm erzählte, dass sie noch Jungfrau war. Dann, als sie sich zum ersten Mal von vielen geliebt hatten, hätte er schwören können, dass sie noch nie bei einem anderen Mann gelegen hatte.

Und in keiner Weise benahm sie sich wie eine Frau, die mit einem anderen verheiratet war. Letzte Nacht, am Morgen und selbst ein paar Momente zuvor waren ihre Worte und Handlungen die einer Frau, die ihn aufrichtig liebte.

Er hätte nicht nach Hause kommen dürfen. Er hätte in seinem Club bleiben sollen und nach Thompson schicken, damit dieser ihm trockene Kleidung brachte. Sie zu sehen, war viel zu schmerzlich gewesen - vor allem, da ihr Gesichtsausdruck von zärtlicher Zuneigung zu ihm sprach. Die Frau konnte Sarah Siddons auf der Bühne Konkurrenz machen.

Er hatte ihr Bild vor Augen, wie sie aussah, als sie in der Eingangshalle auf ihn zu kam. Wie schwer es gewesen war, sie nicht in seine Arme zu ziehen, als er dort im Flur stand und ihre umwerfende Schönheit ansah, die zärtliche Besorgnis in ihrem Gesicht und ihrer Stimme.

Trotz seines körperlichen Unbehagens hatte ihr Anblick ihn erregt. Er stöhnte.

Er würde nie wieder das Gefühl ihrer seidigen Haut verspüren. Er respektierte Lord Evers viel zu sehr, um sich bei dessen Frau Freiheiten herauszunehmen.

Selbst wenn diese Frau so tat, als wäre sie in William verliebt. MacIver musste mit der Reihe ihrer Affären recht haben. Wie überzeugend sie gewesen war!

Thompson half William beim Ablegen der triefenden Stiefel und prüfte dann das Badewasser, während sich William aus dem Rest der nassen Kleidung schälte. „Hatte Miss Isadore Door heute wieder Besucher?", fragte er beiläufig.

„Nein, Mylord, aber sie hat mich wieder - zusammen mit Miss Dorothea Door - zu diesem Haus in der Curzon Street geschickt."

William fragte sich, ob dort Lord Evers residierte. Aufgrund der Tatsache, dass Evers den Großteil seiner Zeit außer Landes verbrachte, hatte William ausschließlich während seiner verschiedenen Besuche in Den Haag mit dem Lord zu tun gehabt. Als er jetzt darüber nachdachte, erkannte er, dass Eves zu der Beschreibung passte, die Thompson ihm von Isadores Besucher vom Vortag gegeben hatte: ein großer, gut gekleideter Mann der guten Gesellschaft. „Mit einem weiteren Brief?" William ließ seinen zitternden Körper in den metallenen Zuber sinken. Als er von dem warmen Wasser bedeckt war, hörte er auf zu frieren. Gott, darauf hatte er sich den ganzen Tag gefreut. Darauf, und darauf mit Isadore zu schlafen.

„Ja." Thompson faltete seine Handtücher und legte sie auf einen Hocker neben der Badewanne.

„Mylord, ich überlege, ob ich mit ihnen über etwas Privates sprechen kann."

„Ich bezweifele, dass ich Geheimnisse vor dir habe."

„Dies betrifft eigentlich mich. Mich und Miss Door."

Williams Rücken wurde steif. „Isadore?"

„Oh nein, Mylord. Miss Dorothea Door."

William stellte sich die alternde, knochige, völlig unscheinbare Schwester vor und hatte Mitleid mit ihr. „Was ist mit ihr?"

Thompson räusperte sich. „Es scheint mir, dass die Dame eine Vorliebe für mich hat."

Die arme Frau. Thompson war vermutlich der einzige Mann, der ihr je direkt Aufmerksamkeit erwiesen hatte. „Ich nehme an, es ist, weil du so freundlich zu ihr warst."

„Sie bringt Eigenschaften an mir zum Vorschein, von denen ich nicht wusste, dass ich sie besitze. Sie gibt mir das Gefühl, dass ich Drachen töten könnte, um sie zu beschützen."

Williams Augen weiteten sich. Konnte es möglich sein, dass Thompson sich von der unglücklichen Jungfer angezogen fühlte? Es war für William fast unverständlich, dass irgendein Mann etwas an der unansehnlichen Schwester etwas bewundern könnte. Er nahm an, dass das bewies, dass es tatsächlich für jeden jemanden gab. „Guter Gott, Thompson, haben Sie etwas für sie übrig?"

„In der Tat, Mylord, aber sie ist für jemanden wie mich von zu hoher Geburt."

„Es ist ja nicht so, dass sie eine Adlige wäre. Und ihre intrigante Schwester widmet sich regelmäßig verbrecherischen Aktivitäten."

„Das stimmt nun wieder."

William bemitleidete die unscheinbare Schwester nicht mehr. Vielleicht könnten sie und Thompson miteinander glücklich werden. „Wenn Sie eine Vorliebe für dich zeigt, kannst du es als Erlaubnis ansehen, ihr den Hof zu machen."

„Aber ich habe keine Ahnung, wie man es anstellt, einer Frau den Hof zu machen."

„Niemand sagt den Vögeln und den Bienen, was sie zu tun haben. Erlaube dir, deinen Instinkten zu folgen." Williams Gedanken gingen zu der vorherigen Nacht zurück, als seine und Isadores machtvolle Instinkte sie zu einem Ort unvorstellbaren Glücks geführt hatten.

„Ich denke, dass ich die Dame sehr gerne küssen würde. Meinen Sie, das wäre unanständig?"

Williams Gesicht verzog sich nachdenklich. „Sag mal, wenn sie nicht sprechen kann, wie übermittelt die Dame dir denn ihre Gefühle?"

Der Feuerschein vom Kamin beleuchtete Thompsons Gesicht. Wurde der Kerl rot?

Er stotterte einen Moment. „Die Dame hatte ihre Hand auf meinen Arm gelegt und fing an, mich mit zarten, runden Bewegungen zu streicheln. Zuerst dachte ich, es wäre unabsichtlich, aber als das eine beträchtliche Zeit weiterging, fing ich an zu glauben, dass die Dame ... nun, sich überaus wohl bei mir fühlte.

William begann schallend zu lachen. „Sie ist ein freches, kleines Ding, das offensichtlich völlig in dich verknallt ist, alter Junge."

„Ich werde mich ihrem Urteil anschließen, da Sie erheblich mehr Erfahrung in solchen Dingen haben als ich."

Für William und Isadore konnte es kein glückliches Ende geben, aber es befriedigte ihn ganz merkwürdig zu denken, dass vielleicht die unglückliche Stumme so spät in ihrem Leben noch die Liebe finden könnte. „Du und Miss Dorothea Door habt meinen Segen."

* * *

Obwohl sie keinen Appetit hatte, schickte Sophia Dottie mit einer Nachricht zu Fenton, um zu fragen, ob der Herr am Abend zu Hause speisen würde. Ihr Herz sank, als Dottie zurückkam und ihr mitteilte, dass Mr. Birmingham gebeten hatte, ihm ein Tablett mit Essen in seinem Zimmer zu servieren.

Er geht mir aus dem Weg.

Sie konnte es ihm nicht verdenken. Wäre sie an seiner Stelle, wüsste sie, wie betrogen sie sich fühlen würde, wenn sie erfuhr - nach ihrer Nacht voller zärtlicher Leidenschaft - dass er verheiratet war. Wenn sie ihm nur vermitteln könnte, wie sehr sie ihn liebte. Wenn sie ihm nur sagen könnte, dass ihre Ehe nie vollzogen wurde und nie vollzogen werden würde.

Aber was änderte das? Ob es ihr gefiel oder nicht, sie war unwiderruflich an einen abscheulichen Mann gefesselt. Das war wohl die Erklärung, warum Devere an diesem Tag noch nicht zu ihr gekommen war. Sein Anwalt musste ihm gesagt haben, dass es nicht möglich sein würde, Sophia aus ihrer Ehe mit Lord Finkel zu befreien. So, wie sie ihren energischen Bruder kannte, hielt sie es für möglich, dass er Finkel nicht nachgeben würde, ohne einen tapferen Kampf zu liefern.

Sie schickte Dottie fort und warf sich verzweifelt auf ihr Bett; Tränen rannen ihre Wangen hinab, als sie an Williams Kälte ihr gegenüber dachte. Es kam ihr plötzlich in den

Sinn, dass, auch wenn William herausgefunden hatte, dass sie verheiratet war, er aller Wahrscheinlichkeit nach in Wirklichkeit herausgefunden hatte, dass *Isadore* verheiratet war.

Würde das etwas ändern? Sie weinte. Es änderte gar nichts. Weil nichts die Tatsache, dass sie den britischen Gesetzen nach Lady Finkel war, ändern konnte.

Sie seufzte. Vor einer Woche hatte sie die Liebe noch nicht gekannt. Vor einer Woche hatte sie noch keine Erfahrung mit dem Schmerz um eine verlorene Liebe gehabt. Vor einer Woche war ihr Leben so langweilig gewesen, dass sie sich auf einen Mann eingelassen hatte, den sie weder bewundern noch lieben konnte.

Bitteres Schluchzen entrang sich ihr. Hätte sie alles noch einmal zu tun, würde sie diesen unvorstellbaren Schmerz, den der Verlust von Williams Zuneigung ihr verursachte, riskiert haben? Ja, sie würde noch immer eine Nacht der Sünde mit William wählen. Eine Nacht lang hatte sie die Liebe eines Mannes erlebt, der weit über allen anderen stand.

Würde es helfen, wenn sie William zu verstehen gab, dass er der einzige Mann war, den sie je geliebt hatte? Sie bezweifelte es. Männer genossen den Besitz, und solange sie Lady Finkel war, würde ein stolzer Mann wie William nie zufrieden sein.

Sie war nicht bereit, sein Haus zu verlassen. Wenn sie erst einmal gegangen wäre, wusste sie, dass es unwahrscheinlich war, dass ihre Wege sich je wieder kreuzen würden. Und das konnte sie nicht ertragen.

Ihre einzige Hoffnung, sich noch irgendwie an

ihn klammern zu können, war, weiter als Isadore aufzutreten. Selbst wenn Isadore verheiratet war. Solange er das Gold brauchte, das Isadore beschaffen konnte, würde er ihr erlauben, unter seinem Dach zu bleiben. Sie schwor, dass entweder Dottie oder sie am Fenster Wache halten würden, um nach der echten Isadore Ausschau zu halten.

Aber was ließ sie glauben, dass Isadore mit ihr zusammenarbeiten würde? Sie würde Devere überreden müssen, das Geld für Isadore auszulegen - mit dem Versprechen, dass alles zurückgezahlt würde, wenn William der falschen Isadore die achtzigtausend übergeben hatte.

Sie sprang aus dem Bett und kritzelte eine Nachricht, in der sie ihren Bruder bat, sich achtzigtausend Pfund zu beschaffen, die in einer Woche zurückgezahlt werden würden. Dottie war nicht in ihrem Zimmer. Sie ließ nie eine Mahlzeit aus - trotz ihrer Magerkeit - also aß sie vermutlich alleine im Speisezimmer.

Sophia fand sie dort und erklärte ihr, dass Thompson und sie am selben Abend noch einmal zur Curzon Street fahren mussten.

Dotties Gesicht hellte sich auf und sie flüsterte. „Ich werde versuchen, dieses *nonverbale* Streicheln am Bein auszuprobieren!"

Sophias Blick huschte über den Berg von Essen auf dem Teller ihrer Zofe. „Nicht, wenn du den ganzen Abend hier sitzt und dich vollstopfst."

Dottie schob den Teller beiseite und stand vom Tisch auf. „Ich würde Mr. Thompson jeden Abend dem Essen vorziehen."

„Ich schicke einen Diener, um Thompson zu suchen - wenn sein Herr ihm erlauben wird, etwas für uns zu erledigen."

„Ich hoffe, er wird das."

Anscheinend hatte William keine Einwände dagegen, den Damen Thompsons Dienste zu leihen. Minuten später waren Dottie und der Kammerdiener unterwegs zur Curzon Street. Für Sophia war es hoffnungslos, an diesem Abend mit William sprechen zu wollen. Er hatte es sehr deutlich gemacht, dass er nichts mit ihr zu tun haben wollte.

Er musste erfahren, dass das, was letzte Nacht geschehen war, nicht die Laune einer freizügigen verheirateten Frau war. Sie schuldete ihm eine Erklärung. Sie ging zum Schreibtisch in ihrem Schlafzimmer zurück und begann, ihr ganzes Herz in einem Brief auszuschütten.

* * *

Als Dottie am Fuß der Treppe anlangte, stand der liebe Mr. Thompson bereits in der Eingangshalle und sah so gut aus, als er sie anlächelte. Auf seinem Gesicht stand so viel Zuneigung, dass sie sich wie eine hübsche Märchenprinzessin fühlte.

„Ich habe nach der Kutsche geschickt. Ich möchte nicht, dass jemand so zartes wie Sie dem Wetter ausgesetzt wird, meine liebe Miss Door."

Jemand so zartes wie Sie. Sie hoffte, dass er sie nie mit einem heißen Bügeleisen schuften sehen würde. Es gefiel ihr so gut, dass er sie für eine Dame hielt. Eine *zarte* Dame. Vielleicht würde diese Tage am Grosvenor Square nur ein kurzes Erlebnis sein, die den Rest ihrer Tage mit warmen Erinnerungen erhellen könnten. Sie hasste es, daran zu denken, dass sie diesem Gentleman ihre wahre Identität würde enthüllen müssen.

Er half ihr, einen dicken, wollenen Umhang anzulegen und bedeckte ihren Kopf zärtlich mit der Kapuze. „Es ist schrecklich kalt draußen."

Als die Kutsche kam, verließen sie das Haus. Sie begann sofort zu zittern. Sie hatte gewusst, dass es kalt war, aber sie war nicht auf den eisigen Wind gefasst gewesen, der wie ein scharfer Eiszapfen direkt durch sie hindurch zu gehen schien.

Als sie sich in der Kutsche setzte, wurde sie von Nervosität ergriffen. Wieder, so wie in der Nacht, als sie von Stinkie Finkies Dach hatte springen müssen. Würde sie den Mut aufbringen, ihre Hand auf Mr. Thompsons kräftigen Oberschenkel zu legen? Jetzt, wo die Zeit gekommen war, eine solche Maßnahme zu ergreifen, fiel ihr ein, dass sie sich damit wie ein Flittchen aufführen würde. Sie wollte nicht, dass Mr. Thompson sie für ein leichtes Frauenzimmer hielt.

Dann dachte sie an die feinste Dame, die sie kannte - Lady Sophia - die weitaus kühner bei Mr. Birmingham vorgegangen war - und er hatte sie gebeten, ihn zu heiraten. Natürlich war Dottie keine Schönheit wie Lady Sophia.

Aber welche Frau wollte keinen Heiratsantrag von dem Mann, in den sie verliebt war?

Sie nahm auf dem ledernen Sitz Platz und Mr. Thompson setzte sich ihr gegenüber. Wie recht er gehabt hatte, die Nacht war wirklich furchtbar kalt. Selbst in der Kutsche war es eisig. Wie viel wärmer ihr wäre, wenn er hier neben ihr sitzen würde.

„Es tut mir leid, dies ist nur eine gemietete, einfache Kutsche - nicht so luxuriös wie Mr. Birminghams, die kürzlich zerstört wurde. Ich nehme an, Sie sind an Besseres gewöhnt."

Wie sie wünschte, dass sie sprechen dürfte! Sie

wollte ihn wissen lassen, dass sie keinen Luxus und keine Reichtümer erwartete. Ihr Magen drehte sich um, ihr Herz hämmerte; sie stand auf und ließ sich neben ihn auf den Sitz fallen.

Bevor sie ihren Mut zusammennehmen konnte und ihre bebende Hand auf seinen Schenkel legen, wandte er sich ihr zu. „Meine liebste Miss Door, würden Sie mir erlauben, Sie zu küssen?"

Sie hatte das Gefühl, als wäre ein riesiger Felsbrocken von ihrem Herzen gefallen. Konnte er es spüren? Ihr Lächeln wurde breiter. Würde er sie für zu willig halten? Sie schaffte es, sehr damenhaft zu nicken.

Mr. Thompson holte tief Luft und legte einen Arm um sie, rutschte näher und senkte seinen Mund auf den ihren. Seine Lippen waren so viel weicher als sie es bei einem so großen Mann wie ihm erwartet hätte. Und so sehr zärtlich, vor allem für einen so großen Mann wie ihn.

Sie hatte Angst, dass sie nicht wissen würde, wie man richtig küsste. Würde er es merken? Trotzdem spitzte sie die Lippen gegen seine und sonnte sich in dem warmen Glühen der Freude, die er ihr schenkte. Sie vergaß, wie bitterkalt es draußen war, denn so an Mr. Thompson gekuschelt könnte sie nie frieren.

Die Kutsche fuhr vor Devere House vor und er beendete den Kuss. „Sie müssen nicht in die Kälte hinausgehen, Miss Door. Ich gebe den Brief ab." Er zog eine Decke über ihren Schoß und ging.

Bei Hochzeiten von Familienmitgliedern der Familie Devere hatte sie Champagner trinken dürfen. Er hatte ein sprudelndes Gefühl in ihrem Inneren verursacht. Genauso fühlte sie sich jetzt, als sie da in der Kutsche saß.

Er blieb nur einen Moment fort. Als er kam und

sich wieder neben sie setzte, seufzte er. „Wie schade, dass die Fahrt vom Grosvenor Square zur Curzon Street so kurz ist." Dann drehte er sich zu ihr und zog sie wieder in seine Arme.

Dieser zweite Kuss war noch leidenschaftlicher.

Kapitel 10

„Hast du meinen Bruder gesehen?", fragte eine ängstliche Sophia Dottie, als diese zurückkam.

„Nein, Mylady. Er war nicht zu Hause, aber Mr. Thompson hat die Anweisung hinterlassen, dass der Brief dem Herrn ausgehändigt werden sollte, sobald er nach Hause käme.

Sophias neugierige Augen musterten ihre Dienerin. Der Glanz in den Augen der Zofe verriet ihr, dass Dottie etwas getan hatte, um ihre romantischen Absichten deutlich zu machen. „Ihr seid wegen des Regens und der Kälte in einer Kutsche gefahren?"

Dottie nickte, auf ihrem Gesicht lag ein Lächeln.

„Hast du Thompson gegenüber gesessen?"

„Zuerst ja. Dann habe ich mir ein Herz gefasst und mich direkt neben ihn fallen lassen."

„Und, hat der Mann darauf reagiert?"

„Oh ja! Er hat sich zu mir gedreht, mit einem Lächeln auf dem Gesicht und gefragt, ob er mich küssen dürfte. Ich musste nicht mal sein Bein streicheln, um ihn etwas aufzumuntern."

„Du hast ihm erlaubt, dich zu küssen?"

Dottie richtete einen Blick voller Empörung auf ihre Herrin, stemmte die Hände mit rechtwinklig abstehenden Ellenbogen in die Taille. „Meine Mutter hat keine Dummköpfe großgezogen. Natürlich habe ich ihm erlaubt, mich zu küssen!"

Sophia schenkte ihr ein strahlendes Lächeln.

Es war schön, etwas zu haben, worüber man sich freuen konnte. „Hast du es genossen?"

„Ich habe das Küssen sehr genossen, und ich glaube, mein lieber Mr. Thompson auch."

„Hat er eventuell irgendwelche *verbalen* Bemerkungen über eure ... Intimitäten gemacht?"

„Wenn Sie fragen, ob er über unsere Küsse gesprochen hat, dann ist die Antwort ja. Er sagte, meine Zuneigungsbekundungen wären ihm sehr angenehm. Es war nur schade, dass die Fahrt in die Curzon Street außerordentlich kurz ist."

Sophia kicherte. „Also willst du sagen, du hättest deinen Mr. Thompson gerne länger geküsst?" Sie dachte daran, wie sehr sie sich danach sehnte, William zu küssen.

„Und ob ich das gerne gemacht hätte!"

„Hat er versucht, eine andere Art von *Treffen* mit dir zu verabreden?"

„Ich muss Sie darüber informieren, dass Mr. Thompson ein Gentleman ist, der nicht versuchen würde, sich bei einer unverheirateten Frau Freiheiten herauszunehmen. Er hat mich *nicht* gefragt, ob er in mein Schlafzimmer kommen dürfte."

„Natürlich würde er das nicht. Er denkt, dass du eine feine Dame bist. Sieh dir nur dein Kleid an."

Dottie runzelte die Stirn. „Ihr Kleid, meinen Sie. Was mir Sorgen macht, ist, dass ich seine Zuneigung verlieren könnte, wenn er schließlich erfährt, dass ich keine feine Dame bin."

„Ich gebe zu, dass die Möglichkeit besteht, aber es gibt so viele Gründe für gegenseitige Anziehung, und ich glaube nicht, dass dieser Mann dir seine Zuneigung geschenkt hätte, wenn nicht mehrere Dinge an dir ihm gefallen würden."

„Hoffentlich haben Sie recht. Ich weiß, dass es mir schwer fällt zu verstehen, was gerade an Mr. Thompson mich angezogen hat, seit wir uns im ‚Stachelschwein' kennenlernten. Keiner der besseren Diener in Devere House hat mir je so gefallen wie Mr. Thompson. Zuerst fand ich ihn gutaussehend. Ich hatte immer eine Schwäche für große Männer. Aber da ist so viel mehr als sein Aussehen. Er hat so eine Art an sich. Er ist fein. Er ist mutig. Er ist ... ich glaube, Sie haben das Wort *fürsorglich* benutzt, um ihn zu beschreiben."

Obwohl Sophia nicht zustimmen konnte, dass der Kammerdiener gut aussah, hatte Thompson durchaus die anderen Züge, die Dottie bewunderte. Sie erinnerte sich daran, wie tapfer Herr und Diener an jenem Tag Seite an Seite gegen Finkels bewaffnete Helfershelfer gekämpft hatten. „Dein Mr. Thompson ist tapfer und stark und genau die Art von Mann, der einer Frau eine Stütze sein kann."

„Als wir uns verabschiedeten, sagte er, dass er hoffte, Sie hätten noch einen weiteren Auftrag, den wir zusammen erledigen könnten." Dottie senkte ihre Stimme. „Er sagte, er hoffe, dass es weiter regnen würde, damit wir wieder zusammen in einer Kutsche fahren könnten. Ich habe mir noch nie Regen gewünscht, aber jetzt schon."

Sophia brach in Gelächter aus. Während der vielen Jahre ihrer Bekanntschaft hatten die beiden Frauen sich oft über regnerische Tage beklagt.

Ihre Heiterkeit verschwand, als sie daran dachte, wie William in diesem scheußlichen Wetter völlig durchnässt worden war. Sie betete, dass er von der strengen Kälte und großen Nässe keinen Schaden davontragen würde. Es war am

Tag ihrer Ankunft in London regnerisch und kalt gewesen und keiner von ihnen war - glücklicherweise - krank geworden.

Dieser lange, verregnete Tag, der so wundervoll begonnen hatte, stellte sich als einer der traurigsten Tage ihres Lebens heraus.

Nachdem Dottie in ihr eigenes Schlafzimmer gegangen war, dachte Sophia an den Brief, den sie für William geschrieben hatte. Sie wagte nicht, ihn heute Abend abzugeben - oder überbringen zu lassen. Vielleicht würde er am nächsten Tag nicht mehr so zornig sein. Vielleicht könnte sie Dottie den Brief Thompson geben lassen, der dann dafür sorgen konnte, dass William ihn erhielt.

* * *

Sie erwachte am nächsten Morgen und hörte, wie der Regen an ihr Fenster schlug. Ihr Feuer war ausgegangen, und das Zimmer war so kalt, dass die Aussicht, sich von ihren Decken zu trennen, höchst ungemütlich schien.

Ihre Gedanken gingen zu Dottie, der es während des letzten Vierteljahrhunderts nie erlaubt gewesen war, einmal nach Sonnenaufgang im Bett zu bleiben. Wie glücklich Sophia sich schätzen konnte, in so privilegierten Umständen geboren worden zu sein. Ihr ganzes Leben lang war sie in so vieler Weise gesegnet gewesen.

Bis zu dem verhängnisvollen Tag, an dem sie die katastrophale Entscheidung getroffen hatte, Finkie zu heiraten.

An diesem Morgen hatte Dottie viel mehr Glück als ihre Herrin. Sie war frei, sich in den Mann zu verlieben, der ihr Herz besaß. Der Mann erwiderte ihre Zuneigung.

Dottie, in Sophias blassgelbes Morgenkleid gewandet, hüpfte förmlich in Sophias angrenzendes Zimmer. Sophia sah sich gezwungen, sich aufzusetzen. „Bitte gibt mir meinen Schal. Mir ist eiskalt."

Dottie ging zum Wäscheschrank und holte ihn. „Kein Wunder, dass Sie so frieren. Das Feuer ist ausgegangen. Ich kümmere mich darum."

„Heute Morgen möchte ich dich bitten, Thompson eine Nachricht für Mr. Birmingham zu geben."

Obwohl Dottie Sophia den Rücken zukehrte, während sie das Feuer neu anschürte, konnte Sophia sehen, wie einer ihrer Mundwinkel sich zu einem Lächeln hob. „Es ist mir immer ein Vergnügen, Mr. Thompson zu sehen."

Als das Feuer brannte, drehte sie sich zu ihrer Herrin um. „Lassen Sie mich Ihnen jetzt beim Anziehen helfen. Was möchten Sie heute tragen?"

„Das blaue Kleid. Ich nehme an, ich sollte mir von Devere mehr Kleider bringen lassen. Nachdem wir jetzt beide die Kleider aus meinem Vorrat benutzen, bleibt nicht viel Raum für Auswahl." Sie beobachtete Dottie von der Seite, um zu sehen, wie sie das Kleid einer Dame trug. „Im Übrigen, Dot, dieses Kleid steht dir wirklich gut. Ich habe beschlossen, dass du alle meine Kleider aus der vorigen Saison bekommen sollst, um sie jeden Tag zu tragen, wenn wir dieses Haus erst verlassen haben und du wieder frei sprechen kannst." Sophia kletterte aus dem Bett, erschauerte und ging zum Feuer.

„Oh, Mylady! Das wäre wunderbar! Dann würde Mr. Thompson mich nicht in meinem tristen Zofenkleid sehen müssen."

Sophia nickte. „Ich gehe davon aus, dass er bis dahin alles über deine wirkliche Identität wissen wird, aber bis dieser Tag kommt, würde ich dich bitten, meine stumme Schwester zu bleiben. Ich weiß, dass es schwierig ist, aber es kann nicht mehr lange dauern." Sie spähte aus dem Fenster. „Eine von uns muss den ganzen Tag am Fenster Ausschau halten, bis die echte Isadore auftaucht."

„Ich bin sicher, dass ich sie erkennen werde. Sie muss genauso aussehen wie Sie."

„Das können wir nicht wissen!"

Dotties Schultern sackten herab. „Das muss der Grund sein, warum Mr. Birmingham Sie mit ihr verwechselt hat."

Sophia schüttelte den Kopf. „Ich glaube, er hatte keine Ahnung, wie sie aussieht."

Während der nächsten zehn Minuten erlaubte Sophia ihrer Zofe, ihr zu helfen, sich für den Tag anzuziehen, obwohl es gleichgültig war, was sie trug. Sie würde sich in ihren zerrissenen Umhang hüllen müssen, wenn sie den Tag am kalten Fenster verbringen wollte.

Als sie fertig waren, stellte sich Dottie vor den Spiegel und begutachtete sich selbst.

„Deinem Mr. Thompson wird dein Aussehen sehr gefallen. Jetzt lauf und bringe meinen Brief zu ihm." Sophia zeigte zum Schreibtisch. „Er liegt gleich dort."

Zehn Minuten vergangen, bevor Dottie wiederkam. „Mr. Thompson versicherte mir, er werde dafür sorgen, dass sein Herr Ihren Brief erhält, aber er ist zur Zeit nicht zu Hause."

Tiefe Melancholie überfiel sie. Obwohl ihr Williams Wunsch, sie zu meiden, bekannt war, hatte sie sich der Hoffnung hingegeben, dass er zu ihr eilen würde, nachdem er den Brief gelesen hatte, der ihre zärtliche Zuneigung zu ihm bekundete.

Nur Sekunden später hatte sie sich genug

erholt, um klar zu denken. „Dann, wenn William fort ist, muss unbedingt mein Bruder mich heute Morgen besuchen kommen. Du und Thompson müsst ihn holen."

„Aber Mr. Birmingham wird die Kutsche genommen haben. Ich habe Angst, mir den Tod zu holen in diesem Regen und der Kälte."

Sophia kritzelte eine Nachricht, ging dann zu ihrem Täschchen und nahm ein paar Münzen heraus, die sie Dottie übergab. „Thompson muss eine Mietkutsche holen lassen. Ich habe das in dieser Nachricht an ihn geschrieben."

* * *

Eine Stunde später begrüßte Devere die Schwester, die ihm im Alter am nächsten stand. „Hast du eine Idee, wieviel Uhr es ist?"

Sophia kicherte. „Ich muss zugeben, mein lieber Bruder, dass ich dich noch nie so früh auf gesehen habe, seit du Oxford verlassen hast."

Seine dunklen Augen wurden schmal. „Selbst in Oxford bin ich nie so früh aufgestanden."

Er setzte sich neben sie auf das Sofa, das an ein Fenster geschoben worden war - das Fenster, von dem aus Sophia weiter nach draußen schaute.

Obwohl er ihr Bruder war, konnte ihr unmöglich entgehen, warum er bei jeder unverheirateten Dame der *guten Gesellschaft* so beliebt war. Nicht nur hatte er einen Titel, sondern er sah auch ungewöhnlich gut aus.

Er sah aus wie jemand, der es gewohnt war, zu befehlen. Selbst seine Größe war überdurchschnittlich, und er füllte seine maßgeschneiderte Kleidung in sehr männlicher Weise aus. Er hatte die gleichen Farben wie Sophia, mit tiefbraunem Haar und Augen, die fast schwarz waren. Etwas an seinem Gesicht verriet seinen ausgezeichneten Sinn für Humor und seine Neigung zum Lächeln.

Aber heute lächelte er nicht.

„Wonach zum Teufel schaust du?", fragte er.

Sophia wandte sich von ihrer Aussicht auf den Grosvenor Square ab und seufzte, als sie anfing, ihm von Isadore und der falschen Identität zu erzählen. „Ich muss unbedingt Isadore bleiben, bis der Austausch vollzogen wurde."

„Also deshalb brauchst du die verdammten achtzigtausend Pfund!"

Sie nickte.

„Ich kann eine so große Summe nicht aufbringen."

„Oh, aber du musst einen Weg finden. Ich schwöre dir, ich zahle es dir zurück, sowie Mr. Birmingham mir die achtzigtausend gezahlt hat. Es würde nicht länger als eine Woche dauern."

„Was weißt du wirklich über diesen Birmingham? Nach allem, was wir wissen, könnte er dich umbringen, wenn er das Gold erst einmal in der Hand hat."

Sie schüttelte energisch den Kopf. „William würde so etwas nie tun. Er ist ein ehrenhafter Mann."

Devere sah sie aus zusammengekniffenen Augen an. „Vornamen?"

„Ich denke so an ihn. Ich versichere dir, dass er mich ordentlich mit Miss Door anredet."

Ihr Bruder lachte leise über den Namen *Door*. „Wie kannst du überhaupt wissen, dass er ein Ehrenmann ist? Er ist ein Schmuggler, um Himmels willen! Er könnte in Newgate landen!"

Sophia stand auf. „Bitte, sitze einen Moment hier und halte nach Isadore Ausschau." Sie ging, holte Dottie und ließ sie vor Devere auftreten. „Dottie, bitte sei ehrlich. Sage meinem Bruder, ob du es für möglich hältst, dass Mr. Birmingham das Gold nehmen und mich dann ermorden würde."

Dotties ohnehin schon große Augen wurden noch größer, dann sah sie dem Mann, der ihren Lohn zahlte, ins Gesicht. „Ich schwöre Ihnen, Mylord, Mr. Birmingham ist wirklich ein sehr feiner Mann."

Sophia schaute ihren Bruder ernst an. „Dottie hat einen unfehlbaren Instinkt bei Männern. Sie hat mich angefleht, Lord Finkel nicht zu heiraten."

Devere lächelte Dottie an. „Wie ich mir wünschte, dass meine Schwester auf dich gehört hätte."

Dottie knickste und kehrte in ihr Zimmer zurück.

Ihr Bruder sah Sophia misstrauisch an. „Warum ist es zwingend notwendig, dass du hierbleibst?"

Sie konnte ihm kaum erzählen, dass sie sich leidenschaftlich in den Besitzer dieses Hauses verliebt hatte. Dann würde ihr Bruder wissen, dass sie sich wie ein Flittchen aufgeführt hatte. Plötzlich kam ihr der Einfall, dass Devere, wenn er wüsste, dass sie ruiniert war, diese Information Lord Finkel weitergeben könnte und das helfen könnte, den abscheulichen Mann davon zu überzeugen, sie freizugeben.

Auf der anderen Seite, wenn Devere wüsste, dass William Birmingham seine jungfräuliche Schwester verführt hatte, könnte er darauf bestehen, sie aus dem Haus des angeblichen Verführers wegzuholen. Nicht nur das, er würde dann dazu neigen, schlecht über den armen William zu denken. Und das konnte sie nicht dulden. William hatte einen so edlen Charakter.

Selbst wenn seine Tätigkeiten außerhalb des Gesetzes bewegten.

„Ich habe es hier sehr bequem", sagte sie. „Wie du sehen kannst, ist es ein schönes Haus. Und da Mr. Birmingham sich nicht in unseren Kreisen bewegt, wird Finkie nie auf die Idee kommen, mich hier zu suchen. Ich werde nie zu Lord Finkel zurückgehen. Wo ich von Finkie spreche, was hatte dein Anwalt zu sagen über meine ..." Sie hasste es, das Wort auszusprechen. Sie schluckte. „Meine Ehe."

Ihr Herz dröhnte, als sie ihren Bruder ansah.

Ein verzerrter Ausdruck huschte über sein kantiges Gesicht. „Es sieht nicht gut aus, Soph. Deshalb bin ich gestern nicht zu dir gekommen. Seines Wissens nach kann diese Ehe nicht aufgelöst werden."

„Obwohl sie nicht vollzogen wurde?"

Er schüttelte den Kopf. „Rutherford sagte, er würde Präzedenzfälle studieren, in der Hoffnung, etwas zu finden, das du verwenden könntest, um die Ehe auflösen zu lassen, aber er hat nicht viel Hoffnung."

„Dann ist es sehr gut, dass wir einiges über Lord Finkels illegale, unethische, schurkische Machenschaften herausfinden konnten. Wir sollten diese wie ein Damoklesschwert über ihm hängen lassen, damit er mir meine Freiheit gibt."

Zwischen Deveres Augen entstand eine Falte. „Bitte, von was sprichst du?"

„Von der Liste, die ich dir gestern geschickt habe."

„Ich habe keine Liste von dir bekommen."

„Natürlich hast du das. Dottie hat sie am Nachmittag abgegeben, aber du warst nicht zu Hause."

„Was für eine Liste?"

„Ich fand eine Mappe auf Mr. Birminghams Schreibtisch, wo verschiedene Erpressungen aufgeführt waren, die Lord Finkel begangen hat. Ich habe sie abgeschrieben und dir geschickt. Ich wusste, dass du wissen würdest, was du mit dieser Information anfangen sollst."

„Du meinst, Maryann war nicht die einzige?"

„Genau."

Devere fluchte in sich hinein. „Schade, dass sie solche gewissenlosen Menschen nicht mehr rädern und vierteilen. Es sieht so aus, als sollte ich mich mit deinem Mr. Birmingham zusammentun, um Finkels üble Machenschaften aufzudecken."

„Wenn es soweit ist, ja. Aber im Moment darf Mr. Birmingham nicht wissen, dass du der Earl of Devere bist."

Er schüttelte den Kopf. „Ich hätte mich beim Butler deines Mr. Birmingham fast verraten, aber ich habe mich rechtzeitig zurückgehalten und mich als Mr. Beresford melden lassen."

Sie achtete kaum auf ihren Bruder. Sie konnte sich nicht davon abhalten, nach dem Grund zu suchen, warum er ihren gestrigen Brief nicht erhalten hatte. Sie kniff die Augen zusammen. „Mein Brief muss auf deinem Schreibtisch liegen. Legt Cummings nicht immer alle deine Post dorthin?"

„Das tut er, aber der Brief ist nicht da. Ich habe gestern alle meine Post gelesen, als ich spät nach Hause kam." Er begann zu fluchen und gab sich keine Mühe, sie das nicht hören zu lassen.

Es war Jahre her, dass sie ihren Bruder so wütend gesehen hatte. „Was ist los?"

„Das war dieser verdammte Finkel!"

Es war, als wäre in ihrer Brust etwas explodiert. „Er war gestern bei uns ... ich meine, bei *dir* zu Hause?" Wenn das der Fall war, bedeutete es, dass Finkie von Williams Liste wusste. Ihr Herz hämmerte so laut, dass sie sich nicht gewundert hätte, wenn ihr Bruder es hörte. *Lieber Gott, dass könnte Williams Leben in Gefahr bringen!* Sie erinnerte sich genau, dass sie in ihrem Brief geschrieben hatte, dass er zu Mr. Birminghams Haus kommen sollte.

Jetzt hatte Finkel einen Namen.

Devere nickte. „Ich war nicht zu Hause, aber Cummings sagte, dass der Mistkerl darauf bestanden hätte, auf meine Rückkehr zu warten. Kurz nachdem Cummings ihn in die Bibliothek gebeten hatte, verließ er eilig das Haus. Der nichtsnutzige Satansbraten hat meinen Brief gestohlen!"

„Er muss meine Handschrift erkannt haben", sagte sie mit düsterer Stimme und schüttelte den Kopf. „Ich wünschte, ich hätte diesen bösen Menschen nie kennengelernt."

„Könntest du versuchen, diese verdammte Liste noch einmal abzuschreiben?", fragte er.

„Wenn sie noch auf Mr. Birminghams Schreibtisch liegt, ja."

Devere seufzte. „Ich werde zu meinem Bankier gehen und sehen, ob ich irgendwie achtzigtausend Pfund auftreiben kann."

„Ich hoffe, dass ich sie brauchen werde."

„Was, wenn Isadore nie kommt?"

„Ich weigere mich, so negativ zu denken. Sie muss kommen." Sophia wusste, das Isadores

Eintreffen das Ende ihrer eigenen Beziehung zu
William bedeuten konnte.

Devere stand auf und ging zur Tür. „Ich
verstehe, wie viel dir daran liegt, diese Ehe zu
annullieren, aber es ist ebenso wichtig, Finkel
daran zu hindern, noch mehr Leben zu zerstören."

* * *

Wenigstens hatte er heute genug Verstand
besessen, die gemietete Kutsche zu nehmen.
Nachdem der Tag gestern so vielversprechend
begonnen hatte, war er eindeutig der schlimmste
seines Lebens geworden. Er hatte gedacht, er
würde nie wieder auftauen. Und er war noch
immer überzeugt, dass er nie eine Frau finden
würde, die mehr nach seinem Geschmack wäre
als Isadore.

Sie war unehrlich. Sie hatte keinen Sinn für
Treue. Sie log. Und trotz allem, was er jetzt über
sie wusste, sehnte er sich immer noch nach der
Frau! Sie teilte seinen Geschmack für Dichtung.
Alles an ihr war aristokratisch. Bei Gott, die Frau
war wunderschön und ihre bloße Berührung
konnte ihn zum Wahnsinn treiben!

Er wurde nervös, als er an seinem Haus
ankam. Er konnte es sich nicht erlauben, sie zu
sehen. Wenn sie mit ihm zu sprechen versuchte,
musste er sich zusammennehmen, damit er ihr
den Rücken kehren konnte. Er würde nur lange
genug bleiben, sich zum Abendessen
umzukleiden, Abendessen mit seinem Bruder in
ihrem Club.

Er holte tief Atem, als er ins Haus trat und die
Treppen hinaufging. Als er im zweiten Stock
ankam, begann er, sich zu entspannen. Durfte er
hoffen, dass Isadore abgereist war? Durfte er
hoffen, dass er sie nie mehr würde sehen

müssen? Der Gedanke, sie nie wiederzusehen, machte ihn jedoch traurig.

In seinen Räumen begrüßte Thompson ihn und überreichte ihm einen Brief.

William sah auf die weibliche Handschrift hinunter. „Ist er von Isadore?"

Thompson nickte ernst.

Er sollte ihn ins Feuer werfen. Stattdessen bat er Thompson, ihm Madeira zu bringen und ging, um sich vors Feuer zu setzen und herauszufinden, was diese Teufelin ihm zu sagen hatte.

Liebster William,

Ich bitte dich um Verzeihung dafür, dass ich dir nicht sagte, dass ich verheiratet bin. Die Ehe war ein großer Fehler, der mich teuer zu stehen gekommen ist. Du musst erraten haben, dass sie nie vollzogen wurde. Du bist der einzige Mann, in dessen Bett ich je gelegen habe.

Ganz gleich, was noch daraus entsteht, könnte ich die Nacht, die ich in deinen Armen verbracht habe, nie vergessen.

Ich kann unmöglich beschreiben, wie furchtbar traurig ich bin. In einer Ehe gefangen zu sein, die ich nicht will, ist jetzt umso schmerzlicher, da ich endlich erfahren habe, was es bedeutet, einen Mann zu lieben.

~ Isadore

Er blieb lange Zeit st
ill sitzen. Wäre er eine Frau, hätte er geweint. Die Frau mochte eine Lügnerin sein, aber seltsam - vor allem, wenn man bedachte, dass er sie erst seit wenigen Tagen kannte - er glaubte, dass sie

die Wahrheit geschrieben hatte.

Es war ein bitterer Trost zu wissen, dass sie ihn liebte. Denn er könnte niemals Lord Evers Ehefrau haben. Selbst wenn es keine echte *Ehe* war.

Kapitel 11

Sie hatte gesehen, wie er das Haus betrat. Den ganzen Tag hatte sie ihren Sitz am Fenster des Schlafzimmers nicht verlassen. Als er kam, schien ihr Herz schier still zu stehen. Sein bloßer Anblick reichte aus, um ihren Puls rasen zu lassen. Wie männlich er aussah, als er den von einem Diener angebotenen Regenschirm ablehnte und die Stufen heraufeilte.

Thompson würde ihm den Brief geben. Würde er zu ihr kommen, nachdem er ihn gelesen hatte? Sie saß lange Zeit in ihrem Schlafzimmer. Mit Sicherheit lange genug, dass er zu seinen Räumen heraufsteigen, seine Post lesen und für den Abend passende Kleidung anlegen konnte. Irgendwann in dieser Stunde musste er ihren Brief gelesen haben. Oder, dachte sie mit brechendem Herzen, hatte er ihn vielleicht einfach ins Feuer geworfen?

Endlich hörte sie, wie sich die Tür zu seinem Schlafzimmer schloss. Ihr Herz schlug schneller. Sie schaute in den Spiegel, um sich zu vergewissern, dass sie vorzeigbar aussah, während sie aufmerksam auf jeden Schritt im Korridor lauschte. Mit angehaltenem Atem bewegte sie sich zur Tür, zitternd vor Erwartung.

Er hielt nicht einmal inne, sondern setzte seinen Weg die Treppe hinab fort.

Sie öffnete ihre Tür einen Spalt weit, um sicherzugehen, dass diese Schritte die seinen gewesen waren. Sie konnte sein dichtes, goldenes

Haar nicht verkennen, als er die Treppe hinabstieg. Einen Moment später schloss sich die Vordertür.

In der Art, wie eine seit vielen Jahren verheiratete Frau die Nuancen in der Stimme ihres Mannes kannte, hatte Sophia gewusst, dass William zu anständig war, eine Affäre mit der Frau eines anderen Mannes fortzusetzen. Nichts, was sie sagen könnte, würde die Tatsache ändern, dass sie eine verheiratete Frau war. Nichts konnte diese tiefe Kluft zwischen ihnen beseitigen.

Sie ging zu Dottie. „Könntest du herausfinden, ob Thompson meinen Brief an Mr. Birmingham übergegeben hat?"

„Erlauben Sie mir, eine Nachricht zu schreiben." Die Zofe ging zu ihrem französischen Schreibtisch und schrieb einen einzigen Satz auf ein kleines Blatt Kanzleipapier. Mit einem Lächeln auf ihrem schmalen Gesicht verließ Dottie dann das Zimmer.

Einen Moment später kam sie stirnrunzelnd zurück. „Mr. Thompson sagte, er hätte Mr. Birmingham den Brief gegeben und Mr. Birmingham hätte ihn gelesen. Er sagte, sein Herr hätte lange Zeit danach dagesessen und trübe vor sich hin geschaut. Dann, als Mr. Thompson ihm in seine Abendkleidung half, war Mr. Birmingham viel schweigsamer als gewöhnlich und Mr. Thompson sagte, er wäre sehr reizbar gewesen."

Sophias Demütigung war vollständig. Es gab keine Hoffnung. Keine Hoffnung, dass ihre Ehe aufgelöst werden könnte. Keine Hoffnung, dass sie je wieder Williams Liebe erleben würde. Keine Hoffnung auf Glück für den Rest ihres Lebens. Eine schmerzhafte Leere entstand in ihrem Herzen. Wenn sie hundert Jahre alt würde, diese

Leere würde sich nie wieder füllen lassen. Denn nur ein Mann konnte sie ausfüllen. Mit siebenundzwanzig war ihr Leben zu Ende. Eine Braut, die vor dem Altar sitzen gelassen wurde, hätte keine größere Verzweiflung fühlen können als Sophia in diesem Moment.

Sie schaute Dottie an und seufzte. „Da meine Liebesgeschichte so völlig hoffnungslos dahinschwindet, hoffe ich, liebe Dot, dass du gute Nachrichten von dir zu berichten hast."

„Ich habe den ganzen Nachmittag darauf gewartet, dass Sie mich fragen." Dotties heiteres Lächeln ließ ihr ganzes Gesicht erstrahlen. „Wir haben zusammengesessen und er hat meine Hand gehalten. Kein Mann hat meine Hand gehalten, seit ich zwölf war. Natürlich kann er nicht mit mir reden, weil ich nicht antworten kann - oder zumindest, weil er *denkt*, dass ich nicht antworten kann."

Dotties Glück nahm Sophias Verdrossenheit ein wenig den Stachel. „Es hört sich an, als würde er dir richtig den Hof machen."

„Wenn ich echt und wahrhaft anständig wäre, würde ich nicht ohne Anstandsdame alleine mit einem Mann in der Kutsche fahren."

„Ich glaube, diese Anstandsregeln gelten eher für Mädchen, die wesentlich jünger sind als du. Wenn eine Frau dreißig ist, sollte sie imstande sein, ihre eigene Anstandsdame zu sein."

Dotties Augen wurden groß. „Ich bin an meinem letzten Geburtstag vierzig geworden."

„Das weiß ich sehr gut."

„Stimmt. Sie haben mir diesen hübschen goldenen Ring geschenkt." Sie sah von dem schmalen Ring zu Sophia auf; ihre Augen glänzten dankbar. „Ich habe noch nie in meinem Leben etwas so Schönes besessen."

Sophia war gerührt. „Es sieht deutlich danach aus, als würde die zweite Hälfte deines Lebens sich zu deiner besten entwickeln. Du hast Glück, dass deine Zuneigung von dem einzigen Mann erwidert wird, der sie je wirklich erworben hat."

„Ja, Mylady."

Sophia würde sich mit Dotties Freude trösten. Sie stand auf. „Da Mr. Birmingham ausgegangen ist, werde ich seine Bibliothek benutzen." Sie musste seine Liste von Finkies üblen Machenschaften kopieren.

Wenn sie William schon nicht haben konnte, wollte sie ihm wenigstens dabei helfen, den abscheulichen Mann zu vernichten, den zu heiraten sie das Unglück gehabt hatte.

* * *

Am nächsten Morgen schaute sie freudlos zu, wie William das Haus kurz vor Mittag verließ. Da der Regen endlich aufgehört hatte, trug er Reitkleidung und ritt auf seinem Pferd fort.

Sie stellte den Kerzenleuchter auf ihre Fensterbank.

Keine fünf Minuten später kam ihr Bruder. Hatte Devere das Haus beobachtet? Er wäre nicht so früh gekommen, wenn er schlechte Nachrichten brächte. Sie rannte die Treppe hinunter, um ihn zu begrüßen.

„Mr. Beresford", sagte sie für die Ohren des Butlers, „wie nett von Ihnen, dass sie kommen konnten! Warum gehen wir heute nicht in die Bibliothek?" Sie wollte nicht, dass William hörte, dass sie Herren in ihrem Schlafzimmer empfinge. Auch wenn er nie mehr mit ihr reden würde, konnte sie es nicht ertragen, dass er sie für eine Frau mit verkommener Moral hielt.

Sie schlenderten den Eingangsflur zur Bibliothek entlang. Sie schloss die Tür sorgfältig hinter ihnen und schaute ihn mit einem breiten Lächeln auf dem Gesicht an. „Du bringst gute Nachrichten!"

Er schaute sie verlegen an. „Seit ich ein Junge war, konntest du immer ebenso gut in mir lesen wie in diesen Minerva-Romanen, die du verschlungen hast."

Sie nickte glücklich. „Bitte sage mir, dass Rutherford einen Ausweg aus meiner ..." Sie konnte nicht *Ehe* sagen. „Meiner Mesalliance mit Lord Finkel gefunden hat."

Er schüttelte ernst seinen Kopf. „Tut mir leid, Soph, das sind *nicht* meine guten Neuigkeiten."

Sie hatte mit ihrem Herz und nicht mit ihrem Verstand gedacht. Die Möglichkeit, jemals ihre katastrophale Ehe mit Lord Finkel auflösen lassen zu können, war so gut wie nicht vorhanden. Ihr Gesicht verzog sich.

„Rutherford wird mit jedem Tag, der vergeht, weniger optimistisch."

Das war genau das, was ihr Verstand ihr auch gesagt hatte. Sie nickte ernst. „Dann hast du das Geld?" Es war unmöglich, dass er achtzigtausend Pfund bei sich trug.

„Das habe ich, aber ich gedenke, meine Investition zu schützen. Ich habe ein paar Männer aus der Bow-Street angeheuert, um es zu bringen. Das Geld ist in eine ziemlich große Reisetasche gepackt worden, die deine Isadore vermutlich nicht wird tragen können. Sie ist tierisch schwer. Einer der Männer wird am Grosvenor Square bleiben, um dich und das Geld zu beschützen, bis du es der echten Isadore gibst."

„Du hast an alles gedacht." Sie musste

zugeben, dass sie sich wegen der Verantwortung für das Geld bis zur Übergabe Sorgen gemacht hatte.

Wenn Isadore so etwas schon einmal zuvor getan hatte, würde sie ihre eigenen Wachen mitbringen. Jetzt würde Sophia nicht länger nach einer einzelnen Frau Ausschau halten.

„Solange wir in diesem Zimmer sind, möchte ich, dass du dir Mr. Birminghams Mappe ansiehst. Ich habe die Liste auch für dich kopiert."

Sie gingen zu dem großen Schreibtisch. Das Licht des Morgens strömte durch das hohe, mit Samtvorhängen drapierte Fenster ein paar Fuß hinter ihm. Sie öffnete die Mappe und die beiden schauten sich die Notizen an.

„Mein Gott! Ich erinnere mich an den Skandal wegen Lady Sandington!", sagte Devere. „Ihr Ehemann hat sie nach Schottland verbannt, nachdem Smiths Zeitung diese Geschichte veröffentlichte. Ich schätze, Finkel hat sie bloßgestellt, nachdem sie seine Forderungen nicht mehr erfüllen konnte. Und diese Art von Bloßstellung ist genau das, was Finkel brauchte, um sicherzugehen, dass seine anderen Opfer ihn weiter bezahlen würden.

„Es ist beschämend."

„Ich frage mich, warum dein Mr. Birmingham so an Lord Finkel interessiert ist? Diese Untersuchung wurde offensichtlich durchgeführt, bevor ihr beide euch kennenlerntet."

Sie zuckte die Schultern. „Sieh dir die beiden letzten Einträge an. Der eine, Lord Livingston. Wenn ich mich richtig erinnere, liegt sein Landsitz in Yorkshire?"

„Genau."

„Dann ist der letzte Eintrag hier der Name einer

Frau und der Name einer Kirche in Yorkshire. In der Nacht, als ich Mr. Birmingham kennenlernte, kam er aus Yorkshire. Er sagte, er hätte seine Schwester besucht, aber ich glaube, dass er wegen weiterer Nachforschungen über Lord Finkel dort war."

Zwischen Deveres Augen entstand eine Falte. „Welches Interesse kann Birmingham daran haben?"

„Der abscheuliche Lord Finkel muss das Leben von jemandem zerstört haben, den Mr. Birmingham liebt. Das mag für dich schwer zu verstehen sein, aber in der kurzen Zeit, seit Mr. Birmingham und ich uns begegnet sind, konnte ich seinen Charakter kennenlernen. Er ist ein wahrer Gentleman. Nicht nur das, er ist die Art von Mann, der sich immer für das Wohl anderer einsetzen würde. Er hat sein eigenes Leben aufs Spiel gesetzt, um mich vor Finkels bewaffneten Männern zu schützen. Als sie mich am Morgen nach ... der Heirat gefunden haben."

„Dann stehe ich in seiner Schuld. Ich muss dieses Wundertier kennenlernen. Selbst, wenn er sich mit kriminellen Tätigkeiten befasst."

„Ich kann dir nicht erlauben, ihn kennenzulernen. Noch nicht, jedenfalls."

Es klopfte an der Tür zur Bibliothek und Fenton trat herein. „Mr. Beresford? Da sind einige Männer, die zu Ihnen wollen."

Devere und Sophia gingen zur Tür und ihr Blick wanderte von den zwei kräftig gebauten Männern in roten Westen zu der Paisley-Tasche, die auf der obersten Treppenstufe stand.

„Vielen Dank, Gentlemen", sagte Devere und bückte sich, um die Tasche hochzuheben. „Ich trage die Tasche für meine S... Freundin, Miss

Door, nach oben."

Als Bruder und Schwester die Treppe hinaufgingen, sprach Devere leise zu ihr. „Ich habe die Männer gewarnt, dass sie von mir nicht als Lord Devere sprechen dürfen." Je höher sie kamen, desto schneller ging sein Atem. „Das ist teuflisch schwer", sagte er keuchend. „Hast du dir die Männer gut angesehen?"

„Das weiß ich nicht. Ich denke schon."

Als sie ihr Zimmer erreichten, sagte er: „Einer von ihnen wird immer in der Mitte des Grosvenor Square herumgehen. Wenn du je Hilfe brauchst, musst du einen von Ihnen suchen."

„Ich bin dir sehr dankbar."

* * *

Er hatte das Haus Tag und Nacht gemieden, und all das wegen der verflixten Isadore. Es war nicht wirklich richtig. Je früher sie das Goldbarrengeschäft erledigten, desto besser. Solange die Frau unter seinem Dach schlief, konnte er sich nicht von dem quälenden Schmerz befreien zu wissen, dass sie nur ein paar Schritte entfernt war, wissend, dass sie ihn liebte, auch wenn sie mit einem anderen verheiratet war. Dass sie ihn liebte, verzehnfachte seine Schmerzen nur. Wie schwer es ihm gefallen war, nicht zu ihr zu eilen, nachdem er ihren herzzerreißenden Brief gelesen hatte.

Nichts konnte jemals etwas daran ändern, dass sie mit einem anständigen Mann verheiratet war. Evers verdiente es nicht, Hörner aufgesetzt zu bekommen.

An diesem Nachmittag kehrte William fest entschlossen zu seinem Haus zurück. Er musste einige geschäftliche Angelegenheiten in seiner Bibliothek erledigen. Wenn er Isadore sah, würde er nicht mit ihr sprechen. Sicher hatte sie inzwischen entdeckt, dass er standhaft bei seinem Entschluss blieb, ihre ... *Affäre* war ein zu schmutziges Wort für das, was sich in jener Nacht zwischen Isadore und ihm abgespielt hatte.

Liebschaft. Sein Mund wurde trocken. Melancholie floss in jede Zelle seines Körpers.

So sehr er sich noch nach ihr sehnte, er würde ihr anhaltendes Zerren an seinem Herzen ignorieren. Er würde sein eigenes, pulsierendes Verlangen nach ihr ignorieren. Indem er sie mied, würde er die ersten Schritte zu seiner Heilung tun.

Als er endlich an diesem Nachmittag das Haus betrat, ging er direkt in die Bibliothek. Sobald er den Raum betrat, roch er Rosen. Ihren Duft. Sein Herzschlag beschleunigte sich. Dann stand sie auf. Sie hatte auf dem Sofa nahe dem Feuer gesessen, mit einem Buch in ihrem Schoß. Ihre großen, dunklen Augen waren unglaublich ernst. „Hallo, William."

Er hatte sie nicht sehen wollen. Aber jetzt sah er sich an ihrer Schönheit satt. Heute trug sie ein reinweißes Tageskleid und sah aus, als wäre sie vom Himmel gefallen. Das Weiß betonte das Weiß in ihren Augen und ähnelte dem ihrer perfekten Zähne. Es wirkte mit ihren tiefbraunen Haaren und ihren dunklen Augen umwerfend.

So unbewusst, wie er atmete, ließ er seinen Blick über sie schweifen. Von ihren lockigen Strähnen bis zu ihren milchweißen, bloßen Schultern und den weich gerundeten Ansätzen ihrer Brust sah er sie an. Sie war perfekt.

Er konnte nicht leugnen, dass er verrückt vor Liebe nach ihr war. Und, Gott, wie er sie begehrte!

Wie ein Blatt Papier, das ins Feuer geworfen

wird, wurde seine Entschlossenheit zerstört.
„Guten Tag, Madam." Er versuchte, steif zu
klingen, als er zu seinem Schreibtisch ging.

Sie blieb stehen. „Darf ich Ihnen eine Frage
stellen? Es geht nicht um mich und ich gebe
Ihnen mein Wort, dass ich Ihre Antwort streng
vertraulich behandeln werde."

„Sehr wohl. Eine Frage, eine einzige Frage, und
dann muss ich Sie bitten, meine Bibliothek zu
verlassen."

Ein Hauch von Verletztheit huschte über ihr
Gesicht.

Er blieb davon nicht unberührt. Es hatte ihn
geschmerzt, seine eigenen Worte zu hören.

„Es tut mir leid, dass zwischen uns
Unwahrheiten aufgetaucht sind", sagte sie. „Ich
scheine die Gewohnheit anzunehmen, alles falsch
zu machen. Ich muss zugeben, dass ich in diesem
Raum gesessen habe, wo Sie jetzt sitzen, und die
Mappe geöffnet habe."

Sein Zorn flammte auf und er fluchte in sich
hinein. „Dazu hatten Sie kein Recht!"
Informationen in dieser Mappe konnten das Leben
anderer Menschen zerstören. Er hätte besser
darauf achten sollen. Er erinnerte sich, dass sie
gerade die Worte *streng vertraulich behandeln*
benutzt hatte. Trotz der Liste ihrer Fehler glaubte
er, dass sie die in der Mappe vorhandenen
Informationen nicht für schändliche Zwecke
verwenden würde.

Sie nickte reuig. „Ich weiß. Wie Sie sehen, bin
ich hoffnungslos, wenn es um Regeln geht." Sie
kam ein paar Schritte näher. „Ich würde gerne
wissen, warum Sie diesen abscheulichen Lord
Finkel vernichten wollen."

Er brauchte ein paar Momente, bis er

antworten konnte. Ihre Frage hatte ihn völlig überrascht. Die Tatsache, dass sie das Wort *abscheulich* verwendete, ließ darauf schließen, dass sie etwas über die Untaten des Mannes wusste. „Diese Frage werde ich erst beantworten, wenn Sie mir meine beantwortet haben."

Ihre Blicke trafen sich.

„Welche Frage meinen Sie?", fragte sie.

„Möchten *Sie*, dass Lord Finkel vernichtet wird?"

„Mehr als alles andere."

„Dann will ich nicht leugnen, dass das meine Absicht ist. Ich werde nicht ruhen, bevor er ruiniert ist. Er hat das Leben meines besten Freundes zerstört."

Sie nickte. „Es ist wegen seiner Drohungen, meine Schwester zu ruinieren, dass ich mich auf meine verhängnisvolle Lage eingelassen habe. Ich würde Ihnen auf jede mir mögliche Art behilflich sein, ihn zu vernichten."

„Ich habe vier Jahre mit dem Versuch verbracht, Informationen gegen ihn zu sammeln."

„Ich wünschte, Sie würden mir von ihrem Freund erzählen", sagte sie mit leiser Stimme.

Er war unfähig, es ihr abzuschlagen. Er ging zum Feuer und sah den tanzenden Flammen zu, während er seine Gedanken sammelte. Sie kam und stellte sich neben ihn, so weich und nach Rosen duftend, und er dachte, sein Herz würde vor Liebe zu ihr zerspringen. Eine Liebe, die er nie eingestehen durfte.

„David Balderstone war einer der nettesten Menschen, die ich je gekannt habe. Ich lernte ihn kennen, als ich acht Jahre alt war. Ich war neu in Eton und hatte furchtbares Heimweh und Angst - und er, der schon seit einem Jahr dort war, nahm mich unter seine Fittiche und erwies mir große Freundlichkeit. Wir wurden gute Freunde, Freunde fürs Leben. Er erzählte mir Dinge, die er sonst niemandem sagte.

„Auf diese Weise erfuhr ich von seiner zwanghaften Zuneigung zur Frau seines älteren Bruders. Ihre Ehe war nicht besonders glücklich, und da sein Bruder viele Jahre älter war, stand Stoney - so nannten wir David - ihm nicht besonders nahe.

„Die Zuneigung entwickelte sich zu einem tieferen Gefühl. Finkel fand das irgendwie heraus und drohte ihm, es seinem Bruder zu erzählen. Stoney gab Finkel jeden Penny, den er besaß. Aber Finkel wollte mehr. Stoney kam dann zu mir wegen eines Darlehens. Ich wusste, es würde nie zurückgezahlt werden, aber das spielte keine Rolle. Es war das erste Mal in unserer langen Freundschaft, dass Stoney mich um Geld bat, obwohl ich viel wohlhabender als er war. Er war dünner geworden. Er war verzweifelt. Er hatte die Beziehung zu der Frau, die er, wenn auch nicht klug, so doch leidenschaftlich liebte, abgebrochen. Ich machte mir Sorgen um ihn.

„Wochenlang hörte ich nichts von ihm. Meine Besorgnis wuchs und ich ging zu seiner Wohnung."

William holte tief Luft. Selbst nach vier Jahren schmerzte es noch, sich an jenen Tag zu erinnern. „Stoney hatte sich mit dem Schnitt eines Rasiermessers durch seinen Hals getötet." Williams Stimme brach.

Isadore trat näher zu ihm und legte sanft eine Hand auf seine Schulter.

Er rang um Fassung. „Er hatte einen Brief für mich hinterlassen. Er war zu stolz gewesen, um weiter Geld von mir zu erbitten. In seiner Verzweiflung hatte er gedacht, dass der einzige Weg, die Frau, die er liebte, zu beschützen, war, sich selbst zu töten. Da war auch die Scham, jemals seinem Bruder gegenüber alles zu gestehen.“

„Der arme, arme Mann“, murmelte sie. „Finkel ist verdorben. Wir müssen ihn aufhalten.“

„Der Jammer ist, dass niemand von allen, mit denen ich gesprochen habe, ihn öffentlich anklagen will. Ich kann dem Gericht nicht einmal Stoneys furchtbare Geschichte erzählen, ohne seinen letzten Willen zu verletzen.“

„Es gibt niemanden auf der Liste, der gegen ihn aussagen würde?“

Er schüttelte traurig den Kopf. Ihre Blicke trafen sich wieder. „Ich denke nicht, dass Sie - oder Ihre Schwester - es tun würden?“

„Meine Schwester ist noch unverheiratet. Es wäre ihr Ruin.“

Etwas in ihm zerbrach.

„Ich ... könnte über die Drohungen des gemeinen Mannes und seine Absichten mir gegenüber aussagen, aber ich könnte nie den Namen meiner Schwester nennen.“

„In einem solchen Fall wäre ein Beweis sehr hilfreich. Es wäre auch hilfreich, wenn jemand aus dem Adel über seine Untaten sprechen würde. Am besten wäre es jedoch, etwas in Finkels eigener Handschrift zu finden, das seine üblen Machenschaften offenlegen würde. Haben Sie zufällig die Erpresserschreiben aufgehoben, die Sie erhalten haben?“

Sie schüttelte den Kopf. „Ich habe sie verbrannt.“

„Wie schade.“

„Eine Person, die ich gut kenne - auch von Adel - kennt mindestens einen Namen auf Ihrer Liste. Ich werde sehen, ob er diese Person ermutigen kann, gegen Lord Finkel auszusagen."

Ihr Ehemann. Nein, nicht ihr Ehemann. Ihr Ehemann musste unwissentlich mit Finkel verbündet sein. William hätte nie glauben können, dass Lord Evers im Bunde mit einem Erpresser war. Nicht ein Wort war je gegen Lord Evers Redlichkeit zu hören gewesen. Und Williams eigene Erfahrungen mit dem Botschafter verstärkten nur seine hohe Meinung von Evers Ehrlichkeit. Er hatte einmal eine Bestechung von William abgelehnt. Kein Regierungsbeamter in irgendeiner Hauptstadt hatte es je abgelehnt, sich die mächtige Familie Birmingham zu verpflichten. Außer dem ehrenwerten Lord Evers.

Wie eigenartig es war, hier mit der Frau des Mannes zu stehen.

Vor allem, nachdem William sich geschworen hatte, dass er nicht mit der Frau reden würde. Und doch stand er hier und breitete Einzelheiten über Privatangelegenheiten aus, die er nie jemand anderem als seinen Brüdern erzählt hatte. Er wandte sich zu ihr und tat sein bestes, eisig zu erscheinen. „Das wäre sehr gut, Madam." Steif kehrte er zu seinem Schreibtisch zurück. „Neuigkeiten von den Goldbarren?"

„Jeden Tag jetzt."

Er vermied es, ihren Augen zu begegnen, nickte nur, als er eine Schublade öffnete und versuchte vorzutäuschen, dass er etwas suchte.

Sie wusste, dass sie entlassen war.

Unter gesenkten Lidern beobachtete er, wie sie ging. Wie elegant sie sich bewegte. Was für ein Narr war er, dass er so besessen von ihr war.

Würde sie je diese große Anziehungskraft verlieren?

Sie mochte eine Lügnerin sein, eine Verbrecherin, und die Frau eines anderen, aber William musste sich mit dem schmerzhaften Trost begnügen, dass er der einzige Mann war, dem sie sich je geschenkt hatte.

Ihr Brief war keine Lüge gewesen.

Kapitel 12

Wie es ihre ständige Gewohnheit geworden war, saß Sophia am nächsten Morgen an ihrem Fenster und schaute auf den Grosvenor Square hinaus. Sie hatte sich erlaubt zu hoffen, dass William sich würde erweichen lassen, nachdem sie am Abend zuvor in der Bibliothek das Eis gebrochen hatte. Vielleicht würde er an diesem Morgen zu ihr kommen und nicht der eisige Fremde sein, der sie am Vorabend so kurz verabschiedet hatte.

Aber das sollte nicht sein. Sie beobachtete mit einem flauen Gefühl, wie er kurz vor Mittag das Haus verließ. Er hatte nicht versucht, auch nur ein Wort mit ihr zu sprechen. Er hatte sie gar nicht sehen wollen.

Sie hatte wieder mit ihrem Herzen statt mit ihrem Verstand gedacht. Nichts war getaut, seit er seine letzten eisigen Worte gesprochen hatte.

Nachdem sein Pferd verschwunden war, stellte sie den Kerzenleuchter in ihr Fenster. Vielleicht würde ihr Bruder kommen. Obwohl sie wusste, dass es hoffnungslos war, ihre Ehe auflösen zu wollen, hoffte sie doch weiter, dass Deveres Anwalt einen Weg finden würde.

Um realistisch zu sein, schickte sie Dottie und Thompson noch einmal in die Curzon Street. Heute würden sie zu Fuß gehen, da es nicht regnete. Das würde ihnen mehr Zeit zum Zusammensein geben, dachte Sophia liebevoll.

Sie betete nur, dass Dottie sich nicht vergessen und zu sprechen anfangen würde.

Als Sophia wach in ihrem Bett gelegen hatte ohne schlafen zu können, war ihr klar geworden, dass sie tun musste, was immer sie konnte, um Finkie vor Gericht zu bringen. Sie und William zusammen würden dabei viel bessere Arbeit leisten als jeder von ihnen alleine.

Seine Mappe hatte ihr einen Anhaltspunkt gegeben. Ein Mann, der mit ihrem Bruder bekannt war.

Ihr Bruder kam gegen Mittag am Grosvenor Square an. Als sie ihn zu Pferd sich nähern sah, eilte sie zu Dottie und bat, dass sie sie am Fenster ablösen solle. „Komm sofort in die Bibliothek und lass es mich wissen, wenn du eine Frau siehst, die Isadore sein könnte", wies Sophia an.

In der Bibliothek begrüßte Sophia ihren Bruder.

„Was ist jetzt?", fragte er ungeduldig.

„Lord Finkel muss Einhalt geboten werden."

„Der Meinung bin ich auch."

„Du bist mit Sir George Malvern bekannt, nicht wahr?"

Er hob eine Braue. „Ja."

Sie ging zu Williams Mappe und öffnete sie. „Wir wissen aus Mr. Birminghams Liste, dass Sir George auch eines von Finkies Opfern ist. Was wir brauchen, ist jemand wie Sir George, der Willens ist, die Anschuldigungen gegen Lord Finkels Machenschaften öffentlich zu erheben. Mr. Birmingham hat ihn nicht überreden können, aber ich denke, du könntest es. Jeder achtet dich."

Seine Augen verengten sich misstrauisch. „Was schlägst du vor?"

„Dass du und ich ihm einen Besuch abstatten. Wir müssen an sein Mitgefühl für die anderen appellieren, die von Finkie geschädigt wurden."

„Was lässt dich glauben, dass er sich von uns überreden ließe, wenn er deinem Mr. Birmingham schon eine Absage erteilt hat?"

Sie rief sich die Namen in Williams Mappe ins Gedächtnis. Sir Georges kürzlich verstorbener Sohn war eines von Finkies Opfern. „Ich werde zunächst darauf hinweisen, dass die Person, die er am meisten vor der Öffentlichkeit schützen wollte, jetzt tot ist. Zweitens wirst du ihm versichern, dass er das Rechte tut, dass er viele, viele Menschen vor Lord Finkels tückischen Klauen schützen würde."

„Es ist ja nicht so, dass ich Sir George wirklich kennen würde. Ich nicke ihm nur von Zeit zu Zeit bei White's zu."

„Aber mein lieber Bruder, niemand bei White's genießt höheres Ansehen als du. Jeder bemüht sich um deine Gunst und ist von deiner Aufmerksamkeit geschmeichelt."

Devere protestierte nicht.

Ihr Bruder war von Natur aus ehrlich. Er konnte nicht leugnen, dass seine Schwester die Wahrheit sprach.

„Sehr wohl. Ich schicke ihm eine Nachricht, in der ich ihn bitte, ihn Mittwochnachmittag in einer privaten Angelegenheit sprechen zu dürfen. Kannst du mich dann an seinem Haus in der Half Moon Street treffen?"

„Ich werde kommen."

* * *

Als William nach einem Besuch bei Adam auf dem Weg nach Hause war, öffnete der Himmel seine Schleusen. Er würde wieder völlig durchnässt werden. Zu schade, dass er nicht die Kutsche genommen hatte. Wenn er die Wahl hatte, zog er es immer vor, auf Thunder zu reiten. Auf dem Pferd konnte er wesentlich schneller zwischen den sich stauenden Gefährten in Londons Straßen hindurchkommen. An einem kalten, feuchten Tag wie heute jedoch war es schierer Wahnsinn, sich dem Regen auszusetzen. Vor allem in Anbetracht seines schlechten Gesundheitszustands.

Er hatte eine schreckliche, schlaflose Nacht verbracht - und nicht nur, weil Isadore seine Gedanken heimgesucht hatte. Er war immer wieder eingeschlafen, nur um von einem Hustenanfall geweckt zu werden. Als er schließlich endgültig erwachte, hatte er Schmerzen beim Schlucken. Seine Kehle fühlte sich an, als stünde sie in Flammen.

Er hätte den ganzen Tag im Bett liegenbleiben können, aber hatte sich geweigert. Es war viel zu schmerzhaft, mit Isadore im gleichen Haus zu sein. Wie schwierig es gewesen war, am Vorabend im selben Zimmer zu sein und zu wissen, dass er nicht das tun konnte, was das heiße Verlangen, das er nicht unterdrücken konnte, ihn zu tun drängte.

Aber jetzt hatte er keine Wahl. Sein verdammtes Bett lockte zu sehr. Er fühlte sich hundeelend. Der peitschende Regen half auch nicht. Er durchnässte ihn völlig, bis durch seine wollenen Hosen, und die Kälte ging durch ihn hindurch bis auf die Knochen.

Vor dem Haus stieg er ab, übergab das Pferd an einen Stallknecht und seinen triefenden Umhang drinnen an Fenton. Die Treppen hinaufzusteigen kostete Mühe. Er fühlte sich so furchtbar schlecht.

Als er in seinen Zimmern ankam, begrüßte Thompson ihn. „Es scheint, der Herr hat sich wieder völlig durchweichen lassen. Kommen Sie, Sir, wir müssen Sie aus diesen nassen Kleidern herausbekommen!"

William fiel in einen Sessel. „Sei ein guter Mann und hilf mir aus den Stiefeln."

Thompson beugte sich vor und begann zu ziehen. „Ihre Stimme hört sich schrecklich an."

„Ich fühle mich schrecklich."

„Was Sie brauchen, ist ein warmes Bett."

„Großartiger Ratschlag."

Thompsons Augen weiteten sich. „Ich habe in all den Jahren, seit ich Ihnen diene, noch nie erlebt, dass Sie sich am Tage ins Bett gelegt haben."

„Das liegt daran, dass ich in all den Jahren, seit du mir dienst, noch nie krank gewesen bin."

Nachdem die Stiefel ausgezogen waren, stand Thompson auf. William kam taumelnd auf die Beine, schälte sich aus seiner durchnässten Kleidung und kletterte ins Bett.

„Erlauben Sie mir, die Vorhänge zu schließen, so dass der Raum dunkel ist", sagte Thompson. „Was Sie brauchen, ist ein guter Schlaf."

* * *

Sophia hatte ihn ins Haus gehen sehen. Der arme Mann sah aus wie ein ertränktes Hündchen. Sie hörte ihn auf dem Weg zu seinem Zimmer an ihrer Tür vorbeigehen. Als sie fünfzehn Minuten später Schritte im Gang hörte, öffnete sie die Tür und hoffte, William zu sehen. Aber es war nicht William. Es war Thompson.

Sie schob ihre erste Enttäuschung beiseite und rief den Kammerdiener an.

Er blieb stehen und drehte sich um. „Ja, Miss Door?"

„Wissen Sie, ob Ihr Herr heute Abend zu Hause diniert?" Was ging es sie an, dass sie eine solche Frage stellte? Sie betete, dass William es vorhatte, so dass sie sich ihm anschließen könnte.

Ein trauriger Ausdruck breitete sich auf Thompsons Gesicht aus. „Das kann ich nicht sagen, Miss. Mr. Birmingham hat sich übel verkühlt. Er liegt jetzt im Bett - das ist für meinen Herrn das erste Mal."

Ihr Gesicht wurde traurig. Zweimal schon - dreimal, wenn man ihre elende Fahrt nach London mitzählte - hatte er sich dummerweise der eisigen Kälte und dem schweren Regen ausgesetzt. Sie fühlte sich verantwortlich. Wäre William nicht so verärgert über sie gewesen, hätte er nicht so töricht gehandelt. Sie fühlte sich auch für die Zerstörung seiner Kutsche verantwortlich, die die Reise nach London so ungemütlich gemacht hatte. (Natürlich, wenn man dem Richtigen die Schuld geben wollte, war eigentlich Finkie der Verantwortliche.)

Ein Jammer, dass sie ihre eigenen Probleme mit zu William Birmingham gebracht hatte. Wenn ihm etwas zustieße, würde sie wirklich in ein Kloster gehen und den Rest ihrer Tage auf ihren Reichtum verzichten, ihre Sünden bereuen und den Aussätzigen helfen. Was das nicht, was man in einem Kloster tat? Sie fragte sich, ob Klöster wohl Anglikaner aufnahmen. Sie wusste wirklich überhaupt nichts über Klöster.

„Oh, der arme, liebe Mann!", sagte sie. „Ich muss nach unten laufen und die Köchin bitten, dass sie für den Herrn Suppe kocht."

* * *

Er hatte geträumt, dass er halb bekleidet durch ganze Schneefelder stapfte. Ihm war so furchtbar kalt. Als er aufwachte, wurde ihm klar, dass es die verdammte Kälte in seinem Schlafzimmer war, die seinen Schlaf gestört hatte. Weder ein loderndes Feuer noch mehrere Lagen von Decken konnten die feuchte Kühle abhalten, die den Raum füllte.

Er schaute zu der Uhr auf seinem Kaminsims und entdeckte, dass er mehr als zwei Stunden geschlafen hatte.

Er hatte gedacht, er würde aufwachen und sich wieder wie er selbst fühlen, aber so war es nicht. Er hatte nicht wirklich Fieber. Er hatte nur das Gefühl, als würde sein Kopf gleich explodieren. Und er begann zu glauben, dass ihm nie wieder warm werden würde.

Als er schließlich Traum und Wirklichkeit wieder genau unterscheiden konnte, hörte er ein Klopfen an der Tür. Er hatte den wartenden Thompson schon vor Stunden weggeschickt. „Wer ist da?" Die Heiserkeit seiner Stimme überraschte ihn selbst.

Die Tür öffnete sich langsam und Isadore stand dort, ein Tablett in den Händen. Sie hatte offensichtlich ihre Schwester um Hilfe mit der Tür gebeten, denn ihre eigenen Hände waren anderweitig beschäftigt. Sie schickte die arme Stumme weg und richtete dann alle ihre Aufmerksamkeit - und ein überaus engelhaftes Lächeln - auf ihn. „Ich habe die Köchin frische Linsensuppe für Sie machen lassen. Meine Amme schwor darauf, dass gut gewürzte Linsensuppe selbst die schlimmsten Fälle von Lungenfieber abwenden könnte. Sie bestand immer darauf, dass wir beim ersten Anzeichen einer Erkältung Linsensuppe essen sollten, und wir waren stets bemerkenswert gesund.“

Also hatte er recht damit gehabt, dass sie aus gutem Haus war. Nur die Reichen und die Adligen beschäftigten Ammen, um ihre Kinder aufzuziehen. Aber schließlich würde Lord Evers keine Frau niedrigen Standes geheiratet haben.

Sie trug wieder weiß und sah viel zu ätherisch und viel zu makellos aus, um eine Sterbliche zu sein. Er wurde von ihrer Lieblichkeit verzaubert, als sie sich anmutig auf ihn zu bewegte. Das Weiß bot einen atemberaubenden Hintergrund für ihre reichen, dunkelbraunen Locken.

Als sie näherkam, ging sein Atem schneller. Er wünschte zu Gott, dass sie keine solche Wirkung auf ihn haben sollte, wünschte zu Gott, er wäre ihr gegenüber gleichgültig.

Hölle und Teufel. Er müsste sich jetzt aufsetzen, aber das konnte er nicht tun, solange sie im Raum war. Er hatte nicht einen Faden auf dem Leib. Und außerdem war die Aussicht, die Wärme seiner Decken zu verlassen, nicht angenehm.

„Ich muss zugeben“, krächzte er mit seiner beschädigten Stimme, „dass mein Hals sich nach etwas Heißem sehnt, und ich kann nicht leugnen, dass ich hungrig bin.“

„Sie klingen schrecklich!“ Ihr Blick fiel auf seine nackten Schultern und sie erstarrte.

Sein Atem ging noch schwerer.

Sie erholte sich schnell. „Sagen Sie mir, wo ich ein Nachthemd für Sie finden kann. Sie müssen in diesem kalten Raum furchtbar frieren. Ich weiß nicht, warum Ihr Haus immer so gemein kalt ist.“

Sein Elend war größer als sein Verlangen, sich von der Kälte unbeeindruckt zu zeigen. „Schauen Sie im Wäscheschrank nach.“

Sie stellte das Tablett auf seinen Schreibtisch und ging zu seinem apfelgrünen Wäscheschrank im chinesischen Stil, holte ein schweres, geköpertes Nachthemd heraus und brachte es ihm.

Eine Falte entstand zwischen seinen Brauen. „Sie sollten nicht hier sein."

Sie begann zu kichern.

„Was gibt es da zu lachen?"

„Können sie meinen, dass es für mich unpassend wäre, Ihre nackten Schultern zu sehen?" Sie lachte wieder.

„Es gehört sich nicht!"

„Haben Sie vergessen, dass ich jeden Zoll von Ihnen im Feuerschein gesehen habe?" Ihre Stimme klang wie aus Samt.

Obwohl er ein kranker Mann war, fühlte er sich sofort erregt.

Aber er hatte geschworen, seinem Verlangen nach ihr nie wieder nachzugeben. Sie war Lord Evers Frau.

„Das war, bevor ich wusste, dass Sie mit einem anderen Mann verheiratet sind", brummte er. „Drehen Sie sich um, während ich mir mein Hemd anziehe."

Sie kicherte weiter, während sie sich von ihm abwandte.

Er kam unter seinen warmen Decken heraus, fast wie man an einem warmen Sommertag in einen kalten See gleitet. Verdammt! Sein Zimmer war widerlich kalt. Er warf sein Nachthemd über, das ihm wenigstens ein gewisses Maß an Wärme bot. Dann krümmte er sich in einem Hustenanfall.

„Ich weiß, dass es scheußlich kalt in diesem Zimmer ist", sagte sie, „aber die Suppe wird helfen, Sie aufzuwärmen."

Er schaute zu ihr hoch - oder besser gesagt, zu ihrem Rücken. „Sie können sich jetzt umdrehen."

Sie ergriff das Tablett und kam zu ihm.

„Was haben Sie noch auf dem Tablett?", fragte er.

„Bevor ich das verrate, habe ich etwas zu sagen."

Er schaute böse und versuchte, so zu tun, als bliebe er von ihr völlig unberührt. Obwohl das Gegenteil der Fall war.

„Ich weiß, dass Sie böse mit mir sind und jedes Recht dazu haben, aber solange wir auf die Goldbarren warten, solange Sie so freundlich sind, mir zu erlauben, dass ich hierbleibe, können wir nicht wenigstens freundschaftlich miteinander umgehen?"

Sie seufzte und ihre Stimme wurde weicher. „Ich weiß, dass zwischen uns nichts mehr sein darf, aber bitte schlagen Sie die Tür nicht völlig vor mir zu. Ich könnte es nicht ertragen. Können wir nicht Freunde sein?" Ihre großen, dunklen Augen waren unglaublich traurig, als sie ihn ansah.

Sie musste ihn verhext haben. Obwohl er es irgendwie schaffte, sich selbst das zu versagen, was er am meisten wollte, schien er unfähig, ihr irgendetwas sonst zu verweigern. Er hatte ihr erlaubt, am Grosvenor Square zu bleiben. Und jetzt stimmte er zu, eine Freundschaft mit ihr vorzutäuschen, wo er doch mit jedem seiner Atemzüge so viel mehr begehrte. Er nickte feierlich.

Ein Lächeln erhellte ihr schönes Gesicht. „Gut." Sie stellte das Tablett vor ihm ab. „Ich habe auch einen Aufguss von Lungenkraut mitgebracht, damit Sie sich besser fühlen. Meine alte Amme ..."

„... schwor auf die Wirksamkeit."

Sie lachte. „Wie schade, Mr. Birmingham, dass Sie meine Sätze so leicht beenden können. Ich muss so langweilig sein wie Hannah More."

„Ich dachte, alle Frauen bewunderten Hannah More."

„Frauen mit einfachem Geist, die außerordentlich fromm sind. Dieser Beschreibung entspreche ich kaum."

Genau seine Gedanken. Er würde eher einem Aderlass zustimmen, als eine der belehrenden Schriften dieser Frau More zu lesen. „Es scheint, das ist ein weiteres Gebiet, wo wir völlig übereinstimmen, Miss Door."

Vor Enttäuschung war er etwas zusammengezuckt, als sie ihn wieder so förmlich anredete. Aber dennoch war es besser so. Es war besser, sich nicht an eine Nacht zu erinnern, als eine Dame, die er Isadore genannt hatte, das wertvollste Geschenk einer Frau einem Mann angeboten hatte, den sie William nannte.

Er konnte diese Erinnerungen noch immer nicht aus seinen Gedanken vertreiben. Er *war* ihr erster Mann gewesen. Es wäre so viel einfacher gewesen, so viel weniger schmerzhaft, wenn es anders gewesen wäre!

„Und dies habe ich mitgebracht", sagte sie lächelnd, als sie einen Band mit Popes Gedichten hochhielt. „So, wie Sie mir vorgelesen haben, als ich krank war, werde ich es jetzt tun. Ich möchte nicht, dass Sie Ihr Bett verlassen, bevor ich nicht sicher bin, dass Ihre Gesundheit wieder ganz hergestellt wurde.

Sie erinnerte sich daran, wie sehr er Pope verehrte. „Sie müssen die Erstgeborene zu Hause sein", murmelte er mit vorgespielter Empörung.

Seine dunklen Augen tanzten. „Meinen Sie, dass ich es gewöhnt bin, einen Haufen jüngerer Geschwister herumzukommandieren?"

„Ja."

Ein nachdenklicher Ausdruck legte sich über ihr Gesicht. „Ich bin *nicht* die Erstgeborene. Ich habe einen älteren Bruder, aber ich war die erste Tochter, und ich bedaure zugeben zu müssen, dass ich mich bei meinen jüngeren Geschwistern ziemlich autoritär aufgeführt habe - und es jetzt noch tue."

„Was zu beweisen war."

Sie kam näher. Ihr leichter Rosenduft berührte ihn beinahe ebenso tief, wie ihre Anmerkung, dass sie schon jeden Zoll seiner Haut im Kerzenlicht gesehen hätte. „Ich hätte gerne, dass Sie den Lungenkraut-Tee trinken. Man sagt jedoch, dass es besser wäre, Arznei zusammen mit dem Essen einzunehmen."

„Miss Door, Sie mögen eine Schale Linsensuppe Essen nennen, aber ich tue das ganz sicher nicht."

Ihr Lachen ertönte wieder.

Eine Frau, die lachte. Er könnte sein Leben nur mit einer Frau verbringen, die einen ausgesprochenen Sinn für Humor hatte. Wie es ihn quälte zu wissen, dass die eine Frau, zu der er perfekt passte, bereits verheiratet war. William war nie zuvor ein eifersüchtiger Mann gewesen. Bis jetzt. So ehrenwert Lord Evers war, William begann, ihn zu verabscheuen.

„Wie ein Mann gesprochen."

„Ich bin ein Mann."

Ihre langen, dunklen Wimpern senkten sich und ihre Stimme wurde heiser. „Ja, das weiß ich."

Lieber Gott, gib mir Kraft. Um seine Gedanken von der gefährlichen Bahn abzulenken, die sie eingeschlagen hatten, schnappte er sich den Lungenkraut-Sud und goss ihn hinunter. „Warum zur Hölle haben Sie mir nicht gesagt, wie abscheulich das schmeckt?"

„Weil ich den Verdacht hatte, dass Sie es wie mein jüngster Bruder machen und sich weigern würden, es zu trinken."

„Aha! Jetzt erkenne ich die Quelle für Ihren Hang zum Lügen! Ich kann sehen, wie sie einem unschuldigen kleinen Jungen erzählen, dass ein Absud von schleimigem Lungenkraut so gut wie Plumpudding schmeckt."

Ihre Antwort war erneutes Lachen. „Wirklich, Mr. Birmingham, es ist überaus UNgalant von Ihnen, von meinen Unwahrheiten zu sprechen. Ein Gentleman tut so etwas nicht."

Gestern noch hätte er es sich nicht träumen lassen, dass er über die vielen Dinge, über die sie ihn getäuscht hatte, würde lachen können. So sehr er sie verabscheuen wollte, er vermochte es nicht. In der Tat war er glücklich, dass sie gekommen war, um einen Tag, der so elend war, aufzuheitern.

Er begann seine Suppe zu essen. Sie fühle sich in seinem wunden Hals lindernd an. Nach drei oder vier Löffeln wurde ihm wärmer. „Ich danke Ihnen, Miss Door, und ich danke Ihrer alten Amme. Diese Suppe ist genau das Richtige. Ich fühle mich schon viel besser."

Sie stand still neben seinem Bett und kam jetzt näher, um ihm sanft die Hand auf seine Stirn zu legen. „Gott sei Dank haben Sie kein Fieber."

Er konnte nicht leugnen, dass sie um ihn besorgt war. Wie viel weniger qualvoll es gewesen wäre, hätte sie für ihn überhaupt nichts empfunden.

Während er seine Suppe zu Ende aß, nahm sie einen leichten Stuhl, der vor seinem Schreibtisch stand, brachte ihn ans Bett und setzte sich. „Bevor ich zu lesen anfange, möchten Sie vielleicht noch mehr Suppe?"

Er schüttelte den Kopf. „Dafür, dass sie eigentlich *kein* Essen ist, macht sie ziemlich satt."

Sie lachten beide.

„Ich wünschte, ich könnte das Zimmer für Sie wärmer machen", sagte sie. „Ich denke, es liegt daran, dass es draußen so unglaublich kalt ist. Es schneit, wissen Sie."

„Gut, dass ich nicht am Reiten war, als es anfing."

„Sie hätten überhaupt in dieser scheußlichen Kälte nicht reiten dürfen!"

„Gesprochen wie die älteste Schwester."

Es war lustig, wie sie Kleinigkeiten voneinander wussten, aber so wenig über ihr ganzes Leben. Er wusste genug, um sich klar zu sein, dass er mit ihr eine Woche, nachdem sie sich kennengelernt hatten, zum Altar eilen würde, wäre sie nicht schon verheiratet. Es war eine Quelle fast unvorstellbaren Schmerzes, dass das, was so erhaben begonnen hatte, so grausam endete.

„Möchten Sie jetzt, dass ich Ihnen vorlese?"

Er nickte.

Ihre Stimme war schön, sogar melodisch, als sie las. Seine Lider begannen, sich zu senken. Die letzten Worte, die er hörte, waren *noch bot der stolze Olymp je einen edleren Anblick.*

Kapitel 13

Zu der Zeit, als er ihrer Schätzung nach normalerweise erwachen würde - ausgehend von dem Zeitpunkt, an dem er jeden Tag seine Zimmer verließ - brachte sie ein Frühstückstablett in sein Zimmer. Wieder klopfte Dottie an die Tür und öffnete sie, dann trat Sophia herein, mit einem breiten Lächeln auf ihrem Gesicht.

Sie hatte eigentlich ziemlich viel gelächelt, seit sie achtzehn Stunden zuvor in dieses Schlafzimmer marschiert war. Selbst als sie im Bett gelegen und über ihre hoffnungslose eheliche Lage nachgedacht hatte, war sie am Lächeln, weil sie und William wieder Freunde waren. Sie lächelte, weil sie zusammen lachen konnten. Sie lächelte, denn so lange sie die Erlaubnis hatte, in seinem Haus zu bleiben, konnte sie bei ihm sein. Sie schätzte diese Momente nach den Tagen ihrer Entfremdung umso mehr - und weil diese Momente ihr nur zu bald genommen werden würden.

Sein Blick traf den ihren. In seinen umwölkten Augen blitzte ein Gefühl auf, als sie sie lässig von oben bis unten betrachteten. Er saß aufrecht im Bett, noch in seinem schneeweißen Nachthemd. Wie rau er mit seinem seit einem Tag nicht rasierten Bart aussah.

Sie war nicht auf die Wirkung vorbereitet gewesen, die es haben würde, ihn zu sehen, wenn er am Morgen erwachte. Erinnerungen an jenen

anderen Morgen überfluteten sie. Wie sehr sie
wünschte, in dieses Bett klettern zu dürfen und
sein Fleisch an das ihre gepresst zu fühlen. Ihr
Atem ging stoßweise wie ein Kessel, der kurz vor
dem Überkochen steht.

Wenn die Vorhänge geöffnet waren, würde ihr
Kopf vielleicht nicht mehr zu diesen nächtlichen
Erinnerungen zurückschweifen. Sie sammelte
sich. „Wie fühlen Sie sich heute Morgen?"

„Nicht gut", sagte er mit verschnupfter Stimme.

Sie ging zum Bett, stellte das Tablett ab und
begann, Kamillentee für ihn in eine hauchdünne
Porzellantasse mit vergoldetem Rand zu gießen.
„Meine alte Amme sagte, Kamillentee wäre das
Beste, um den verstopften Kopf am Morgen zu
klären."

„Und wir wissen, dass Ihre alte Amme immer
recht hatte."

Zwar nickte sie, aber ihre Brauen zogen sich
zusammen, als sie ihn betrachtete. Seine
krächzende Stimme klang furchtbar. „Ich hatte so
gehofft, dass Sie sich heute Morgen besser fühlen
würden, aber meine Amme sagte immer, dass ein
verstopfter Kopf morgens am schlimmsten ist.
Wenn man dann erst sitzen und wieder atmen
kann, beginnt man, sich besser zu fühlen."

„Ich hoffe, Ihre alte Amme hat auch damit
recht."

„Sie klingen furchtbar."

„Sie sehen wunderschön aus."

Sein Kompliment verblüffte sie. Einen Moment
lang überlegte sie, was sie antworten sollte, dann
beschloss sie, dass ein einfaches „Danke" reichen
würde.

„Ich muss Ihnen sagen, dass ich gegenüber
schönen *verheirateten* Frauen unempfindlich bin",

sagte er.

„Ja, das weiß ich."

Er nippte an seinem Tee und schenkte ihr dann ein Lächeln. „Nichts könnte meinem Hals besser tun. Vielen Dank."

„Ich dachte, dass Haferbrei vielleicht etwas Nährendes für Sie hätte, und gleichzeitig Ihren Hals schonen würde."

Seine Augen tanzten. „Wie gut Ihre alte Amme Sie gelehrt hat."

Sie trat zum Fenster und begann, die tiefroten Vorhänge an allen drei Fenstern aufzuziehen. „So ist es besser. Wenn Sie wollen, Mr. Birmingham, schauen Sie, wie sonnig es heute ist."

„Aber es ist noch immer eisig kalt."

„Allerdings. Als ich heute Morgen aus meinem Fenster sah, lag auf allen Dächern Raureif." Ihre Aufmerksamkeit fiel auf sein Feuer. Es sah aus, als wäre es frisch angezündet worden. „Hat das Hausmädchen sie geweckt?"

Er wollte antworten, begann aber zu husten. Ein trockener Husten. Schließlich sagte er: „Nein. Mein Körper erwacht jeden Tag zur gleichen Zeit, egal, wie wenig ich geschlafen habe."

Ihre Brauen zogen sich zusammen. „Haben Sie schlecht geschlafen?"

„Eigentlich habe ich ganz gut geschlafen. Ich bin einmal vom Husten aufgewacht, aber ich hatte keine Schwierigkeiten, wieder einzuschlafen. Der melodiöse Klang von Miss Doors Stimme, die meinen Lieblingsdichter rezitierte, muss als Schlafmittel gewirkt haben."

Der Stuhl, den sie am Abend zuvor an sein Bett gestellt hatte, stand noch dort. Sie setzte sich darauf. „Wissen Sie, Mr. Birmingham, ich glaube, dass Sie Pope bevorzugen, weil er alles persifliert.

Ich glaube, Sie sind selbst ziemlich zynisch."

Er lächelte. „Ich nehme das als Kompliment."

„Sehen Sie! Meine Amme hatte recht! Ihre Stimme ist schon besser."

„Dann stehe ich tief in der Schuld ihrer alten Amme."

Sie seufzte. „Es ist so schade, dass Sie kein anständiger Bürger sind, Mr. Birmingham."

Eine Falte entstand zwischen seinen Brauen. „Warum sagen Sie das?"

„Weil, wenn Sie es wären, könnten Sie sich genug Respekt verschaffen, um Mitglieder des Oberhauses zu überzeugen."

„Stimmt. Lord Finkel wird versuchen, sich von seinesgleichen im Oberhaus richten zu lassen."

„Wenn Sie nur ein Adliger wären. Ein Adliger würde nicht einmal die traurigen Details über Stoneys Schwägerin ausbreiten müssen. Andere Lords würden sich damit zufriedengeben, wenn ein angesehener Lord *einen Freund* nennt, und er bräuchte Stoney nicht einmal namentlich zu erwähnen."

„Aber wie Sie sagen, bin ich weder von Adel noch respektabel."

Je länger sie mit ihm zusammen war, desto schwere fiel es ihr, ihn als despektierlich anzusehen. Er hatte zu viele gute Eigenschaften.

Sein Blick schweifte zu der Tür auf der anderen Seite des Schlafzimmers. Sie nahm an, dass dort sein Ankleidezimmer lag. „Ich frage mich, warum Thompson heute Morgen nicht hereingekommen ist", sagte er.

„Ich habe ihn gebeten, Sie schlafen zu lassen."

„Aber Sie waren bereit, mich aufzuwecken?"

„Nicht früher, als ich dachte, dass Sie ohnehin gewöhnt sind, aufzuwachen."

Ein Klopfen ertönte an der Tür und nachdem William geantwortet hatte, öffnete Fenton.

„Miss Isadore Door hat Besuch."

Ach du liebe Güte. Sie hatte Devere gesagt, dass er nie kommen sollte, wenn William hier war.

„Ein Mann?", bellte William.

„Nein, Mr. Birmingham. Eine junge Frau."

Ihr erster Gedanke war, dass es Isadore sein musste. Aber Isadore würde nicht nach Sophia fragen. Sie wusste nichts von Sophias Existenz. Isadore würde nach William verlangen.

Verwirrt stand Sophia auf.

* * *

Den ganzen Weg nach unten war Sophia ratlos. Niemand wusste, dass sie hier war, außer ihrem Bruder. Er war der einzige, der wusste, welchen lächerlichen Namen sie angenommen hatte, und die Besucherin hatte offensichtlich gebeten, Miss Isadore Door sprechen zu dürfen. Gerade, bevor sie die die Bibliothek erreichte, wurde ihr klar, wer die Besucherin sein musste.

Sie öffnete vorsichtig die Tür und schloss sie leise hinter sich, bevor sie sich Angesicht zu Angesicht mit ihrer *wirklichen* Schwester wiederfand. Die beiden standen einen Moment lang da und schauten sich an.

Niemand, der diese Szene beobachtet hätte, würde je geglaubt haben, dass diese beiden Frauen Schwestern waren. Diese Blonde sah überhaupt nicht wie Sophia oder Devere aus, die beide dunkle Haare und noch dunklere Augen hatten. Die Augen dieser jungen Frau waren hell, wie ein blassblauer, durchsichtiger Himmel. Sie war auch beträchtlich jünger als Sophia. Während Sophias Einführung in die Gesellschaft nur noch eine blasse Erinnerung war, sah diese Dame aus, als hätte sie gerade erst das Alter dafür erreicht.

Sie flog in Sophias Arme. „Seit Devere mir erzählt hat, wie dieser abscheuliche Lord Finkel dich gezwungen hat, ihn zu heiraten, fühle ich, dass ich mich am liebsten vom Dach von St. Pauls herabstürzen möchte."

Sophia hielt sie auf Armeslänge von sich und schaute in ihre feuchten Augen. „Bitte, lass solche morbiden Gedanken. Dein Tod wäre tausend Mal schlimmer, als Lord Finkel zu küssen - obwohl ich zugeben muss, dass es ausgesprochen unangenehm war, ihn zu küssen!"

Maryann wischte eine Träne fort und die beiden Schwestern kicherten.

„Ich bin froh, dass du es geschafft hast, ihm zu entkommen."

„Wie erfolgreich ich dabei war, werden wir erst sehen. Komm, Schatz, gehen wir dichter ans Feuer. In diesem Haus zieht es abscheulich." Dieses Zimmer war ebenso kalt wie Williams.

Die beiden setzten sich auf ein Sofa vor dem Kamin.

„Ich möchte alles tun, was ich kann, um dir zu helfen, dich von Lord Finkel zu befreien. Ich habe vor, dem Gericht über seine Drohungen, über meine ... Indiskretion zu erzählen."

„Und es in den Zeitungen veröffentlicht zu sehen?"

Maryann setzte sich auf und sprach trotzig. „Wenn es sein muss."

Sophia sah sie unter zusammengezogenen Brauen an. „Hast du mit Devere darüber gesprochen?"

Maryanns Mut schwand und sie schüttelte den Kopf. „Es war demütigend genug, als er mich mit dieser verhängnisvollen Tat konfrontierte, die ich beging, als ich fünfzehn war. Ich bin noch nie in solcher Verlegenheit gewesen. Mein Bruder, der mit mir über einen so intimen Vorfall sprach! Ich konnte ihm nicht in die Augen schauen."

„Ich kann für Devere sprechen, wenn ich sage, dass er dir nie erlauben würde, unser Haus in einen solchen Skandal zu verwickeln." Sophia wusste, dass es Devere weit mehr treffen würde, wenn Maryanns Ruf zerstört und sie keine Aussicht auf eine Heirat mehr haben würde, als dass die Familie von einem Skandal betroffen würde, aber sie wollte, dass ihre Schwester dachte, dass die Veröffentlichung ihres Geständnisses der ganzen Familie schaden könnte. Offensichtlich hatte Maryann in ihrem Bestreben, es wieder gut zu machen, überhaupt nicht an sich selbst gedacht. „Es muss dir auch klar sein, dass kein Mann dir je einen Antrag machen wird, wenn bekannt wird, dass du dich *ruiniert* hast. Möchtest du denn nicht heiraten?"

Tränen begannen, Maryanns Wangen hinabzulaufen. „Ich habe die Hoffnung darauf schon aufgegeben."

Sophia ergriff ihre Hände. „Das darfst du nie denken. Sieh dich an! Du bist schön. Alle Gentlemen werden um deine Hand betteln."

Maryann schüttelte den Kopf. „Aber ich kann nicht heiraten! Wie könnte ich eine Ehe eingehen, ohne die Wahrheit zu sagen?"

„Ehrlichkeit wird weit überbewertet. Oft schadet die Wahrheit unschuldigen Menschen."

„Aber mein Mann würde es bemerken. Er würde wissen, dass er nicht mein erster ist."

„Männer wissen nicht immer so viel, wie du vielleicht annimmst. Und du musst berücksichtigen, dass du es ja nur einmal getan hast! Das würde dich kaum besonders erfahren wirken lassen. Ich wage zu behaupten, dass du dich leicht als ziemlich unschuldig ausgeben könntest."

Die jüngere Schwester begann zu weinen. „Devere sagt, du hättest ... es nicht mit Lord Finkel getan, aber du scheinst dich furchtbar gut mit diesen Dingen auszukennen." Sie fing an, so heftig zu weinen, dass sie kaum sprechen konnte, versuchte aber weiter, blubbernd die Worte zu formen. „Es tut mir so leid. Wenn ich mit diesem ... diesem abscheulichen Lord Finkel zusammen sein müsste, *würde* ich mich vom Dach von St. Paul werfen."

„Wenn du nicht aufhörst, ständig über St. Paul zu reden, werde ich verlangen, dass Devere dich nach Hamberly zurückschickt!" Sophia war zusammengezuckt. „Was für eine grässliche Art zu sterben. Der ganze Körper würde in Stücke zerschmettert und ich vermute, dass es auch eine Riesenmenge Blut gibt. Wenn ich mich umbringen wollte, würde ich etwas wählen, was mich nicht so verunstaltet."

„Wie Gift?"

„Das weiß ich nicht. Ich habe gehört, dass man bei manchen Giften alles erbricht, was man in sich hat. Ich würde nicht wollen, dass jemand meine Leiche in einer so ekelhaften Pfütze findet."

Maryann nickte. „Das stimmt nun wieder."

„Genug Gerede über so ein scheußliches Thema."

„Du hast es noch nicht gemacht, oder?", fragte Maryann.

Sophia nickte verlegen.

„Oh, nein! Das ist alles meine Schuld!", begann sie zu jammern.

„Nicht mit Finkie."

Der Kopf der jüngeren Schwester fuhr hoch. Sie sah Sophia an, als wäre dieser gerade ein zweiter Kopf gewachsen. „Dann bin ich nicht der Grund für dein ..."

„Nein, das bist du nicht. Es geschah erst, *nachdem* ich Finkie verlassen hatte."

Jetzt wurden Maryanns Augen rund. „Mit Mr. Birmingham!"

Ein verträumter Ausdruck legte sich auf Sophias Gesicht, als sie nickte.

„Was für ein schrecklicher Mann! Devere wird ihn umbringen wollen."

„Er ist kein schrecklicher Mann", sagte Sophia, und ihre Stimme wurde weich. „Er hat mich gebeten, ihn zu heiraten. Bevor er erfuhr, dass ich schon verheiratet bin. Oder besser, dass Isadore verheiratet ist. Obwohl ich es natürlich auch bin." Jetzt war ihr nach Jammern zumute.

„Devere hat mir erzählt, wie du dazu kamst, Isadore zu sein. Ist die echte Isadore aufgetaucht?"

„Noch nicht."

„Wie kann ich dir helfen?"

Sophias Gedanken huschten in ihrem Kopf herum wie Blätter, die vom Wind herumgewirbelt werden. „Ich kann nicht ständig nach Isadore Ausschau halten. Dottie löst mich ab, wenn ich nicht sitzen und aufpassen kann, aber ich würde vorziehen, dass du es tust."

„Das kann ich machen. Wie willst du Mr. Birmingham meine Anwesenheit erklären?"

Sophia dachte einen Moment darüber nach. Ihr fiel nie etwas ein, ohne dass sie sich angestrengt konzentrierte. Schließlich kam ihr eine Erklärung in den Sinn. „Wir werden teilweise bei der

Wahrheit bleiben. Ich werde sagen, dass du meine Schwester bist. Aber natürlich musst du einen anderen Namen verwenden."

„Du willst mich auch zu einer Door machen." Sie sah nicht glücklich aus.

„Ja. Du wirst Theodora Door sein."

Maryann verdrehte die Augen. „Als nächstes wirst du behaupten, wir hätten einen Bruder namens Dorian."

„Das habe ich schon."

* * *

Als sie in Williams Schlafzimmer zurückkam, war er vollständig angekleidet und saß an seinem Schreibtisch, wo er die Post des Tages durchging. Sie stand mit offenem Mund an der offenen Tür. Er sah aus, als wäre er wieder völlig genesen, was sie sehr freute. Auf der anderen Seite betrübte es sie zu wissen, dass er, wenn es ihm wieder gut ginge, er sie nicht mehr brauchen würde. Sie hatte keinen Grund mehr, in sein Schlafzimmer zu kommen, und würde ihm auch nicht mehr leise Gedichte vorlesen dürfen.

Er sah lächelnd zu ihr auf. „Ich schulde Ihnen und Ihrer früheren Amme Dank. Der Kamillentee und der Haferbrei waren genau, was ich brauchte." Seine Stimme war zwar noch heiser, hatte aber diesen nasalen Klang verloren, der sich angehört hatte, als ob jemand in einem Brunnen spräche.

„Ich hoffe, dass Sie Ihre Krankheit überstanden haben."

Er legte seine Feder nieder. „Und, werden Sie mir sagen, wer Ihre weibliche Besucherin war?"

„Natürlich."

„Ich kann mich darauf verlassen, dass Sie mir Ihre bevorzugte Version erzählen, ohne Rücksicht auf die Richtigkeit."

„Natürlich."

„Also?"

„Meine jüngere Schwester ist gekommen."

„Noch eine Schwester? Ist diese hier taub?"

„Nein. Sie ist eine hübsche junge Dame, die mich nur ganz schrecklich vermisst. Ich hoffe, es macht Ihnen nichts aus, dass ich sie gebeten habe, ein paar Tage bei mir zu bleiben. Sie wird Ihnen nicht zur Last fallen. Sie wird mein Zimmer teilen, wie wir es taten, als wir noch jünger waren."

„Es macht mir nichts aus, wenn sie hierbleibt. Und wie ist der Name dieser Schwester?"

„Theodora."

Seine Augen blitzten vor Erheiterung. „Theodora Door?"

„In der Tat." Sie holte tief Luft. „Ich hoffe nur, dass Sie, nur weil Sie sich besser fühlen, nicht in diese elende Kälte hinausgehen werden."

„Ich habe beschlossen, heute zu Hause zu bleiben." Er stand auf. „Und nachdem Sie jetzt ihr Gespräch mit Ihrer *Schwester* in der Bibliothek beendet haben, muss ich mich um Korrespondenz kümmern, die meiner Aufmerksamkeit bedarf."

„Ich komme mit Ihnen. Da ist etwas, was ich mit Ihnen besprechen muss."

Als sie die Treppen hinabgingen, wiederholte sie, wie entzückt sie wäre, dass es ihm so viel besser ginge. „Ich wage zu sagen, dass sie es mit einem gefährlichen Rückfall zu bezahlen haben würden, wenn Sie so töricht wären, nach draußen zu gehen."

In der Bibliothek setzte er sich an seinen langen Schreibtisch und sie ging zu dem Sofa zurück. „Es ist viel kälter an diesem Fenster dort", sagte sie. „Vielleicht sollten Sie dichter ans Feuer kommen. Ich weiß nicht, warum Ihr Haus so furchtbar kalt ist."

„Ich habe einen warmen Rock an."

„Nur in der Nähe des Schreibtisches dort zu stehen, lässt mich frieren."

Seine Augen unter schweren Lidern musterten sie. „Das liegt daran, dass Sie nach dieser Mode viel zu dünn angezogen sind."

„Wie seltsam es aussähe, wenn ich in ihrem Haus in meinem Samtumhang herumlaufen würde. Selbst, wenn er nicht in der Nacht von ... in der Nacht, in dem wir uns im ‚Stachelschwein' kennenlernten, verschmutzt und zerrissen worden wäre."

„Worüber wollten Sie mit mir sprechen."

„Lord Finkel."

Er betrachtete sie mit einem rätselhaften Blick. „Ich wollte Sie fragen, ob Sie ihn persönlich kennen."

„Allerdings. Da ich mit seinen Gewohnheiten bekannt bin, habe ich gedacht, dass etwas davon uns helfen könnte, Informationen zu bekommen, die gegen ihn verwendet werden können."

„Sie haben mein Interesse geweckt."

„Es wird viel Mut erfordern, aber ich habe keinen Zweifel daran, dass Mut etwas ist, worüber sie in Hülle und Fülle verfügen."

Wenn man die Art sah, wie seine Augen blitzten, wie er dort mit so beeindruckender Präsenz saß, fiel es schwer zu glauben, dass seine Gesundheit so angegriffen gewesen war. „Ich bin dankbar, dass Sie dies denken", sagte er.

„Ich schlage vor, dass wir uns in Lord Finkels Haus schleichen, wenn wir sicher sind, dass er woanders ist. Wir könnten unbehindert nach belastenden Beweisen suchen, um sie gegen ihn zu verwenden. Dinge, wie die Originalbriefe, die er benutzt, um seine Opfer zu erpressen."

Seine Augen wurden schmal. „Was meinen Sie mit *wir*? Das klingt mit Sicherheit *nicht* wie eine Aufgabe, bei der ich einer Frau erlauben würde, mich zu begleiten. Es könnte sehr gefährlich sein."

Sie konnte aus seiner Antwort erkennen, dass ein solcher Auftrag ihrem furchtlosen Liebhaber gefiel.

„Aber ich kenne nicht nur seine Gewohnheiten, ich kenne auch sein Haus." Ihre Stimme wurde weich. „Ich könnte mich nie fürchten, solange Sie bei mir sind."

„Madam, Ihr Vertrauen ehrt mich, aber Sie überschätzen meine Fähigkeiten bei Weitem."

Mit einem Lächeln auf dem ernsten Gesicht zuckte sie die Achseln.

„Haben Sie das richtig durchdacht?"

„Ja."

„Sie mögen über Finkel Bescheid wissen, aber was ist mit seinen Dienern? Er muss viele haben."

„Das stimmt."

„Dann, wie zum Teufel sollen *wir* sein Haus durchsuchen können?"

„Kurz vor Mitternacht an jedem Donnerstag geht er in Mrs. Garths Etablissement und spielt bis zum Morgengrauen Faro und andere Glücksspiele."

„Während seine Diener schlafen", sagte er mit nachdenklicher Stimme. „Ich sehe, worauf Sie hinauswollen, aber ein Mann mit so vielen Feinden wie Finkel wird seine Türen mit Sicherheit verschlossen und verriegelt haben."

„Ich überlasse es Ihnen, diesen Teil

herauszufinden. Es besteht auch die Tatsache, dass Sie sehr wohlhabend sind. Vielleicht könnten Sie einen Weg finden, einen Diener zu bestechen."

Er schürzte in Gedanken seine Lippen. „Das könnte sogar funktionieren. Ich kann Thompson schicken, um Kontakt mit den Dienern aufzunehmen."

Er schaute auf den Stapel Briefe und Rechnungen von Geschäftsleuten, die er mitgebracht hatte. „Sollen wir das für Donnerstag planen?"

Sie nickte. „Ich nehme an, es wird tatsächlich Freitag sein, bis wir in seinem Haus sind." Sie stand auf und wollte den Raum verlassen. Nachdem sie nun ihre zerbrechliche Beziehung gekittet hatten, wollte sie ihn nicht mit ihrer Anwesenheit stören. Er wollte offensichtlich an seiner Korrespondenz arbeiten. Alleine.

„Bitte, wann werde ich Miss Theodora Door kennenlernen dürfen?", fragte er.

„Heute Abend, wenn Sie möchten."

Er holte tief Atem. „Vielleicht beim Essen. Ich werde heute zu Hause speisen."

Kapitel 14

Unabhängig davon, ob er seine Genesung Isadore oder der Amme ihrer Kindertage verdankte, war William dankbar für sein besseres Befinden. Er hatte sich kaum je schlechter gefühlt als am Nachmittag zuvor, als er wie ein Narr wieder in den eisigen Regen geraten war. Mit jedem Schritt seines Pferdes auf dem Rückweg zum Grosvenor Square hatte er darüber nachgedacht, wie elend er sich fühlte und wie tröstlich ein warmes Bett sein würde. Er musste sehr krank gewesen sein, denn William schlief nie am Tage.

Selbst heute Morgen hatte er noch die Auswirkungen seiner Krankheit verspürt, aber jetzt, als er den Nachmittag in der Bibliothek verbrachte, fiel ihm auf, dass, selbst wenn es noch keine vollständige Genesung war, er sich doch unglaublich besser fühlte. Die Tatsache, dass er das Bett verlassen und sich hatte ankleiden können, war der Beweis. Vierundzwanzig Stunden zuvor hätte er nicht aus seinem Bett klettern können.

Während er den Nachmittag in seiner Bibliothek verbrachte, war er nicht fähig, die bittersüße Erinnerung an Isadores sanfte Stimme zu verdrängen, mit der sie ihm am Abend zuvor Pope vorgelesen hatte. Das Zuhören hatte ihm Freude gemacht. Bis er sich daran erinnerte, dass sie einem anderen Mann gehörte.

Selbst jetzt schien es, dass ihr Rosenduft noch in der Bibliothek hing. Warum berührte diese Frau ihn nur so tief? Nach mehreren Anfängen und Unterbrechungen bei seiner Korrespondenz legte er die Feder beiseite. Es war sinnlos, seinem Schwager einen amüsanten Brief schreiben zu wollen, wo doch jeder seiner Gedanken bei Isadore war. Er verfluchte sich für seine Feigheit. Hatte er nicht geschworen, nicht mit ihr zu sprechen, nicht einmal höflich zu ihr zu sein? Aber durch ihre Besorgnis für ihn war er schwach geworden.

Die Frau mochte eine Lügnerin sein, eine nichtsnutzige Schmugglerin, eine untreue Ehefrau, aber er wusste, dass ihre Sorge um ihn nicht gespielt gewesen war. War er nur ein großer Narr, dass er die herzzerreißenden Worte glaubte, die sie in diesem einzigen Brief geschrieben hatte?

Je länger er am Schreibtisch saß, desto kälter wurde ihm. Sie hatte auch damit recht gehabt. Es war hier am Fenster viel kälter. Er durfte keinen Rückfall riskieren. Er war viel zu lebhaft, um wieder gezwungen zu sein, im Bett zu bleiben. Er ging und setzte sich auf das Sofa am Feuer. Hier war ihr Duft sogar noch stärker.

Er stellte sie sich in ihrem dünnen, korallenfarbenen Kleid vor und erinnerte sich an ihren zerrissenen Umhang. War das der Grund, warum sie nicht wärmer gekleidet war? Ihm kam eine Idee in den Sinn und er stand auf und klingelte nach einem Diener.

Fenton kam.

William schloss eine der Schreibtischschubladen auf und nahm einen kleinen Beutel mit Münzen heraus. „Ich möchte, dass Sie einen der Diener in die Conduit Street schicken, um einen Samtumhang für Miss Isadore

Door zu kaufen und dafür sorgen, dass sie ihn vor
dem Abendessen bekommt." Er warf ihm das Geld
zu. „Dies sollte genügen."

* * *

„Ich bitte dich, so wenig wie möglich zu sagen",
sagte Sophia zu Maryann. Die beiden Ladies,
ebenso wie Sophias Zofe, hatten sich für das
Abendessen herausgeputzt. Obwohl sie noch nie
gehört hatte, dass jemand einen Samtumhang im
Speisezimmer getragen hätte, hatte sie doch
beschlossen, es heute Abend zu tun. Sie wollte
William zeigen, wie sehr sie seine rücksichtsvolle
Geste schätzte, ihn als Ersatz für den, den sie
beim Klettern aus Lord Finkels Fenster ruiniert
hatte, zu kaufen.

Außerdem würde die Wärme des Umhangs in
diesem kalten Haus sehr willkommen sein.

Maryann setzte ein hochnäsiges Gesicht auf.
„Ich habe keine Absicht, mehr als nur
einigermaßen höflich zu dem Mann zu sein, der
meine Schwester korrumpiert hat. Und zudem
verkehre ich nicht mit Schmugglern."

„Nichts ist je ganz schwarz oder ganz weiß,
meine liebe Schwester. Hebe dir dein Urteil über
Mr. Birmingham auf, bis du ihn kennenlernst."
Welches weibliche Wesen würde sich nicht
hoffnungslos in ihn verlieben? Dass er weder
einen Titel trug noch einen Stammbaum hatte,
spielte keine Rolle. Es gab im ganzen Königreich
keinen Mann, der William gleichkam.

Dottie nickte der jüngeren Schwester
nachdrücklich zu. „Wenn man auch dem
Geschmack Ihrer Schwester bei Männern
normalerweise nicht trauen kann, muss ich Ihnen
doch sagen, dass dieser Mann wie für Lady Sophia
geschaffen ist. Sie werden es selbst sehen. Er ist

auch ein wahrer Gentleman - trotz seiner Tätigkeit."

Sophia legte den Zeigefinger auf ihre Lippen, als sie die Schlafzimmertür öffnete und den Weg ins Speisezimmer antrat.

Als die drei den Raum betraten, erhob William sich. Sein gebräuntes Gesicht wurde von zwei großen Kronleuchtern erhellt, die über dem Tisch hingen, und drei Kerzenhaltern, die in einer Reihe von einem Ende der Tafel zum anderen aufgestellt waren.

„Sie sehen sehr wohl aus", sagte sie anstelle einer Begrüßung. Dann, ihrer echten Schwester einen Blick zuwerfend, fügte sie hinzu: „Erlauben Sie mir, Mr. Birmingham, Sie meiner Schwester ..." Sie ertappte sich gerade noch, bevor ihr *Maryann* entschlüpfte. „... Theodora vorzustellen".

Er würde sicher denken, dass sie wieder log, denn ihre Schwester sah ihr überhaupt nicht ähnlich.

„Ich hoffe, Sie haben es bequem, Miss Door", sagte er zu Maryann. „Sie müssen sich nicht das Zimmer mit Ihrer Schwester teilen. Es wäre kein Problem, ein anderes Zimmer für Sie vorzubereiten. Ein eigenes Zimmer."

Maryanns früherer Hochmut verschwand völlig wie ein Rauchwölkchen. Sie lächelte. „Das ist sehr freundlich von Ihnen, Mr. Birmingham, aber es ist bei meiner Schwester für mich sehr bequem. In einem fremden Haus ist es gut, etwas Bekanntes um sich zu haben."

Er nickte und starrte Maryann einen Moment lang an. „Zuerst dachte ich, Ihre Schwester würde mich täuschen - etwas, was sie sehr gut beherrscht - aber jetzt sehe ich eine Ähnlichkeit. Es ist Ihr Mund. Ihre Oberlippe ist fast genauso wie die von Isadore."

Das stimmte. Wenige Menschen hatten je bemerkt, dass die beiden ungleichen Schwestern den Mund der Beresfords hatten. Sophia war geschmeichelt, dass er ihr Gesicht nach so kurzer Bekanntschaft so gut kannte. Mehr noch, als sie ihren Vornamen von seinen Lippen hörte, hatte sie sich erlaubt, sich an jene Nacht zu erinnern - und den folgenden Morgen - als ihr Name von seinen Lippen sich wie eine Liebkosung angehört hatte.

Die Ladies setzten sich, dann kehrte William zu seinem Platz am Kopf des Tisches zurück. Sophia saß zu seiner Rechten. „Mein lieber Mr. Birmingham, ich schulde Ihnen für den Umhang meinen tiefsten Dank. Er wurde nicht nur dringend benötigt, er ist auch wunderschön. Ich hoffe, Sie haben ihn nicht selbst ausgesucht, denn es würde mich sehr betrüben zu erfahren, dass Sie das Haus verlassen haben, nachdem ich sie angefleht hatte, nicht auszugehen, bevor Sie sich nicht völlig erholt haben." Sie raffte den roten Samt um ihren Hals und strich über den weichen Stoff.

„Ich habe ihn nicht ausgewählt. Mein Diener hat das erledigt. Sie müssen ihm danken."

„Ich bin überaus gerührt von Ihrer Aufmerksamkeit."

„Das ist nichts. Sie wissen doch, dass ich ein sehr wohlhabender Mann bin."

„Ich bin glücklich, dass Sie heute zu Hause bleiben konnten."

„Wenn ich keinen Rückschlag erleide, muss ich mich morgen um einige Geschäfte kümmern, aber ich habe meine Lektion über das Ausreiten an eisigen Wintertagen gelernt. Ich werde die Kutsche nehmen."

Maryann, die auf Williams linker Seite gegenüber von Sophia saß, konnte ihren bewundernden Blick nicht von ihrem Gastgeber abwenden. Auch ein Lächeln konnte sie nicht unterdrücken.

Es bereitete Sophia Übelkeit, als sie erkannte, dass Maryann heiratsfähig war.

Und Sophia nicht. Sie hätte weinen können.

„Haben Sie Ihre Korrespondenz heute Nachmittag beendet?", fragte Sophia ihn, als sie an ihrem Rotwein nippte.

„Nein. Da ich heute Abend zu Hause bleiben werde, kann ich die Briefe noch fertig schreiben."

Sophias Gesicht wurde lang. Sie hatte gehofft, ihn zu einem Spiel auffordern zu können, obwohl drei eine ungeschickte Zahl war. Zu schade, dass Dottie nicht genug wusste, um sich an irgendeinem Spiel zu versuchen.

* * *

Später am Abend, als er in seiner einsamen Bibliothek saß, gratulierte er sich zu seiner Fähigkeit, Isadores Verlockungen den Rücken zuzuwenden. Am Ende des Essens hatte er nichts mehr gewünscht, als ihre gemeinsame Zeit auszudehnen. Wie sehr hatte er dreihändigen Whist oder Schach oder etwas spielen wollen, so dass er weiter in ihrer Nähe bleiben konnte. Er hatte flüchtig an ihre Nähe in der Nacht zuvor gedacht. Es lohnte sich fast, krank zu werden, um von Isadore versorgt zu werden. Wie sanft und liebevoll sie gewesen war.

Sein Hals wurde trocken. Er hätte ihr nicht erlauben sollen, hier zu bleiben. Er hatte nicht damit gerechnet, wie schmerzhaft ihre Anwesenheit sein würde.

Morgen würde er mit ihr sprechen. Er würde ihr sagen, dass er nicht länger auf die Goldbarren warten konnte.

Dann würde er den einen Schmerz gegen einen anderen eintauschen. Es war fast unerträglich, darüber nachzudenken, sie völlig zu verlieren. Wie bei einem brandigen Glied konnte die Heilung aber nicht beginnen, bevor das eine nicht vom anderen getrennt war.

* * *

Am nächsten Tag verließ sie noch vor William das Haus, um Devere bei Sir George Malvern in der Half Moon Street zu treffen. Da William gesagt hatte, dass er die Kutsche brauchen würde, ging sie zu Fuß. Zum Glück hatte sie den dicken, warmen Samtumhang, der dafür sorgte, dass sie nicht allzu sehr fror. Ihn zu tragen, schenkte ihr die Illusion, dass William in der Nähe war, dass William sich um sie kümmerte. Wie aufmerksam von ihm, ihn für sie zu beschaffen. Sie besaß nichts, was ihr kostbarer war.

Der Weg zur Half Moon Street dauerte weniger als zehn Minuten.

Sir Georges Haus zu finden, war einfach, da die schlammbespritzte, wappengeschmückte Kutsche ihres Bruders davor hielt und Devere darin auf sie wartete.

Als er sie sah, stieg er aus. „Zu welchen Dingen du mich überredest!" Er schüttelte den Kopf. „Jetzt erinnere ich mich, warum ich es vorziehe, nicht zu heiraten."

Sie hängte sich mit ihrem Arm bei ihm ein. „Erzähle mir nicht, dass du davor Angst hast, einer Frau zu erlauben, dass sie dich manipuliert."

„Das hat nichts mit Angst zu tun. Kommt es dir

nicht in den Sinn, dass ich schon beide Hände voll zu tun habe, auf meine beiden verirrten Schwestern aufzupassen?"

Sie lächelte zu ihm auf, als sie auf die Vordertür von Haus Nummer 2 zuschlenderten. „Du bist ein lieber Bruder, und ich bin sehr dankbar, dass ich dich habe. Was mich daran erinnert, hast du etwas von deinem Anwalt gehört über meine ..." Sie rümpfte vor Abscheu die Nase. „Ehe?"

Er schüttelte ernst seinen Kopf. „Aber ich habe einen seltsamen Brief von 'Lord Finkel erhalten. Du wirst nicht einmal erwähnt, aber er sagt, er würde deine Zofe verhaften lassen, weil sie seinen wertvollen Reisesack gestohlen habe. Er möchte ihn unbedingt sofort wiederhaben."

„Wie überaus seltsam. Ich habe Dottie gesagt, sie könne ihn benutzen, da er wie abgelegt aussah."

„Er ist offensichtlich sehr daran interessiert, ihn wiederzubekommen."

Sie erklommen die zwei Stufen und er klopfte an der glänzenden, schwarzen Tür.

Ihr Atem ging mühsam. *Dies muss einfach gelingen.* Wenn nicht, würden sie in Finkies Haus einbrechen müssen. Was fast ebenso erschreckend war wie Maryanns Einfall, von der Kuppel St. Pauls zu springen.

Der dunkelhaarige Butler öffnete die Tür und sprach zuerst. „Lord Devere?"

Ihr Bruder nickte.

„Sir George erwartet Sie. Kommen Sie doch herein."

Einmal drinnen legten sie die schwere Überkleidung ab und überreichten sie dem Butler. In ihrer Kehle setze sich ein Kloß fest, als sie den

Samtumhang ansah, den William ihr gekauft hatte.

Dieses schmale Haus war von ungefähr derselben Breite wie Williams, aber es war nicht mit ebenso viel Geschmack eingerichtet. Wo Williams Eingangshalle mit Marmor ausgelegt war, hatte diese einen Holzfußboden. Die Kunstwerke in Williams zeigten die Pinselstriche europäischer Meister, während die Gemälde an Sir Georges Wänden Portraits von Vorfahren der Malverns von der Hand weniger bekannter Künstler waren. Alles in Williams Haus war frisch gestrichen und poliert und in perfektem Zustand - wie es dem Zweck des Hauses als Hintergrund für seine Sammlungen entsprach.

Sir Georges Haus andererseits hatte etwas Gemütliches an sich. Nicht nur spürt man die Hand einer Frau, sondern es sah auch aus wie ein Haus, wo Kinder aufgewachsen waren. Ihr Magen verknotete sich, als sie an den Sohn dachte, der jetzt tot war, den Sohn, der sie indirekt heute hierher gebracht hatte.

Der Butler führte sie in den Salon. Dies war offensichtlich der Stolz der Malverns, denn er war üppig mit vergoldeten Möbeln im französischen Stil eingerichtet. Das Sofa und die Sessel waren mit leuchtend rosa und grüner Seide bezogen, die sich abzunutzen begann. Ein solch barockes Aussehen passte nicht zu den anderen, dunklen Möbeln und geschliffenen Holzböden im Haus.

Da Sophia unsicher war, welche Rolle sie an diesem Nachmittag spielen würde, ließ sie sich auf dem bescheidensten Sessel des Raums nieder, während ihr Bruder sich auf einen thronartigen Stuhl am Feuer setzte.

Wenigstens war dieses Haus wärmer als

Williams. Obwohl sie ziemlich dicht an einem Fenster saß, kroch ihr doch die Kälte des Tages nicht in die Knochen.

Einen Moment später kam Sir George ins Zimmer, ein Lächeln auf seinem Gesicht und ein einladender Ton in seiner Stimme. „Guten Tag, Mylord." Sein Blick flog zu Sophia und seine Brauen wanderten nach oben.

„Sir George", sagte Devere, „ich möchte Sie meiner Schwester, Lady Sophia, vorstellen. Sie und ich haben ein persönliches Anliegen, das wir mit Ihnen besprechen müssen."

Der Baron sah noch verwirrter aus, als er sich auf das Sofa setzte. „Ich stehe zu Ihrer Verfügung, Mylord."

Sophia hatte ihn nie zuvor getroffen. Sie schätzte sein Alter auf ungefähr fünfzig Jahre. Obwohl sein Haar noch immer von einem warmen Braun war, schien es jedoch deutlich dünner zu werden. Seine Kleidung war sehr konservativ, doch gut geschnitten. Er hatte diese Jacke aus feiner Wolle vermutlich mindestens zehn Jahre getragen. Während sie vielleicht nicht der letzten Mode entsprach, war sie doch unscheinbar genug, um sie eher zeitlos zu machen.

Devere holte tief Atem. „Wir sind in Besitz sehr heikler Informationen über üble Pläne gekommen, die von einem bösen Mann geschmiedet werden. Ein Mitglied unserer Familie war das Opfer seiner Erpressung und wir haben Grund zu der Annahme, dass auch Ihre Familie betroffen ist."

Sir Georges Augen weiteten sich. „Sie kennen den Mann, der dafür verantwortlich ist?"

„Ja", sagte Devere. „Lord Finkel benutzt seine Stellung in der Gesellschaft - und andere unanständige Methoden der Bestechung - um

Skandale aufzuspüren, die das Leben anderer Menschen zerstören könnten. Er benutzt auch seine Beziehung zu der Zeitung von Josiah Smith, um seinen Drohungen mit Veröffentlichung Nachdruck zu verleihen."

„Sie sagen, Ihre Familie sei auch betroffen?"

Auch. Er würde seine Verwicklung nicht abstreiten.

Devere nickte grimmig. „Dem Mann ist es gleich, wie viele Leben er ruiniert - oder mit dem Ruin bedroht."

„Deshalb sind wir zu Ihnen gekommen", sagte Sophia sanft. „Sie könnten uns helfen, ihn aufzuhalten. Er muss aufgehalten werden."

„Ich sehe nicht, was ich tun kann."

„Ich bin nicht in der Lage, gegen diesen Teufel auszusagen. Ich muss den Ruf einer unverheirateten Schwester schützen."

Sir George seufzte. „Ich verstehe. Sie denken, weil mein Sohn tot ist, dass ich mich offenbaren kann, da er nicht mehr verletzt werden kann?"

Sophia nickte ernst. „Ich weiß, wie schwierig das wird, aber möchten Sie nicht anderen ersparen, das durchzumachen, was Sie und ihr Sohn erlitten haben?"

„Ich habe mich fast an den Bettelstab gebracht, um den guten Namen meines Sohnes zu schützen. Ich kann sein Andenken nicht beschmutzen lassen."

„Aber Ihr Sohn war kein Dieb", sagte Devere. „Er hatte nur Geld geborgt, in der Absicht, es wirklich zum Quartalsende zurückzuzahlen. Das ist genau so ein Fehler im Urteilsvermögen, wie Finkel sie ausnutzt."

Seine Augen hielten den Blick des Barons stetig gefangen, bemerkte Sophia. „Wenn Lord Finkel vor dem Oberhaus angeklagt wird, wäre ein Mann Ihrer Stellung ein idealer Zeuge. Sie genießen Achtung. Ihr eigener Ruf ist makellos. Ich bezweifele, dass Sie auch nur auf die Einzelheiten des angeblichen Vergehens Ihres Sohnes eingehen müssen."

Sir George schüttelte nachdrücklich den Kopf. „Das kann ich nicht. Ich kann Harolds Namen nicht durch den Schmutz ziehen. Er hatte Kinder, wissen Sie? Ich kann das seinen Kindern, meinen Enkeln, nicht antun. Seine Krankheit hat uns ohnehin schon so hart getroffen."

Sophia hatte gehört, dass er an Auszehrung gelitten hatte. Der arme Kerl war gerade in ihrem Alter gewesen, als ihn das das Leben kostete.

„Ich möchte, dass meine Enkel sich an ihren Vater als an den wunderbaren Mann erinnern, der er war."

Sie wollte protestieren. Sie wollte darauf hinweisen, dass Harold gewollt hätte, dass sein Vater Finkel entlarvte, aber sie konnte nichts davon sagen. Sie musste die Wünsche eines Vaters achten. Der Mann hatte genug gelitten.

Devere stand auf. „Es tut mir leid, dass ich Ihre Zeit vergeudet habe."

Ihr Gastgeber stand auf und begleitete sie bis zur Tür. „Glauben Sie mir, Lord Devere, es tut mir selbst weh, dass ich Ihnen nicht dabei behilflich sein kann, diesen schrecklichen Mann vor Gericht zu bringen."

Sophia antwortete ihm mit einem verständnisvollen Nicken.

Auf dem Weg zurück zum Grosvenor Square erkannte sie, wie nutzlos der heutige Besuch bei Sir George gewesen war.

Jetzt würde sie das letzte Mittel anwenden

müssen - eine beängstigende Aussicht.

Sie würde in Finkies Haus einbrechen müssen.

Kapitel 15

Er aß wieder zu Hause. Die verflixte Isadore war am Morgen vor ihm ausgegangen, hatte ihn der Gelegenheit beraubt, mit ihm zu sprechen, ihr ein Ultimatum wegen des Goldes zu stellen. Er sagte sich ständig, dass das der einzige Grund war, warum er an diesem Abend hier war. Er musste mit ihr sprechen.

Aber in dem Moment, in dem sie in das Speisezimmer kam, vergaß er das Gold völlig. Er konnte seinen Blick nicht von ihrer dunkelhaarigen Schönheit abwenden. In rotem Samt sah sie umwerfend aus. Ihr Haar von der Farbe dunkler Kaffeebohnen war anmutig auf ihrem Kopf hochgesteckt, ein paar lose Strähnen ringelten sich an ihrem eleganten Hals hinab. Von ihrem Hals aus war es nur natürlich, dass er wie zufällig ihre unglaublich sahnige Haut verfolgte, wie sie in ihrem Mieder endete, wo die pralle Schwellung ihrer Brüste ihn sofort erregte.

Er war mit vielen schönen Frauen zusammen gewesen, aber keine ließ sich mit Isadore vergleichen.

Was für ein trauriger Tag es sein würde, wenn ihr Unternehmen beendet war und sie zu ihrem Ehemann zurückkehren musste. Er würde nie wieder seinen Blick auf diese weibliche Perfektion richten können. Sein Herz wurde schwer. Er würde nie wieder eine Frau sehen, die ihn so berührte, wie sie es tat. Es war nicht nur ihre

Schönheit. Oder die Weichheit ihrer melodiösen Stimme. Oder ihre offensichtliche Intelligenz. Auch ihre unglaubliche Lieblichkeit im Bett war nur ein Grund dafür, dass diese Frau seine Gedanken beherrschte und sich in sein Herz geschlichen hatte. Es war die Kombination all dieser Dinge, mit noch einem mehr - sie liebte ihn. Sie hatte nie versucht, diese Tatsache zu verbergen.

Er hatte ihr nichts von dem geglaubt, was sie ihm erzählt hatte. Außer diesem. *Sie liebt mich.* War er der größte Narr von ganz England, dass er ihr das glaubte?

Er musterte sie, als sie kam und sich auf denselben Platz setzte, wo sie am Abend zuvor gesessen hatte. „Was? Keinen Umhang heute?" Er bemühte sich, seine Stimme gleichgültig klingen zu lassen, um die verheerende Wirkung zu verbergen, die sie auf ihn ausübte.

Sie stieß ein leises Lachen aus, als ihre dunklen Augen die seinen trafen, und dann setzten sie sich. „Ich habe ihn gestern Abend getragen, um meine Dankbarkeit auszudrücken." Sie rieb sich die Arme. „Obwohl ich sagen muss, dass ich ihn heute auch brauchen könnte. Warum ist Ihr Haus so kalt?"

„Es ist nicht *immer* kalt. Ich versichere Ihnen, an warmen, sonnigen Tagen ist es recht angenehm."

Sie und Theodora lachten beide auf.

Er begann, den Wein einzuschenken, als Isadore eine Kelle Lauchsuppe in ihre Schale goss und sie dann an Dorothea weiterreichte.

Er scherzte mit Theodora, aber eigentlich wollte er nur mit Isadore sprechen. Der lügenden, betrügenden Isadore, die ihn noch immer faszinierte. Theodora war eine liebliche junge Dame, aber er hatte kein Interesse an jungen Fräuleins, die gerade aus dem Schulzimmer kamen. Alarmierender Weise hatte er kein Interesse an irgendeiner Frau außer Isadore.

„Also haben Sie das Haus heute verlassen?", sagte er zu ihr.

Sie nickte. „Und ich war sehr dankbar für meinen schönen neuen Umhang. Ich war die bestangezogene Dame in ganz Mayfair."

Sie vermied es, ihm zu sagen, wohin sie gegangen war. Er hasste es wie der Teufel zu spionieren. „Sie waren sicher die einzige Dame in Mayfair, die heute in dieser bestialischen Kälte *zu Fuß* unterwegs war."

„Auch das", antwortete sie mit einem lachenden Achselzucken.

„Ich hoffe, Ihr Vorhaben galt unserer geschäftlichen Vereinbarung."

Sie zögerte einen Moment, bevor sie antwortete. „Natürlich."

Sie lügt. „Dann haben sie einen Termin für die Lieferung?"

Ihre Schultern sacken hinab. „Noch nicht, aber mit Sicherheit bald."

Das war genau das, was er wollte. Oder?

Er musste diese verrückte Woche zu einem Abschluss bringen. Es war mehr als eine Woche her, seit sie in sein Leben getreten war. Neun Tage. Neun Tage, die sein Leben unwiderruflich verändert hatten. Sich damit abzufinden, würde viel mehr betreffen, als nur sein anhaltendes Verlangen nach dieser Frau. Wie lange würde es dauern, sie wirklich aus seinem Kopf und seinem Herzen zu vertreiben?

Isadore gab ihr Bestes, eine amüsante

Unterhaltung aufrecht zu erhalten, aber weder er noch die schüchterne Theodora trugen viel dazu bei. Er dachte ständig daran, dass er sie unter vier Augen sprechen musste. Gegen Ende des Abendessens fragte er: „Sagen Sie, Miss Isadore, spielen Sie Schach?"

„Natürlich."

„Ich möchte Ihre Schwestern nicht ausschließen, aber es ist lange her, dass ich gespielt habe, und heute Abend hätte ich wirklich Lust dazu."

Isadores Gesicht hellte sich auf wie die Kronleuchter über der Tafel. „Ich freue mich so, dass Sie heute Abend zu Hause bleiben, und noch mehr, dass ich mit Ihnen Schach spielen kann. Ich muss Sie aber warnen, dass ich Sie vernichtend schlagen werde."

„Allerdings, Mr. Birmingham", bestätigte Theodora. „Meine Schwester gewinnt immer. Unser älterer Bruder wird oft richtig böse."

„Und machen Sie sich keine Sorgen um Theodora", sagte Isadore. „Sie hat versprochen, heute Abend Dorothea vorzulesen."

* * *

Während Maryann auf der anderen Seite des Salons Dorothea leise einen von Mr. Scotts Romanen vorlas, setzten sich Sophia und William an einen Spieltisch nahe dem Feuer. „Ich habe Fenton gebeten, diesen Tisch nahe ans Feuer zu stellen, da Sie sich ja immer über mein kaltes Haus beklagen", sagte er.

„Ich bin Ihnen sehr dankbar, aber noch dankbarer, dass *Sie* darauf achten, sich nicht wieder zu verkühlen. Ich mache mir Sorgen, dass Sie einen Rückfall erleiden könnten." Sie war endlich frei von der Sorge, die sie in den letzten beiden Tagen verfolgt hatte.

„Es geht mir heute schon viel besser als gestern." Er begann, die Schachfiguren aufzustellen.

Sie beobachtete, wie seine kräftigen Hände mit den Schachfiguren umgingen. Obwohl er kein besonders großer Mann war, waren seine Hände doch doppelt so große wie die ihren. Alles an ihm drückte robuste Männlichkeit aus. „Ja, das kann ich an ihrer Stimme hören. Und Sie haben während des Essens heute Abend nur drei Mal gehustet. Eine große Besserung."

Er lachte in sich hinein. „Sie haben doch nicht etwa gezählt?"

„Natürlich habe ich das. Ich nehme meine Krankenpflege sehr ernst." Sie hätte beinahe gesagt „Mir ist es *mit Ihnen* sehr ernst", aber sie hatte nicht das Recht, ihm irgendwelche Hoffnung zu machen, dass sie je zusammen sein könnten.

Nachdem er die Figuren aufgestellt hatte, bot er ihr den ersten Zug an.

„Möchten Sie wirklich Schach spielen oder wollen Sie über die Goldbarren reden?"

Er grinste. „Wie kommt es, dass Sie mich in so kurzer Zeit so gut kennengelernt haben?"

„Weil ich mein Leben lang auf Sie gewartet habe." Warum zum Teufel musste sie immer so wahrheitsgemäß antworten? Nun, vielleicht nicht *immer*. Sie hatte ein Talent fürs Lügen entwickelt, mit derselben Leichtigkeit, wie sie mit ihren innersten Gedanken herausplatzte.

Ärger erhitzte sein Gesicht. „Das will ich nicht hören. Was auch immer zwischen uns geschehen ist, geschah, weil Sie gelogen und mir gesagt haben, dass Sie noch ein Mädchen wären. Ich hätte mir nie erlaubt, auch nur daran zu denken,

Sie zu berühren, wenn ich gewusst hätte, dass Sie verheiratet sind.

„In der Weise, wie man Mädchen definiert, *war* ich eines", sagte sie mit trauriger Stimme. „Sie glauben mir doch, dass ich nie mit einem anderen Mann geschlafen habe?"

„Gott, Isadore, hören Sie auf, mich zu quälen!" Er stieß sich vom Spieltisch ab und ging zum Feuer hinüber, drehte ihr den Rücken zu, während er in die Flammen starrte.

Sie war fassungslos. Der Schmerz in seiner Stimme war derselbe wie der in ihrem Herzen. *Er liebt mich.* Als sie dort saß und den Umriss seines kräftigen Rückens im Feuerschein sich abzeichnen sah, wechselte ihre Stimmung von großer Freude zu tiefer Verzweiflung. Während sie im ersten Moment in seine Arme fliegen wollte, um noch einmal ihre Liebe zu beteuern, wusste sie jetzt, nachdem sie über ihre ausweglose Situation nachgedacht hatte, dass ihn das nur noch mehr verletzten würde.

Sie schwor sich, in nie wieder zu verletzen. Sie musste ihm erlauben zu heilen.

William war ein zu ehrenwerter Mann, um mit einer Frau zusammenzuleben, die rechtmäßig mit einem anderen verheiratet war, und sie war in einer Verbindung gefangen, die von den englischen Gesetzen als Ehe angesehen wurde - aber niemals von ihr. Sie würde sich selbst eher von der Kuppel von St. Pauls stürzen, als mit dem abscheulichen Lord Finkel zu leben. Selbst wenn es eine schreckliche Art war, diese Erde zu verlassen, indem sie dort zerschmetterte.

Schließlich stand sie auf und stellte sich neben William. „Es tut mir leid, William. Ich werde unsere Gespräche auf unser gemeinsames

Geschäft beschränken - oder auf unsere Suche nach einem Mittel, den verhassten Lord Finkel vor Gericht zu bringen."

Er schaute ihr nicht in die Augen, sondern sah weiter in die Flammen, als er nickte. „Morgen ist Donnerstag. Wollen Sie immer noch in Lord Finkels Haus gehen?"

„Das ist keine Frage des Wollens. Ich wünschte, es gäbe einen anderen Weg, aber das ist unsere beste Chance. Wir gehen morgen Nacht. Haben Sie einen Weg gefunden, wie wir hineinkommen?"

Er nickte. „Bestechung war nicht notwendig. Unsere Familie hat etwas, das Sie als Privatarmee bezeichnen könnten. Ich habe ihre Fachkenntnisse abgefragt, und einer von ihnen versicherte mir, dass er in jede Tür oder durch jedes Fenster hineinkommen kann. Meinen Sie, Sie könnten einen Grundriss für uns zeichnen?"

„Sicherlich."

* * *

Als er und Isadore in der nächsten Nacht bei Lord Finkels Haus eintrafen, lag die Straße in fast völliger Dunkelheit. Vier seiner „Soldaten" erwarteten ihn dort, aber sie waren so gut ausgebildet, dass er die schwarz gekleideten Männer nicht sah, bis er nicht ein paar Häuser von Finkels eigenem entfernt aus seiner Kutsche stieg. Sie näherten sich ihm lautlos. „Lord Finkels Haus ist das aus weißem Stein, das einzige mit zwei Erkern auf der Vorderseite", sagte Whitcombe. „Gemäß dem Grundriss, den die Lady für uns gezeichnet hatte, gehört eines dieser Fenster zum Frühstückszimmer und das andere zum Speisezimmer."

Arnold, der hinter dem kleineren Whitcombe gestanden hatte, trat vor. „Da Sie denken, dass die Bibliothek der Raum ist, wo das, was Sie suchen, vermutlich versteckt ist, habe ich mir die Freiheit genommen, das Glas aus einem der Fenster zu entfernen."

Whitcombe lächelte. „Und Ellerby - der der kleinste von uns ist - ist hineingeklettert und herumgekommen, um die Vordertür für Sie zu öffnen."

William hatte vollstes Vertrauen, dass Ellerby so leise wie eine Maus gewesen war. Die Birmingham-Söldner galten als die bestausgebildeten in der Welt.

William nicke und wandte sich zu Isadore. „Bereit?"

„Ja", flüsterte sie.

Die beiden Gestalten in Schwarz bewegten sich katzengleich auf das Haus mit den beiden Erkern zu. Auf sein Drängen hin trug sie ihren alten zerrissenen, schwarzen Umhang. Sie folgte ihm die vier Stufen zur Vordertür hinauf. Seine Hand legte sich auf den Türknauf und sein Herzschlag beschleunigte sich. Was, wenn sie quietschte? Was, wenn sie von bewaffneten Männern begrüßt würden? Er hatte erlebt, dass Finkels Diener nicht das übliche Personal waren. Sie waren Halsabschneider und Verbrecher und Männer, die nicht zögern würden, einen Mann wegen Sixpence umzubringen.

William und Whitcombe hatten über die Möglichkeit einer Entdeckung gesprochen. Whitcombe hatte einen seiner Männer im Erdgeschoss versteckt, um William und Isadore zu beschützen. Das Wissen, dass einer seiner Männer Wache hielt, verringerte Williams Furcht. Er hatte dem Mann gesagt, dass seine vorderste Aufgabe wäre, Isadore zu schützen. „Ich kann auf mich selbst aufpassen", hatte er gesagt.

Die Tür gab ein unterdrücktes Quietschen von sich, als er sie gerade weit genug öffnete, um seitlich hindurchschlüpfen zu können. Der Gang lag in Dunkelheit. Einen Moment stand er dort und lauschte. Als er sicher war, das kein Dienstbote auf seine Anwesenheit aufmerksam geworden war, winkte er Isadore einzutreten.

Einmal im Haus übernahm sie die Führung. „Folgen Sie mir", flüsterte sie.

Sie ging ans Ende des schachbrettartig gefliesten Flurs. Er wusste von ihrem Grundriss, dass sie zur Bibliothek ging. Ellerby hatte absichtlich die Tür der Bibliothek für sie offengelassen. Ein mögliches Knarren weniger.

Als sie die Bibliothek erreicht hatten, schloss er langsam die Tür, während sie Kerzen an dem schwelenden Feuer im Kamin entzündete. Sie brauchten Licht, um eine Durchsuchung vornehmen zu können, vor allem, da sie nach belastenden Schriftstücken suchten.

„Die Schreibtischschubladen sind verschlossen", flüsterte sie, „aber ich glaube, er bewahrt die Schlüssel in der Sèvres-Vase auf dem Kaminsims auf." Sie bewegte sich auf den Kamin zu und hob vorsichtig das Stück feinen Porzellans auf.

Er hörte das Kratzen von Metall auf Porzellan, als sie den Schlüssel herauszog.

Sie kam zu ihm zurück und legte den Schlüssel in seine ausgestreckte Hand. Dann, ohne dass er ihr gesagt hätte, was sie tun sollte, hob sie eine Kerze und hielt sie über die mittlere Schublade, als er den Schlüssel ins Schloss steckte. Die Schublade enthielt ein Kontenbuch und etwas Korrespondenz.

Er leerte den Inhalt der Schublade auf die Oberfläche des Schreibtischs. Sie stellte die Kerze ab und sie gingen daran, jeden Brief aufzufalten, um seine Wichtigkeit zu beurteilen. Der erste, den er öffnete, war die Rechnung eines Kaufmanns für Livreen der Dienstboten. Er legte ihn beiseite.

Der nächste war ein kurzer Brief eines früheren Schuldkameraden, der Finkel um ein Darlehen von zwanzig Pfund bat. Auch diesen legte William beiseite.

„Mehr Glück?", fragte er sie.

Sie schüttelte den Kopf. „Da er sich weigert, einen Sekretär zu beschäftigen - vermutlich, weil kein anständiger Mann hierbleiben würde, wenn er einmal bemerkte, aus welchem Holz sein Dienstherr geschnitzt ist - muss er sich damit abgeben, alle diese Haushaltsrechnungen zu erledigen. Der Gemüsehändler. Der Schneider. Und viele Subskriptionen."

Sie machten weiter, bis sie sich jeden Fetzen Papier in dieser Schublade angeschaut hatten, bevor William sich dem Kontenbuch zuwandte. Es sah aus, als wäre es erst seit einer oder zwei Wochen in Gebrauch und enthielt nichts von Interesse, kein Eingang größerer Summen war notiert worden.

Nachdem sie mit der Durchsuchung der mittleren Schublade fertig waren, untersuchte er den Inhalt der oberen rechten, sie den der oberen linken Schublade. Nichts Belastendes. Da waren ein paar Beutel, die viel mehr Geld enthielten, als selbst ein reicher Mann wie William gewöhnlich im Haus hatte. Interessant bei einem Mann, dessen Nachlass bei seinem Erbantritt ein Scherbenhaufen gewesen war.

Sie brauchten nicht länger als zehn Minuten,

um den ganzen Schreibtisch zu durchsuchen und fanden nicht ein einziges belastendes Stück Papier.

„Ich schätze, wir sollten jetzt mit den Büchern weitermachen", sagte er.

Sie schaute zu den beiden Wänden hinüber, die vom Boden bis zur Decke mit Büchern vollgestellt waren. „Das müssen ein paar tausend Bücher sein. Das könnte eine Woche lang dauern."

„Nicht so, wie ich vorschlage, dass wir es tun."

Sie hob fragend eine Braue, als sie ihn ansah.

„Ich fühle mich nicht verpflichtet, den Raum so zu verlassen, wie wir ihn vorgefunden haben."

Ihr Gesicht hellte sich auf. „Ich verstehe. Sie meinen, wir nehmen uns einfach ein Buch nach dem anderen und lassen es zu Boden fallen, nachdem wir es geschüttelt haben, um zu sehen, ob etwas herausfällt?"

„Genau."

„Dann schlage ich vor, dass wir Ihren Whitcombe und Arnold und die anderen holen, um uns zu helfen. Dazu braucht man keine besonderen Fähigkeiten. Wenn sie lose Papiere finden, können Sie und ich uns diese ansehen."

„Ausgezeichneter Vorschlag."

Er ging einfach zu dem Fenster der Bibliothek, aus dem Whitcombe das Glas entfernt hatte und sprach mit dem Mann, der dort stand. Innerhalb von Minuten waren zwei Männer in der Bibliothek bei ihnen und durchsuchten die Bücher nach Briefen oder Papierfetzen, die vielleicht dort hineingesteckt worden waren.

Nach einer Minute der Suche wusste er, dass er einen Fehler begangen hatte. Die Bücher auf den Boden fallen zu lassen, macht viel zu viel Lärm. Er musste die anderen anweisen, damit aufzuhören und zu beginnen, je ein Buch herauszunehmen und wieder hineinzustellen. Gott sei Dank hatten sie Hilfe. Dies würde ziemlich lange dauern.

Die ersten zwanzig Minuten vergingen ergebnislos. Dann rief Ellerby heiser flüsternd aus: „Ich hab' was gefunden, Boss!"

William eilte zu Ellerby hinüber, der von der Leiter gestiegen kam und ihm ein einzelnes Blatt Papier aushändigte. William holte die Kerze, las die erste Zeile und knüllte das Papier zusammen. *Pflücke deine Rosen, solange sie blühen.* Es war die Kopie eines Gedichts von Robert Herrick. Er schaute auf den Rücken des Buchs, in dem es gewesen war. Ein Band mit Robert Herricks Gedichten.

Beide Männer kletterten wieder auf ihre Leitern. Da alle vier rasch arbeiteten, schafften sie es in einer Stunde, jedes Buch der Bibliothek zu durchsuchen.

Und sie fanden nichts.

Er seufzte. Isadore seufzte.

„Er muss seine *Wertsachen* doch irgendwo aufbewahren", sagte William.

„Wenn wir nur wüssten, wo. Meinen Sie, er könnte eine verschlossene Schatulle in seinem Schlafzimmer haben?", fragte sie.

„Das wäre möglich. Aber Ihr Grundriss enthielt keine Schlafzimmer."

Sie schüttelte den Kopf. „Ich weiß nicht, wo seine Zimmer sind, aber ich weiß, dass keiner der Diener hier oben lebt. Wir hätten das ganze Stockwerk mit den Schlafzimmern für uns."

Williams Blick fiel auf die Standuhr auf dem Kaminsims. Es war fast vier Uhr. „Das können wir nicht riskieren. Er könnte jetzt jederzeit nach

Hause kommen. Vielleicht nächstes Mal."

Sie schüttelte den Kopf. „Wir werden nie eine neue Gelegenheit bekommen, nachdem er den Einbruch heute Nacht entdeckt hat. Er ist dafür bekannt, dass er seinen Dienern ein schlechter Herr ist. Er wird es sie büßen lassen, dass sie dies geschehen ließen. Seien Sie sicher, das wird nie wieder möglich sein."

Wenn sie nicht bei ihm gewesen wäre, hätte William nicht gezögert, nach oben in Finkels Schlafzimmer zu gehen, aber er konnte Isadores Sicherheit nicht riskieren. Er schüttelte den Kopf. „Nein. Wir gehen jetzt."

Sie ließ den Kopf hängen, als sie ernst nickte.

* * *

Früh am nächsten Nachmittag saß Sophia mürrisch an ihrem Schlafzimmerfenster und sah hinaus. Eine Stunde zuvor hatte sie zugesehen, wie Williams Kutsche vorfuhr, um ihn abzuholen. Ein weiterer Tag, an dem sie ihn nicht sehen würde. Sie fragte sich, ob er zu Hause speisen würde. Sie war so erbärmlich. Sie lebte für jeden Moment in seiner Gegenwart.

Während sie so melancholische über ihr Leben nachdachte, sah sie einen langen Wagen vor Williams Haus anhalten. Man sah nicht jeden Tag, wie Postillions auf Pferden einen Karren zogen. Und diese Postillions waren bewaffnet! Ihr Blick huschte zum Sitz, wo der Kutscher saß. Er sprang hinab und streckte dann seine Hand aus, um einer Dame zu helfen. Einer wohlgekleideten Dame, die sich auf den Weg zu Williams Tür machte.

Isadore!

Kapitel 16

Sie musste die Tür erreichen, bevor Fenton öffnete. Sophia schlüpfte schnell in ihre Hausschuhe und rannte aus ihrem Schlafzimmer. Ihre Röcke in einer Hand gerafft huschte sie die Stufen hinab wie jemand, der von einem Feuer flieht.

Fenton durchquerte gemessenen Schrittes die marmorne Eingangshalle. „Fenton! Erlauben Sie mir, zur Tür zu gehen."

Ein verwirrter Ausdruck flog über sein Gesicht. „Wie Sie wünschen, Miss."

Sie riss die Tür auf und dort stand eine gut gekleidete Frau, die etwa fünf oder sechs Jahre älter als Sophia aussah. Ihre Haare waren dunkel, ihre Haut hell und jeder, der sie sah, würde sie als schön bezeichnet haben.

„Sie sind Isadore", stellte Sophia fest.

In der Art, wie die Frau den Kopf hielt, lag etwas Trotziges, als sie die jüngere Frau anstarrte. „Ich möchte Mr. Birmingham sprechen, und nur Mr. Birmingham."

„Ich weiß über Ihre Geschäfte mit Mr. Birmingham Bescheid, der mich bevollmächtigt hat, die ... Transaktion durchzuführen."

„Wenn Sie alles wissen, dann nennen Sie mir den Betrag, den ich von ihm zu bekommen haben."

„Achtzigtausend."

Die echte Isadore hob eine Braue und ihre

Augen wurden schmal. „Sie haben sie?"

„Ich würde nicht mit Ihnen verhandeln, wenn es anders wäre. Haben Sie die ..." Sophia musterte den langen Karren.

Isadore nickte. „Sie sind mit einer Lage roter Backsteine bedeckt. Sie können herauskommen und sie inspizieren."

Würden sie hier mitten am Grosvenor Square ein Vermögen in Form von Goldbarren auspacken? Wie sehr Sophia wünschte, dass William hier wäre, um ihr zu raten. Wohin hatte er das Gold bringen wollen? Selbst wenn sie den Austausch durchführte, könnte sie nicht zulassen, dass das Gold einfach ungeschützt hier herumstand.

Isadore begann, auf den Wagen zuzugehen. Sophia folgte ihr. Als sie ihn erreichten, hob Isadore ein Stück der Plane, um regelmäßige Reihen roter Backsteine zu enthüllen. Sie hob einen einzelnen Backstein an, und unter ihm schimmerten Blöcke glänzenden Goldes im Sonnenlicht. „Jede Lage hierunter ist Gold", sagte Isadore mit einer leisen Stimme, die so weich wie der feinste Weinbrand klang. „Sehen Sie selbst. Wählen Sie einen Stein aus." Sie trat beiseite.

Sophia ging um den Karren herum. Auf der anderen Seite wählte sie zufällig einen Backstein, nahm ihn weg und musterte das glänzende Gold darunter. Sie zog ein Stück heraus und darunter kam ein weiterer Goldblock zum Vorschein.

Befriedigt kam sie wieder um den Karren herum, um sich neben die schöne Isadore zu stellen, dankbar, dass William nicht hier war. Es war etwas an Isadore, das merken ließ, dass sie sich unter Männern viel mehr in ihrem Element gefühlt hätte. War es der wenig zurückhaltende

Ausschnitt ihres Dekolletés? Oder das schwüle Timbre ihrer Stimme? Was auch immer es war, Sophia hätte es vorgezogen, dass William nie in die Fänge der echten Isadore geriete.

Obwohl das eigentlich gleich war, da Sophia ihn niemals haben konnte.

Da erinnerte sie sich daran, dass Isadore verheiratet war. Welcher Ehemann würde seiner Frau erlauben, sich an illegalen Machenschaften wie dieser zu beteiligen?

„Wie weiß ich, dass ich Ihnen vertrauen kann?", fragte Sophia. „Ich könnte Ihnen das Geld geben und, nachdem Sie fort sind, entdecken, dass der Boden in diesem Wagen aus nichts als roten Backsteinen besteht. Mr. Birmingham hat noch nie mit Ihnen Geschäfte gemacht."

„Mr. Birmingham hat mich vielleicht noch nie kennengelernt, aber Mr. Birmingham vertraut MacIver, und MacIver weiß, dass ich eine ehrliche Frau in einem unehrlichen Geschäft bin."

Diese Worte könnten William beschreiben. *Ein ehrlicher Mann in einem unehrlichen Geschäft.*

„Ich habe meinen Teil erfüllt. Jetzt hätte ich gerne die Gegenleistung."

„Ich habe das Geld in einer großen Reisetasche. Sie wären nicht in der Lage, sie alleine zu tragen. Vielleicht könnte Ihr Kutscher Ihnen zur Hand gehen. Er sieht aus wie ein kräftiger Mann."

Zum ersten Mal hob ein Lächeln die Winkel von Isadores perfektem Mund. „Mein Kutscher ist ein überaus praktischer Mann für solche Dinge."

Welchen Gefahren musste diese Frau sich aussetzen! Wären ihr muskulöser Kutscher und die bewaffneten Postillions genug, um eine so wertvolle Fracht zu beschützen? Sophia schluckte. Wie würde eine völlige Anfängerin wie sie selbst diese Lieferung beschützen, bis sie sie William übergeben konnte?

Sie betete, dass er bald nach Hause kommen möge. Sehr bald.

„Ich habe Ihr Geld hier, wenn Sie beide mir nach oben folgen wollen."

* * *

Nachdem Isadore mit dem Geld gegangen war und den pferdelosen Karren hinterlassen hatte, wusste Sophia, dass sie alles nur Mögliche tun musste, um William zu rufen. Er musste einen Plan haben, um das Gold zu lagern. Sie schickte nach Thompson.

Er kam in das Wohnzimmer neben ihrem Schlafgemach, wo sie und ihre beiden Schwestern saßen. „Bitte, Thompson, es ist unbedingt notwendig, dass ich mich sofort mit Mr. Birmingham in Verbindung setze. Wissen Sie, wo er sein könnte?", fragte Sophia.

Der große Diener stand einen Moment da und schaute vor sich hin, als er versuchte, sich daran zu erinnern, wovon sein Herr am Morgen gesprochen hatte. „Ich kann nicht sagen, dass er sein Ziel angegeben hätte. Wenn ich raten müsste, würde ich sagen, dass er zur Bank der Familie gefahren sein könnte."

Zur Bank? Brauchte er Geld? Vielleicht holte er die achtzigtausend Pfund, mit denen sie ihren Bruder auszahlen konnte. „Und Sie wissen, wo diese Bank ist?", fragte sie.

Er nickte.

„Dann müssen Sie sofort dorthin gehen und ihm sagen, dass ich ihn brauche. Es ist dringend."

„Selbstverständlich, Madam."

Warum hatte er sie Madam genannt? Kurz zuvor hatte Fenton sie noch Miss gerufen. William musste sich seinem Diener anvertraut haben. So, wie Sophia alles Dottie erzählte. Hieß das, dass William die Tatsache beklagt hatte, dass die Frau, mit der er geschlafen hatte, einem anderen gehörte?

„Und wenn er nicht dort ist", sagte Sophia, „verwenden Sie alles, was Sie über Ihren Herrn wissen, um zu helfen, ihn zu finden. Ich kann nicht genug betonen, wie wichtig es ist, dass er so schnell wie möglich herkommt."

„Sehr wohl, Mad..., äh, Miss Door. Ich gehe sofort los.

Nachdem er gegangen war, musterte Maryann ihre ältere Schwester. „Hast du darüber nachgedacht, dass du nicht länger wirst hierbleiben können, nachdem Mr. Birmingham sein Gold erhalten hat? Und du sagst, du würdest nicht nach Devere House gehen. Was ..."

Bevor sie ihren Satz beenden konnte, brach Sophia in Tränen aus. Maryann rückte so dicht zu Sophia, dass sie ihren leichten Lavendelduft riechen konnte. „Keine Sorge, Liebes", gurrte Maryann. „Wir werden einen Ort finden, wo der böse Lord Finkel dich nicht finden kann."

Sophia jammerte. „Ich will William nicht verlassen. Wenn er erst einmal das Gold hat, werde ich meinen Nutzen für ihn verloren haben." Sie dachte an eine andere Art, wie sie ihm gerne nützlich gewesen wäre, aber William war zu anständig, um mit der Frau eines anderen zu schlafen. Er war wirklich ein *ehrlicher Mann in einem unehrlichen Geschäft* oder ein *ehrenwerter Mann in einem unehrenhaften Geschäft*. Sie schniefte laut. Zweimal. „Ich werde ihn nie wiedersehen."

„Und das bedeutet, dass ich Mr. Thompson nie

wiedersehen werde, und nie mehr mit Mr. Thompson Händchen halten werde."

Maryanns Augen wurden rund. „Worüber sprichst du?", fragte sie Dottie.

„Ich habe einen Flirt mit dem Kammerdiener angefangen. Er hat mich sogar geküsst."

„Ich kann mich nicht daran erinnern, dass du jemals Interesse an einem Mann gezeigt hättest", sagte Maryann. „Und ich kenne dich seit dem Tag meiner Geburt."

„Das liegt daran, dass ich noch nie einen Mann getroffen habe, der so gutaussehend oder anziehend war wie mein lieber Mr. Thompson."

„Dann müssen wir uns einen Weg überlegen, wie du und meine Schwester hierbleiben könntet " Maryann richtete ihre Aufmerksamkeit wieder auf Sophia, die versuchte, ihre Tränen abzutupfen. „Wäre es nicht wundervoll, wenn Dottie und Mr. Thompson ... heiraten könnten?"

Dotties Augen wurden groß.

Sophias Mundblieb offen stehen. „Das habe ich noch nie in Betracht gezogen. Ich kann nicht ohne Dottie leben und ich wage zu behaupten, dass es William mit Thompson genauso geht."

„Also musst du William heiraten."

Sophia begann wieder zu schluchzen.

„Ach du liebe Güte", sagte Maryann. „Ich vergesse andauernd, dass du ja schon mit diesem grässlichen Mann verheiratet bist. Ich nehme an, es wäre zu schlimm, auf seinen Tod zu hoffen? Er ist ja erst in den Dreißigern."

Maryann sprach dieselben Gedanken aus, die Sophia nicht hatte unterdrücken können. Sie hatte sich ungemein schuldig gefühlt, einem anderen Menschen den Tod zu wünschen, aber wenn jemand für seine Missetaten zu sterben verdiente, war es Lord Finkel.

Ein Jammer, dass der elende Kerl sie vermutlich alle überleben würde.

Und es war noch ein viel größerer Jammer, dass sie ihn je geheiratet hatte.

Jetzt begann Maryann zu weinen. „Es ist nur meine Schuld, dass du so unglücklich bist. Ich habe dein Leben ruiniert und jetzt wird auch noch Dotties Herz brechen."

Sophia nickte mürrisch. „Du und ich, wir haben beide unüberlegt gehandelt und jetzt zahlen wir beide dafür. Ich bete, Schatz, dass du deinen Fehler hinter dir lassen kannst und nicht zulässt, dass er dein Leben ruiniert. Ich bete, dass du in Zukunft lange und intensiv nachdenken wirst, bevor du etwas tust, was du unserer Mutter nicht erzählen könntest."

„Wenn es nur eine Möglichkeit gäbe, diesen abscheulichen Lord Finkel daran zu hindern, dass er weiter die Leben von Menschen ruiniert", sagte Maryann schniefend, als sie ihre Tränen mit dem Ärmel abwischte.

Sophias Gesicht hellte sich auf. „Vielleicht hilft mir das, hierzubleiben. Ich fühle es in meinem Herzen, dass William und ich einen Weg finden könnten, um Finkie zu vernichten."

„Ich werde alles in meiner Macht Stehende tun, um dabei zu helfen."

* * *

Es war schon nach drei, als Thompson zurückkam. Er sah niedergeschlagen aus. „Ich bin an jeden mir vorstellbaren Ort gegangen, aber ich konnte Mr. Birmingham nicht finden."

In einer Stunde würde es dunkel werden.

„Hat er gesagt, dass er zu Hause speisen würde?", fragte Sophia.

„Er sagte, er habe die Absicht, zu Hause zu speisen."

Eine zweideutige Aussage, das stand fest.

Sie entließ den Kammerdiener und die drei Damen begannen, sich zum Essen umzuziehen.

Sie bedauerte, dass sie nicht nach ihren Kleidern geschickt hatte, die in Devere House geblieben waren. Es wurde langweilig, ständig wieder dieselben Kleider zu tragen. Sie hätte doppelt so viele Kleider, wenn sie nicht ihre Ausstattung mit Dottie geteilt hätte.

An diesem Abend trug sie wieder das rote Samtkleid. Dem heißen Blick seiner Augen nach zu urteilen, wenn sie dieses Kleid trug, wusste sie, dass William sie darin begehrenswert fand.

Während Dottie ihr das Haar aufsteckte, hörte sie Williams Schritte im äußeren Flur. Sie hatte so viel über ihn erfahren - kannte das feine, blonde Haar auf seinem Handrücken, den Adel seines Charakters, die Art, wie seine Oberlippe zuckte, wenn er sich amüsierte, den entschlossenen Klang seiner zielsicheren Schritte.

Sie wusste nicht, wie sie es würde ertragen können, wenn sie nie mehr die Gelegenheit hätte, diese Dinge zu beobachten, wenn sie nie wieder den Mann sehen würde, der für sie geschaffen war.

Sie sprang von ihrem Frisiertisch auf und ging zur Tür.

„Aber Mylady, Ihr Haar ist noch nicht richtig frisiert!", protestierte Dottie.

Sophie ignorierte sie und flog zum Korridor.

Er war fast an seiner Schlafzimmertür angelangt und drehte sich um, sie anzusehen. Ihr erhitzter Blick sog seine Männlichkeit in sich auf. Er trug Reitstiefel und -hosen und eine braune

Wolljacke, die mit all dem Gold und Braun zusammenpassten, die ihn von allen anderen Engländern, die sie kannte, unterschied. Eine Locke seines Haares fiel ihm lässig in die Stirn. Obwohl er ein Gentleman war, hatte sie nie einen robusteren Mann kennengelernt. Er war ein solches Paradoxon.

Instinktiv wusste sie, dass etwas an ihm war, das sie nicht kannte, ebenso, wie es vieles gab, das er über sie nicht wusste. Das spielte keine Rolle. Sie waren füreinander geboren.

Als er sie lässig betrachtete, stockte ihr Atem. „Sie sehen wunderschön aus, Madam."

Wie sie es hasste, mit Madam angeredet zu werden, als die Frau eines anderen Mannes. Welch grausames Schicksal war ihr zuteilgeworden. „Ich habe den ganzen Tag versucht, Sie zu erreichen."

Eine Falte entstand zwischen seinen Brauen. „Ist etwas nicht in Ordnung?"

„Das Gold ist hier."

In seinen Augen blitzte ein seltsamer Ausdruck auf. War es Zufriedenheit? Oder war es Enttäuschung? „Was meinen Sie mit *hier*?"

„Haben Sie den Karren nicht vor dem Haus stehen sehen?"

„Nein."

Vielleicht war er in Gedanken immer noch mit dem beschäftigt gewesen, was er am Tag getan hatte. Das musste erklären, warum er den Karren nicht bemerkt hatte. Oder vielleicht hatte er geistesabwesend gedacht, dass der Karren zum benachbarten Haus gehörte. Da sein Haus so schmal war, konnte der Platz vor den Häusern auf jeder Seite leicht den seinen mit in Anspruch nehmen.

„Kommen Sie, ich zeige es Ihnen", sagte sie.

Er bot ihr seinen angewinkelten Arm und sie begannen, die Treppe hinabzugehen. Als sie die marmorne Eingangshalle erreichten und sich auf die Außentür zu bewegten, eilte einer der Diener, sie für sie zu öffnen. „Brauchen Sie Ihren Umhang nicht, Mr. Birmingham?", fragte der junge Diener.

William schüttelte den Kopf. „Nein, wir wollen nur einen kurzen Blick nach draußen werfen." William ließ sie zuerst hinausgehen.

Sie lächelte.

Bis sie sah, dass der Karren verschwunden war. Achtzigtausend Pfund vom Geld ihres Bruders - Geld, dass sie schnell zurückzuzahlen versprochen hatte - hatten sich in Luft aufgelöst.

Kapitel 17

Er hatte ihr vertraut. Er hatte gewusst, dass sie eine lügende, intrigante, gesetzesbrechende Betrügerin war, aber er hatte an ihre innere Ehrlichkeit geglaubt.

Jetzt entdeckte er ein anderes ihrer Talente. Die Frau war eine begabte Schauspielerin. Sie wirkte in ihrer Überraschung, dass der angebliche Karren voller Gold fort war, sehr überzeugend. Welchen neuen Unfug plante die Frau nun?

In ihren Augen standen Tränen und ihre Stimme zitterte. „Oh, mein Gott! Ich schwöre Ihnen, er stand hier! Ich habe das Gold selbst untersucht. Es war unter einer Schicht roter Backsteine verborgen. Wie konnte jemand es einfach wegbringen?"

Mit undurchdringlichem Gesichtsausdruck fragte er beiläufig: „Waren Pferde vorgespannt?"

Sie schüttelte den Kopf. „Als die Lieferung gebracht wurde, zogen vier Pferde den Karren, die von bewaffneten Postillions geritten wurden. Als mein ... mein *Kontaktmann* ging, wurden die Pferde ausgespannt und die Postillions ritten davon.

„Ich habe Thompson in ganz London nach Ihnen suchen lassen. Sie sollten das Gold an seinen endgültigen Bestimmungsort bringen. Mir gefiel die Idee nicht, es ungeschützt zu lassen." Sie holte schluchzend Atem. „Und es scheint, meine Ängste waren berechtigt." Ihre Stimme versagte, als sie gegen die Tränen kämpfte. „Ich muss diese achtzigtausend haben! Sie können nicht ahnen, wie verzweifelt ich sie brauche."

Unter normalen Umständen hätte William mehr Mitleid mit einer weinenden Frau gehabt. Aber Isadore hatte ihn einmal zu viel hinters Licht geführt. Er hätte ihr von Anfang an nicht trauen dürfen.

Er bemühte sich, den Ärger nicht in seiner Stimme durchkommen zu lassen. „Madam, dies ist nicht mein Problem. Sie sind es, nicht ich, die eine große Summe Geldes verloren hat. Ich habe nur Ihr Wort dafür, dass der Karren heute hierhergebracht wurde, und Ihr Wort ist keinen Penny wert."

Ihre dunklen Wimpern senkten sich, als sie zusammenzuckte. „Aber MacIver wird für meine Ehrlichkeit bürgen. Sagte er nicht, dass ich eine ehrliche Frau in einem unehrlichen Geschäft sei?"

Es stimmte, dass MacIver dieser Frau vertraute. Und William vertraute MacIver. Sie arbeiteten seit mehreren Jahren zusammen und MacIver hatte sich auch als ein ehrlicher Mann in einem unehrlichen Geschäft erwiesen.

„Bitte William", jammerte sie. „Sie müssen mir helfen, das Gold wiederzubekommen. Sagten Sie nicht, dass Sie eine förmliche Armee gut ausgebildeter Söldner beschäftigen? Können sie uns nicht helfen, das Gold zu finden?"

Ihm wurde plötzlich klar, dass sie nichts dabei zu gewinnen hatte, wenn sie das Verschwinden des Golds vortäuschte. Sie war noch nicht dafür bezahlt worden und sie hatte vermutlich ein kleines Vermögen ausgegeben, um das Gold erst einmal zu beschaffen.

Er begann zu glauben, dass jemand sie

betrogen haben könnte. Er nickte langsam. „Ich werde heute Abend nach dem General schicken."

* * *

Sie rührte am Abend ihr Essen nicht an. Sie war viel zu verzweifelt. Sie mussten das Gold zurückbekommen. Sie musste die achtzigtausend von William bekommen, um sie ihren Bruder zurückzahlen zu können. Devere wäre ruiniert, wenn sie das Geld nicht in ein paar Tagen ersetzen könnte.

Die Panik, die in ihr aufgestiegen war, als sie zuerst entdeckte, dass der Karren verschwunden war, löste sich kurz, als sie zu dem Park inmitten des Grosvenor Square schaute. Mit Sicherheit hatte der Bow-Street-Mann alles gesehen.

Als sie niemanden dort sah, wurde ihr klar, dass ihr Bruder diese Männer angeheuert hatte, um die Tasche zu schützen, die die achtzigtausend enthielt. Als der Mann den Austausch beobachtete, sah, wie Sophia die Tasche übergab, war seine Aufgabe erledigt.

Ihr Gefühl, am Boden zerstört zu sein, kehrte zurück.

William versuchte, beim Essen eine Unterhaltung aufrecht zu erhalten, aber sie war zu ernst, zu zerstreut, um etwas dazu beizutragen.

Steckte Isadore hinter dem Diebstahl? Wer sonst könnte von dem Austausch gewusst haben? War MacIver wirklich vertrauenswürdig? War diese Sendung nicht die größte, die William je erwartet hatte? Wenn es um so viel Geld ging, konnten auch normalerweise verlässliche Menschen korrumpiert werden.

Sie ertappte sich dabei, wie sie sich fragte, ob ein Nachbar am Grosvenor Square zufällig genau zu dem Zeitpunkt aus dem Fenster gesehen haben mochte, als sie die oberen Backsteine entfernte und das Gold inspizierte. Jeder, der es sah, würde gesehen haben, wie die Postillions auf den Pferden wegritten und den mit Gold beladenen Karren abholbereit dort stehen ließen. Es wäre kinderleicht gewesen, ein Paar Pferde vor den Karren zu spannen und wegzufahren.

Wohin? Sie seufzte. Sie hoffte so sehr, dass Williams General in der Lage sein würde, dies alles zu enträtseln und den Schuft oder die Schurken zu finden, die für den Diebstahl verantwortlich waren.

Als die anderen ihre Mahlzeit gerade beendeten, teilte Fenton William mit, dass der General angekommen wäre. Sophia warf die Gabel hin und stand auf, um ihren Gastgeber anzusehen. „Bitte, werden Sie mir erlauben, mit ihm zu sprechen?" Es war zu schade, dass sie weder mit dem General noch mit William völlig ehrlich sein konnte. Sie konnte nicht zulassen, dass herauskam, dass die Lieferung von der echten Isadore geplant worden war.

Sophia war so verzweifelt, das Gold zurückzubekommen, ihre achtzigtausend zu kassieren und das Geld an Devere zurückzuzahlen, dass sie flüchtig in Betracht gezogen hatte, ihre wahre Identität zu enthüllen. Aber das konnte sie nicht tun. Würde sie zugeben, nicht Isadore zu sein, würde William sie sofort wegschicken.

Sie war noch nicht bereit, dieses Kapitel ihres Lebens hinter sich zu lassen. Der Verlust von William war das einzige, das die Macht hatte, ihr Herz zu brechen und sie zum Weinen zu bringen. Andere Dinge - wie die achtzigtausend ihres

Bruders zu verlieren - machten sie zornig und traurig und ließen ihre Stimme schwanken und ihre Augen feucht werden, aber brachten sie nicht zum Weinen.

Seit sie zehn Jahre alt war, hatte sie nur geweint, seit sie zum Grosvenor Square gekommen war und den einzigen Mann gefunden hatte, dem sie je ihr Herz schenken konnte. Obwohl sie um die Unmöglichkeit wusste, ihre Ehe aufzulösen, die Unwahrscheinlichkeit, dass sie je Williams Herz besitzen würde, hatte sie nicht die Kraft, das zu trennen, was sie mit ihm verband, auch wenn es nur vorübergehend war.

William stand neben ihr und nickte ihr zu. „Kommen Sie. Gehen wir in die Bibliothek."

Der General war ein Riese von einem Mann. Er musste aufgehört haben zu wachsen, als er die Mitte zwischen sechs und sieben Fuß erreicht hatte und jeder Zoll von ihm schien aus steinharten Muskeln zu bestehen. Er begrüßte William mit der Herzlichkeit eines langjährigen Freundes, obwohl es deutlich war, dass er zu den Untergebenen des wohlgekleideten Gentlemans gehörte, dem dieses elegante Haus am Grosvenor Square gehörte.

„Sie erinnern sich, dass ich eine Goldlieferung von beträchtlichem Umfang erwartete?", fragte William den General.

„Die Jungs und ich stehen seit mehr als einer Woche dafür bereit."

„Sie wurde heute gebracht, als ich nicht hier war. Sie wurde gestohlen."

Der Mund des großen Mannes blieb offen stehen. „Das ist furchtbar!"

„Ich vertraue darauf, dass, wenn jemand sie finden und mir zurückbringen kann, Sie dieser

Mann sind."

Die Augen des Generals blitzten auf, dann senkte er den Kopf. „Vielen Dank für Ihr Vertrauen in mich, Mr. Birmingham."

William sah zu Sophia hinüber. „Diese Dame hat die Lieferung inspiziert und kann Ihnen alles sagen, was sie weiß."

Sophia nickte. Wie sehr wünschte sie, dass sie die ganze Wahrheit erzählen könnte, dass die intrigante Isadore diejenige gewesen war, die die Lieferung durchgeführt hatte. Aber das kam nicht in Frage.

Während des Essens hatte Sophia geplant, was sie dem General erzählen würde, wenn sie Gelegenheit bekäme, mit ihm zu sprechen. „Wie Sie sicher wissen, General", sagte sie, „benutzen Leute, die sich mit dieser Art von ... *Transaktionen* beschäftigen, nur selten ihre richtigen Namen. Wir wissen nicht, wo diese ... *Geschäftspartner* leben, daher sind die Informationen, die ich Ihnen geben kann, ebenso dunkel wie unsere Geschäfte. Selbst, wenn wir einander erreichen wollen, geht das nur durch eine lange Reihe von Kontakten."

Sie seufzte und fuhr fort. „Da ich diese Beschäftigung seit einigen Jahren ausübe, vertraue ich den Leuten, mit denen ich arbeite."

„Wenn achtzigtausend Pfund auf dem Spiel stehen, ist es besser, niemandem zu vertrauen", sagte der General.

„Aber Mr. Birmingham traut Ihnen und Ihren ... *Soldaten*, nicht wahr?", forderte sie ihn heraus.

„Da haben sie mich erwischt, Miss! Aber alle, die für die Birminghams arbeiten, sind loyal, da Mr. Birmingham sie großzügig bezahlt."

Sie schaute William bewundernd an und sprach dann weiter. „Bevor ich einen meiner

Geschäftspartner verdächtige, würde ich eher annehmen, dass der Schuldige einer von Mr. Birminghams Nachbarn am Grosvenor Square sein *könnte*. Wir haben den Austausch am hellen Tag durchgeführt, und wenn jemand aus einem Fenster gesehen hat, könnte er beobachtet haben, wie ich das Gold aufgedeckt habe."

„Können Sie mir eine Beschreibung des Gefährts und des eigentlichen Austauschs geben?"

„Ja. Das Gold wurde in einem Karren gebracht, der eine Ladung von Backsteinen zu transportieren schien."

„Wie groß war der Karren?", fragte der General.

„Er war größer als der Durchschnitt, aber nicht so lang wie manche, die ich Marmorplatten habe transportieren sehen. Ich würde schätzen, dass er ungefähr zehn Fuß lang war - die Ladefläche, meine ich." Sie schaute zu William. „Würden Sie nicht sagen, dass die Ladefläche eines normalen Karrens nur etwa fünf oder sechs Fuß lang ist?"

William nickte. „War er aus Metall oder Holz gebaut?"

„Holz. Eher grob zusammengezimmert. Ich vermute, dass das der Grund ist, warum die Leute, mit denen ich zusammenarbeite, den ganzen Karren einfach hiergelassen haben. Er konnte nicht viel wert sein."

„Wie war das Gold versteckt?", fragte der General.

„Es gab eine äußere Lage aus Backsteinen."

„Alte oder neue Backsteine?", fragte er.

„Neue. Die Kanten waren scharf und gerade."

„Wie viele Lagen?"

„Nur eine Lage roter Steine. Darunter schien lauter Gold zu sein." Sie erkannte, dass sie zwar

William, nicht aber dem General die Lieferung beschrieben hatte. „Sehen Sie, als die Lieferung kam, wurde der Karren von vier Pferden gezogen, wobei auf jedem ein bewaffneter Postillion saß. Als der Austausch vollzogen war, haben sie einfach die Pferde abgespannt, das Geschirr entfernt und sind davongeritten."

„Glauben Sie, dass diese Reiter aus London waren?", fragte der General.

Sie zuckte die Schultern. „Das kann ich unmöglich sagen."

„Sie haben mir genug an die Hand gegeben, um damit anzufangen." Der General wandte sich an William. „Sofort."

Sophia legte eine Hand auf seinen Arm. „Ich hoffe und bete, dass Sie so gut sind, wie Mr. Birmingham sagt. Wenn sie es nicht finden, ... werde nicht nur ich ruiniert sein, sondern auch eine Person, die mir sehr teuer ist." Sie konnte den Gedanken nicht ertragen, ihrem Bruder von diesem Verlust zu erzählen. Es würde ihn vernichten.

* * *

William blieb in seiner Bibliothek, nachdem der General gegangen war. Er weigerte sich, mit Isadore an einem Schachtisch zu sitzen.

Warum glaubte er ihr am Ende immer? Nach allem, was sie getan hatte, war er für die schöne Isadore immer noch anfällig.

Achtzigtausend Pfund waren ein großer Verlust. Ein solcher Verlust würde sogar die Kasse der Birminghams spürbar leeren - und ihre Familie war eine der wohlhabendsten in England. Er hasste es, Adam von dem Diebstahl erzählen zu müssen. Sie hatten schon Käufer für das Gold.

Als er vor dem Feuer saß, konnte er nicht

aufhören, über Isadores Abschiedsworte an den General nachzudenken. *Eine Person, die mir sehr teuer ist.* Hatte sie einen anderen Liebhaber? Was meinte er mit einem *anderen*? William war ganz bestimmt *nicht* ihr Liebhaber. Obwohl sie Liebende gewesen *waren.* Der bloße Gedanke an diese eine wundervolle Nacht mit ihr fühlte sich an wie ein eisernes Band um sein Herz.

Hatte sie Lord Evers gemeint, als sie von einer *Person, die ihr sehr teuer* war, sprach? Aber hatte sie William nicht erzählt, dass zwischen ihr und dem Mann, den sie geheiratet hatte, nichts war?

Lange Zeit starrte er in die flackernden, hellroten Flammen.

Und verfluchte die Nacht, in der Isadore in sein Leben gestürmt war.

* * *

Finkel spielte Faro bei White, als Nicholas und Adam Birmingham in den Raum schlenderten. Man hatte ihm gesagt, dass Lord Agar den beiden die Mitgliedschaft ermöglicht hatte. Wie viel Agar wohl von den Birminghams bekommen hatte, damit er ihre schüchterne Schwester heiratete? Diese neureiche junge Frau sah erträglich aus, und es hieß, nichts an ihr ließe auf ihre Herkunft schließen. Und dennoch ... es kam selten vor, dass ein Earl jemanden so niedriger Abstammung heiratete.

Finkel beobachtete die Männer, beide überdurchschnittlich groß, und versteifte sich. Er konnte nicht umhin, sich in ihrer Gegenwart unwohl zu fühlen. Schließlich war er ein Lord des Königreichs und sie waren bloßen Emporkömmlinge, wenn auch die reichsten Emporkömmlinge in ganz England. Trotzdem bereiteten sie ihm Unbehagen, vor allem nach der

Art und Weise, wie er sich ein paar Tage zuvor in ihrer Gegenwart blamiert hatte.

Die Männer mochten bloße Emporkömmlinge sein, aber sie wurden sozusagen mit offenen Armen willkommen geheißen, wann immer sie sich in Gesellschaft der reichsten Männer des Königreichs bewegten. Die beiden Birmingham-Geschwister, die verheiratet waren, hatten beide in den Adel eingeheiratet. Finkel fragte sich, ob Adam Birmingham, wie seine Geschwister, auch auf der Suche nach einer adligen Ehefrau war.

Der Gedanke an eine adlige Ehefrau brachte seine Gedanken unmittelbar wieder zu seinem eigenen Dilemma zurück. Wo zur Hölle war das Frauenzimmer, das er geheiratet hatte? Noch wichtiger, wo war seine Reisetasche? Er würde zu gerne diese dürre Hexe erwürgen, die als Lady Sophias Zofe diente, weil sie sie gestohlen hatte. Sein ganzer Körper wurde steif und seine Hände ballten sich zu Fäusten. Es würde ihm großes Vergnügen bereiten, auch Lady Sophia zu erwürgen.

„Es heißt, die drei Birmingham-Brüder könnten jede Frau im Königreich haben", sagte sein Begleiter, Lord Percival.

Finkel fuhr zu Percival herum. „Drei?"

„Den jüngsten sieht man nicht oft. Er verbringt viel Zeit auf dem Kontinent. Ich habe ihn kennengelernt. Sie sehen alle sehr gut aus, obwohl dieser seinen Brüdern nicht ähnelt."

Finkels Augen wurden schmal. „Und wenn dieser jüngste Bruder in England ist, wo wohnt er dann?"

„Sein Haus ist nicht so großartig wie Nicholas Birminghams am Piccadilly, aber er besitzt ein schönes Stadthaus am Grosvenor Square."

Kapitel 18

„Ich habe es so satt, den ganzen Tag in diesem Haus herumzusitzen, ohne etwas zu tun", sagte Dottie. „An einem so schönen Tag. Können wir nicht wenigstens einen kleinen Spaziergang in dem Park in der Mitte des Platzes machen?"

„Oh ja, bitte", sagte Maryann hoffnungsvoll zu Sophia.

„Ich muss zugeben, das klingt gut." Sophias Blick huschte zu dem Fenster ihres Wohnzimmers. „Es ist so schön, dass der Regen aufgehört hat. Ziehen wir Muffs und Umhänge an und machen es so, wie Dottie vorgeschlagen hat."

„Ich würde mir nur wünschen, dass Mr. Thompson mitkommen könnte", sagte Dottie mit leichtem Stirnrunzeln.

Sophia warf ihrer Zofe einen mitfühlenden Blick zu. Sie verstand so gut, wie Dottie sich danach sehnte, mit ihrem Mr. Thompson zusammen zu sein, denn sie fühlte ja dasselbe für seinen Herrn. Wie sehr sie wünschte, dass sie in seine Bibliothek eindringen könnte, in die er sich eingesperrt hatte. „Ich muss mir einen Weg ausdenken, um euch beide zusammenzubringen. Vielleicht kann Maryann mir helfen, etwas zu planen."

Als sie die Grünanlage entlang schlenderten, musterte sie die anderen Häuser und fragte sich, ob wohl die Bewohner eines von ihnen das Gold gestohlen hatten.

„Was machen wir, wenn unsere Tante uns sieht?", fragte Maryann.

Sophias ängstlicher Blick schoss zum Haus ihrer Tante hinüber. Es würde sie sehr in Verlegenheit stürzen, wenn ihre Verwandte sie hier entdeckte. Sie hatte fast vergessen, dass Tante Gresham gegenüber von William auf der anderen Straßenseite lebte. „Meine Güte, wir sollten sofort in Mr. Birminghams Haus zurückgehen. Selbst wenn die Tante schweigen würde, nachdem sie uns erkannt hat, ihre Diener würden schwätzen und dann würde William es herausfinden, und das kann ich nicht zulassen." Sie eilte dem Eingang entgegen.

Zwei tief enttäuschte Frauen folgten ihr zurück in sein Haus.

Sophia hatte das seltsame Gefühl, beobachtet zu werden, aber als sie zu der Zufahrt zum Platz aus der South Audley Street blickte, sah sie niemanden. Dann schaute sie zur Einmündung der Duke Street. Nichts. Sie gab sich damit zufrieden, dass der geheimnisvolle Dieb sie noch immer aus einem der benachbarten Fenster beobachten musste.

Als die Damen sich in Williams Eingangshalle ihrer Überkleider entledigten, wurde die Tür aufgerissen. Sophia wirbelte herum und stand einer Bande von sechs Männern gegenüber - alle von ihnen äußerst finster aussehend. Ihr erster Gedanke war, dass dies dieselben Männer waren, die das Gold gestohlen hatten.

Dann erkannte sie einen der Männer.

Er gehörte zu Lord Finkels Dienern. *Er hat sie geschickt, mich zu holen.* Ihr Herz donnerte in ihrer Brust.

Ein Diener versuchte, sich den Männern

entgegenzustellen, aber einer von ihnen schlug bedenkenlos mit seiner Muskete nach dem schlaksigen jungen Mann und schickte ihn zu Boden.

Die Tür der Bibliothek wurde mit einem Knall aufgerissen und William stürzte in die Halle. „Was ist hier los?" Sein verschreckter Blick ging von Sophia zu den Eindringlingen. Er erstarrte.

Der Mann in der Mitte richtete seine Muskete auf William. „Ich werde sie von zwei dieser Frauen befreien, Mr. Birmingham." Der Blick des Mannes huschte über Dorothea und blieb auf Sophia hängen und er lächelte. Seine Zähne waren verfault.

Vor Angst, dass William wegen einer Heldentat getötet werden könnte, fuhr Sophia herum, um ihn anzusehen. „Es ist schon gut. Ich muss zu meinem Ehemann zurück. Bitte versuchen Sie nicht, gegen diese Männer zu kämpfen. Ich möchte nicht, dass Sie getötet werden."

Sie ging auf den Mann zu, der die Muskete in Anschlag hielt. Dann kam ihre stumme Schwester zu ihr. Maryann stand weinend am Fuße der Treppe.

„Noch eines, Mylady", sagte der Anführer. „Wir brauchen diese Reisetasche, die Sie seiner Lordschaft gestohlen haben."

Diese abgenutzte Tasche? Es war ein Wunder, dass Dottie und sie sie nicht weggeworfen hatten, so schäbig, wie sie war. Dann erstarrte sie. Hatte Devere ihr nicht gesagt, dass Finkie bemüht war, diese Reisetasche in die Finger zu bekommen?

Plötzlich wusste sie, wo der Mistkerl seine belastenden Papiere aufbewahrte. Das erklärte, warum er die Tasche in seiner Bibliothek stehen gehabt hatte. Sie musste sich einen Weg ausdenken, diese Information an William zu übermitteln.

Sie musste die Männer glauben machen, dass die Tasche in ihrem Raum die war, die Finkie wollte. Sie versuchte, die Fassung wiederzufinden. „Sie finden die Tasche oben im zweiten Zimmer auf der linken Seite, dem Blauen Zimmer."

Ihrem Zimmer.

Eine Minute später kam einer der Männer mit einer dunkelgrünen Tasche zurück. Sie betete, dass keiner der Männer sich erinnern würde, wie Finkies aussah.

„Bevor Sie mich mitnehmen, mein Herr", sagte Isadore zu dem Mann mit den fauligen Zähnen, „bitte ich, mir zu erlauben, meinen Liebsten zum Abschied zu küssen. Ich verspreche, dass ich danach ruhig mitkommen werde."

Der schmierige Kerl schaute von ihr zu William und nickte dann.

William sah verwirrt aus, als sie auf ihn zu kam, den Rücken den Männern zugewandt. Sie kam so nahe an ihn heran, dass er sie unbewusst in seine Arme zog und den Kopf neigte. Direkt, bevor seine Lippen die ihren berührten, flüsterte sie. „Du musst die Tasche aus Dorotheas Zimmer holen. Lord Finkel muss etwas darin versteckt haben. Dann sammele bitte deine Söldner und hole mich von Lord Finkel weg." Ihre Arme legten sich um ihn und sie legte ihrem Mund auf seine Lippen für einen langen, leidenschaftlichen Kuss.

Er sah völlig verblüfft aus, als sie sich umdrehte und fortging.

* * *

Sowie die Tür sich hinter den Raufbolden geschlossen hatte, kam Thompson mit gezogener Klinge die Treppe herabgestürzt. „Sie haben Miss

Dorothea entführt! Nicht auszudenken, was diese Halsabschneider ihr antun werden."

William hielt seine Hand hoch. „Wir werden sie verfolgen. Nur nicht jetzt. Komm mit mir in Miss Dorotheas Schlafzimmer."

Thompson warf ihm einen erstaunten Blick zu.

„In diesem Schlafzimmer ist etwas, das sicherstellen wird, dass der Mann, der für die Entführung der Damen verantwortlich ist, sie herausgeben wird."

In Miss Dorotheas Zimmer, unter ihrem hohen Himmelbett, fanden sie eine schäbige, graue Reisetasche. Selbst nach all diesen Tagen war sie noch feucht von der Nacht, in der sie sich im ,Stachelschwein' getroffen hatten. Wie lange waren sie dort durch den Regen gerannt?

Er öffnete sie und bemerkte eine rechteckige Ausbuchtung unter dem Futter einer Seite. „Gib mir bitte dein Federmesser", sagte er zu Thompson, der neben ihm stand.

Der Diener reichte das Gerät und William benutzte es, um den Saum aufzuschneiden. Er spürte Thompsons Körper direkt hinter sich, von wo er über seine Schulter schaute. Der offene Saum enthüllte eine flache Tasche aus dünnem Wachstuch, das mehrfach wie Kanzleipapier gefaltet worden war. „Was haben wir denn hier?"

Er entfaltete das Wachstuch und fand drei Stapel handbeschriebener Seiten, viele davon Briefe. Er überflog nur einen kleinen Teil des ersten Blattes. Er fühlte sich ekelhaft, wie ein Voyeur. Eine halbe Seite reichte aus, um ihn erkennen zu lassen, dass er einen heißen Liebesbrief las, und das Wappen auf dem Papier deutete darauf hin, dass Lord Wakefield der Autor war, ein Lord, der ein hohes Regierungsamt innehatte. Zweifellos war der Brief an eine Frau geschrieben worden, die *nicht* seine hochangesehene Ehefrau war.

„Es scheint, dass das Wachstuch diese Papiere vor den Auswirkungen des Regens in der Nacht, in der wir aus Yorkshire zurückkamen, geschützt hat", sagte William.

„Ich gehe davon aus, dass sie wichtig sind?"

„Für Finkel sind sie sehr viel Geld wert. Er braucht sie offensichtlich, um mindestens ein halbes Dutzend Leute zu erpressen." Obwohl er es hasste, solche persönlichen Papiere durchzulesen, wünschte er, er könnte das finden, das Isadores Schwester belastete und es ihr zurückgeben. Er suchte zwei Mal, fand aber nirgends den Namen Theodora. Auch den Namen Isadore fand er nirgends.

„Wann retten wir die Damen?", fragte Thompson.

„Sehr, sehr bald, mein guter Mann." Er musste Isadore von diesem Verrückten wegholen. Was, wenn Finkel versuchte, sich ihr aufzudrängen? Der bloße Gedanken bereitete William Übelkeit. „Ich muss zu Finkel, bevor sie merken, dass sie die falsche Tasche haben. Du gehst zu Nick und erzählst ihm alles. Wir brauchen die Söldner. Und lass Nick dies hier in den Safe schließen." Er überreichte Thompson das Wachstuch mit den Papieren. „Sowie ich meine Waffen geholt habe, gehe ich vorne hinaus; du nimmst den Hintereingang."

Zumindest beobachtete niemand sein Haus vom Square aus, dachte William, als er um die Ecke zu den Ställen bog, um sein Pferd zu holen, alle Sinne angespannt. Ein Messer war sicher in der speziell in seinem Stiefel eingearbeitete

Scheide versteckt, und seine Hand umfasste das Heft des Schwerts an seiner Seite.

Als er sich dem Stall näherte, wurde er langsamer. Irgendetwas stimmte da nicht. Sein Pferd sollte inzwischen gesattelt und schon aus der dunklen Stallgasse herausgeführt worden sein.

„Jonah?", rief er seinen Pferdeknecht.

Keine Antwort.

Er hielt an und zog sein Schwert.

Genau da traten drei Mitglieder von Finkels „Bande" heraus, der Kerl mit den verfaulten Zähnen hielt einen Dolch an Thompsons Hals gepresst.

„Wenn Ihnen das Leben dieses Mannes lieb ist, lassen Sie das Schwert fallen", sagte Faulzahn.

* * *

Als sie Lord Finkels Haus betrat, betrachteten sie dieselben Diener, die am Morgen, nachdem sie William kennengelernt hatte, mit ihren Schärpen gefesselt worden waren, aus zusammengekniffenen Augen. Jetzt war sie es, deren Hände hinter ihrem Rücken gefesselt waren.

„Ein paar ziemlich anrüchige Gestalten, die Sie da im Dienst haben, Mylord", sagte sie mit einer Stimme voller Bosheit zu deren Dienstherrn.

„Das ist genau der Grund, warum ich sie beschäftige, meine Liebe." Er stand in seinem Salon, ein Glas mit einer dunklen Flüssigkeit in einer Hand und einen zufriedenen Ausdruck auf seinem Gesicht. „Wie schön, sie wiederzusehen, Lady Finkel."

„Sprechen Sie mich nicht mit diesem abscheulichen Namen an. Ich habe nicht die Absicht, mit Ihnen verheiratet zu bleiben."

„Du entkommst mir nicht." Seine Stimme klang heiser. „Ich *werde* mein Vergnügen mit dir haben, und dein Vermögen wird auch mein."

„Aber Sie können mich nicht mehr wollen, nachdem ich die Geliebte eines anderen Mannes geworden bin."

Er fluchte und schleuderte sein Glas gegen den steinernen Kaminaufsatz. „Dafür wirst du mir bezahlen. Dein Liebhaber ist natürlich William Birmingham, oder?"

Sie dachte an William Birmingham, daran, seine Liebste zu sein, und ihr Herz wurde weich. Aber sie weigerte sich, über diesen großartigen Mann mit dem personifizierten Bösen zu sprechen, das vor ihr stand.

„Ich werde ihn vernichten."

Sie lachte. „Sie sind nichts als ein Schwächling, der andere Männer seine schmutzigen Arbeiten verrichten lässt. Mr. Birmingham ficht seine eigenen Kämpfe selbst aus."

„Ich habe nie gesagt, dass ich ihn in offenem Kampf besiegen würde." In seiner Stimme und seinen blitzenden Augen lag so viel Hass, dass Sophia erschrak. Es tat ihr leid, dass sie William in ihre Schwierigkeiten mit hineingezogen hatte. Finkie könnte ihn töten.

Dann würde sie entweder ins Kloster gehen oder vom Dach von St. Pauls springen.

Es war tatsächlich vorzuziehen, zerschmettert zu werden, als mit Finkie ins Bett zu gehen.

„Sie sind nicht halb so mächtig, wie sie glauben", fuhr sie fort. „Gut, Sie spielen mit dem Leben der Menschen, aber Sie werden mich niemals beherrschen. Ich werde Sie verlassen, sowie ich die Hände freibekomme."

Er kam näher und senkte seine Stimme in

bedrohlichster Manier. „Dann, meine Liebe,
scheint es, dass ich dafür sorgen muss, dass
deine Hände immer gebunden bleiben." Sein Blick
fiel auf den Diener, den William an jenem Morgen
nach dem Abschied aus dem ‚Stachelschwein' so
vernichtend geschlagen hatte. „Bringe Lady Finkel
in mein Schlafzimmer, und lass Frockmorton mir
die Reisetasche holen."

Der brutale Mensch kam von hinten auf sie zu,
schloss seine stämmigen Arme so fest um sie,
dass es wehtat und begann, sie - die wie eine
Windmühle um sich trat - durch den Raum, dann
die Treppe hinauf zu schleppen.

Kapitel 19

Alles, woran William denken konnte, war Isadore. Er musste zu ihr, musste sie davor bewahren, von diesem Wurm Finkel missbraucht zu werden. Und doch war er machtlos. Er ließ sein Schwert fallen und einer der Untergebenen von Faulzahn huschte herbei, um es aufzuheben.

„Ich habe meinen Teil der Abmachung erfüllt", sagte William. „Jetzt nehmen Sie den Dolch vom Hals des Mannes weg."

Ohne den Blick von William abzuwenden, nahm Faulzahn das Messer weg, steckte es aber nicht in die Scheide. „Hier rein", sagte er zu William und deutete mit einer Kopfbewegung in die Ställe.

Es war so dunkel dort drinnen, dass es einen Moment dauerte, bis William sah, dass sein Pferdeknecht gefesselt und geknebelt worden war.

Die Männer machten sich daran, seine und Thompsons Hände festzubinden. Ein Gefühl von Hoffnungslosigkeit brach über ihn herein. Er konnte es nicht ertragen, daran zu denken, dass Finkel die schöne Isadore auch nur mit einem Finger berührte, nicht ertragen zu denken, dass er sie nie wiedersehen könnte.

Verdammt, es war schwer zu glauben, dass er sie seit noch nicht zwei Wochen kannte. Sie hatte sein Herz so vollständig gefangen genommen, dass es ihm gleich war, *ob* sie mit einem anderen verheiratet war, ob sie Goldbarren schmuggelte.

Alles, was ihn kümmerte, war, dass er sie liebte.

„Was für Pläne habt ihr mit uns?", fragte er Faulzahn.

„Wir haben lediglich die Anweisung, Sie von seiner Lordschaft fernzuhalten, bis er mit der Lady aus London fort ist."

Hätte der Mann ihn mit dem Schwert durchbohrt, William hätte keinen größeren Schmerz verspüren können.

Noch nie hatte er sich so machtlos gefühlt. Die Frau, die er liebte, war in großer Gefahr und er war nicht in der Lage, ihr zu helfen. Es sei denn ...

„Nun denn", sagte William und ließ sich auf die Streu aus frischem Stroh fallen, „Ich denke, mein Diener hier und ich werden uns entspannen und abwarten."

Thompson wusste, was zu tun war. Sie waren schon so lange zusammen, dass sie fast die Gedanken des anderen lesen konnten. Thompson ließ sich neben ihm ins Stroh fallen.

Sein Vorschlag musste den Entführern gefallen haben, denn die drei setzten sich gleich auf den schmutzigen Boden, dort, wo das Sonnenlicht noch in den Stall schien.

Die Dunkelheit im Stall kam William zugute. Er wartete einen Moment, wartete darauf, dass die Männer vorne in ein Gespräch vertieft waren, dann streckte er seine Hand nach der Oberkante seines rechten Stiefels aus. Da seine Hände an den Handgelenken zusammengebunden waren, wurde es sehr eng, aber seine Geduld zahlte sich einen Augenblick später aus, als er die Scheide lösen und sein Messer herausziehen konnte. Er zerschnitt Thompsons Fesseln und Thompson übernahm das Messer und durchschnitt seine.

Auf halbem Weg zwischen ihm und den

Wächtern glänzte sein Schwert auf dem Stallboden. Er wusste, dass sie ihn hören würden, wenn er dorthin sprang, aber das Risiko musste er eingehen.

Für Isadore.

Er flüsterte Thompson Anweisungen zu, der das Messer behielt.

Dann warf er sich auf das Schwert.

Alle drei Männer sprangen bei dem Geräusch mit gezogenen Messern auf.

Aber während sie William beobachteten, erledigte Thompson den Mann, der ihm am nächsten stand, was die anderen zusammenzucken ließ und William den Sekundenbruchteil gewährte, den er brauchte, um Faulzahn anzuspringen - genau, als das Messer des Mannes auf Williams Brust zukam. William stürzte sich auf die Füße des Mannes, sein Körper prallte so hart auf dem Lehmboden auf, dass er es an den Blutergüssen sehen würde - und das Messer von Faulzahn streifte seinen Rücken.

Dass Williams Schwert sich in die Seite des anderen Mannes gebohrt hatte, machte den Mann wehrlos, so dass er William nicht daran hindern konnte, den dritten Mann so lange zu verprügeln, bis der ihn aufzuhören bat.

Als die drei Männer sich im Schmutz wanden, wies William Thompson an, sie zu fesseln, den Reitknecht zu befreien und zu Nick zu eilen. „Erzähle Nick alles. Er muss den General finden und unsere Männer zusammentrommeln. Ich muss in Finkel House die Frauen retten."

* * *

Die Kutsche Lord Finkels war für eine Reise bepackt. Dieser widerwärtige Teufel musste

Absichten auf Isadore haben. Williams Herz begann heftig zu schlagen und Übelkeit stieg in ihm auf. Er hoffte zu Gott, dass er nicht zu spät kam.

Wenn er nur mit einigen der Birmingham-Söldner hätte kommen können - nicht, weil er Angst hatte, alleine diese Halsabschneider zu stellen, aber er fürchtete, dass die Chancen, dass ein einzelner Mann Finkels brutale Bestien besiegen könnte, gering waren.

Er eilte die Stufen hinauf zu Finkels Haus und fasst probeweise an die Klinke. Zu seiner Überraschung öffnete sich die Tür.

Schnell trat ihm jedoch ein gut gebauter Butler entgegen, der erheblich größer als William war. Williams Blick ging von dem Butler zum Frühstückszimmer, den Flur entlang und die Treppe hinauf. „Ich bin wegen Finkel gekommen."

Die Augen des Butlers verengten sich zu schmalen Schlitzen und er antwortete hochnäsig. „Und Sie wären?"

„Der Geliebte der Lady."

„Sie müssen sofort gehen." Die vornehme Stimme des Mannes hatte plötzlich den Akzent der niederen Klassen. „Seine Lordschaft ist nicht zu Hause."

William stand in der Eingangshalle Finkels und schrie. „Sind Sie hier, Finkel?"

William hörte das Geräusch von Schritten von oben und sah, wie Finkel vom Treppenabsatz der nächsten Etage auf ihn hinabschaute.

„Ich glaube, ich habe etwas in meinem Besitz, dass sie haben wollen, Finkel." William hielt die abgenutzte, graue Reisetasche hoch und begann, die Treppe hinaufzusteigen.

„Also sind Sie William Birmingham."

Dann stand er Finkel gegenüber. „Wenn Sie diese Reisetasche wiederhaben wollen, müssen Sie die Dame freilassen."

„Ich glaube, dass ich im Recht bin, wenn ich einen Mann töte, der versucht, meine Frau aus ihrem eigenen Haus zu entführen."

Seine Worte durchfuhren William wie ein Dolch. Plötzlich erinnerte er sich an alles, was in der Eingangshalle seines eigenen Hauses herausgekommen war, als Finkels Bande hereingeplatzt war. Isadore hatte gesagt, sie müsste zu ihrem Ehemann gehen. Er erinnerte sich, dass Finkel sie zum Heiraten gezwungen hatte. Er erinnerte sich auch, dass sie dieses Haus gut genug kannte, um einen Grundriss zu zeichnen. Ihm wurde übel. War sie mit Finkel verheiratet, nicht mit Lord Evers?

Aber MacIver irrte sich niemals.

William stieß einen Atemzug auf und ein unaufrichtiges Lächeln verzog seinen Mund. „Sie können kaum mit der Frau verheiratet sein, die Sie aus meinem Haus entführt haben."

„Die Tatsache, dass die Ehe nicht vollzogen wurde, ändert nichts an der Tatsache, dass die Frau noch immer meine Ehefrau ist. Ich habe sie vor fast zwei Wochen geheiratet." Seine dunklen Augen blitzen wild. „Heute Nacht wird sie mein sein." Er stürzte sich auf William. „Ich nehme jetzt diese Reisetasche."

„Die können sie haben, aber sie niemals."

„Ich bekomme immer, was ich will."

William lachte leise. „Einschließlich Lucy Mackenzie?"

Finkel erstarrte. Sein Gesicht wurde aschfahl. „Ich kenne keine Lucy Mackenzie."

„Sie lügen. Sie ist Ihre gesetzlich angetraute

Ehefrau. Ich habe vor zwei Wochen in Yorkshire den Beweis gesehen. Nur, weil Sie beide erst einundzwanzig und töricht waren, macht es die Ehe nicht ungültig."

Die bloße Vorstellung, dass Isadore *keine* verheiratete Frau war, ließ William sich fühlen, als hätte er gerade eine Flasche Champagner getrunken.

Finkel schwieg einen Moment. „Dieses Wissen wird mit Ihnen sterben. Hier und jetzt." Finkel schrie, so laut er konnte, nach seinen Schergen. „Kommt und erschlagt den Eindringling."

„Sie haben ein großes Problem, wenn mir etwas passiert", sagte William.

„Und was könnte das sein?", höhnte Finkel.

„Mein Bruder weiß, dass ich hierher unterwegs war. Und in seinem Besitz befindet sich etwas, das beweisen wird, durch welche illegalen Methoden Sie das Vermögen der Finkels wieder aufgebaut haben."

Finkels Blick fiel auf die Reisetasche. „Sie haben sie gefunden. Meine Wachstuchmappe."

William nickte ernst. „Inzwischen liegt sie im Safe der Birminghams. Ich weiß alles, einschließlich, auf welche Weise Sie Ihre ... *Frau* dazu gezwungen haben, einen Abschaum wie Sie zu heiraten. Ich. Werde. Sie. Entlarven."

„Von allen Familien in England", sagte Finkel mit hängenden Schultern kopfschüttelnd, „ist es mein verdammtes Pech, den Birminghams über den Weg zu laufen, vermutlich den einzigen Männern des Königreichs, die nicht käuflich sind."

„Damit haben Sie recht." Er trat dicht an Finkel heran. „Wo ist sie?"

Finkel warf einen besiegten Blick über seine rechte Schulter.

William musste sich davon überzeugen, dass es ihr gut ging. Als er sich gerade auf den Raum zu bewegen wollte, von dem er annahm, dass sie dort festgehalten wurde, hörte er Finkel seine Diener anschreien, die Kutsche fertig zu machen. „Kümmert euch nicht um Mr. Birmingham. Wir reisen sofort ab!"

Die erste Tür, die William öffnete, führte in einen überladen ausgestatteten Raum für eine Dame, aber Isadore war nicht dort. Er hoffte zu Gott, dass Finkel nicht gelogen hatte. Seufzend ging er zum nächsten Zimmer und stieß die Türe auf.

Es brach sein Herz, sie an einen Holzstuhl gefesselt zu sehen.

* * *

Sie hatte gebetet, dass William kommen möge, bevor der abscheuliche Finkie etwas absolut Widerliches mit ihr anstellte. Wie erleichtert sie war. Jetzt würde sie weder in ein Kloster gehen noch sich auch dem Pflaster Londons zerschmettern lassen müssen. Sie war so glücklich, ihren geliebten William zu sehen, dass sie kurz die groben Seile vergaß, die an ihren Handgelenken scheuerten.

Williams Augen funkelten, als er näherkam, ohne den Blick von ihr abzuwenden. „Ich hätte nicht übel Lust, Sie gefesselt zu lassen", sagte er leichthin.

Sie zeigte ihm ein kokettes Lächeln, als er sich vorbeugte, um sie loszubinden. „Dazu sind Sie zu sehr ein Gentleman."

„Wie können Sie das wissen?"

„Ich weiß es."

Seine Hände hörten auf, sich zu bewegen. Er verlagerte sein ganzes Gewicht auf seine Knie.

Ihre Gesichter waren auf gleicher Höhe, seine Augen begannen zu glühen. Seine Nähe, sein Duft nach Moschus, sein hartes, gutaussehendes Gesicht stiegen ihr zu Kopf.

Sie lehnte sich vor und er küsste sie hungrig. Lieber Himmel! William Birmingham zu küssen war das schönste Erlebnis überhaupt. Wie konnte ihr so etwas Schönes in ihren ersten siebenundzwanzig Jahren entgangen sein?

Weil keiner ihrer früheren Verehrer William gewesen war.

Als der Kuss zu Ende war, legte er seine Hände auf die Seiten ihres Gesichts und sah sie - nun, es gab kein anderes Wort dafür - liebend an. „Ich denke nicht gern daran, dass du deinen hübschen Hals aufs Spiel setzt. In der Tat habe ich einen Vorschlag, um eine anständige Frau aus dir zu machen." Er zog sie zu einem weiteren brennenden Kuss in seine Arme.

„Was für einen Vorschlag?", brachte sie schließlich heraus, mit einem hoffnungsvollen Tonfall in ihrer Stimme.

„Ich weiß nicht, warum zum Donner mir ein Penny an dir liegen sollte. Du hast nichts anders gemacht als mich anzulügen, von dem Moment an, wo wir uns getroffen haben."

„Mein Kuss war keine Lüge."

Er zog sich zurück und musterte sie mit zusammengekniffenen Augen. „Was war damit, wie du mich heute Nachmittag genannt hast?"

„Als ich diesem grässlichen Mann sagte, dass du mein Geliebter wärest?"

Er nickte.

„Das war auch keine Lüge."

„Dann ist das geklärt."

Ihr Herz flatterte äußerst angenehm. „Was

geklärt?"

„Ich schlage vor, eine ehrliche Frau aus dir zu machen. Kein Schmuggel mehr."

„Tatsächlich, mein liebster Mr. Birmingham, bin ich nicht nahezu so unehrlich, als du glaubst, dass ich bin."

„Erkläre mir das bitte."

„Ich war in jener ersten Nacht so verzweifelt darauf aus, von Finkie wegzukommen ..." Sie holte tief Atem. „Es war meine Hochzeitsnacht. Ich hätte auf jeden Namen gehört."

„Dann ist dein Name nicht Isadore?"

Sie schüttelte den Kopf.

„Du kommst aus einer guten Familie, nicht wahr?"

Sie nickte. „Bis vor zwei Wochen hörte ich auf den Namen Lady Sophia Beresford, seit siebenundzwanzig Jahren."

Er tupfte zarte Küsse auf die Säule ihres Halses. „Ich würde einen ganz anderen Namen für dich vorziehen."

„Bitte, welcher Name soll das sein?" Sie schlang ihre Arme um ihn, ihr Herz raste.

„Mrs. Birmingham?"

Sie begann zu schluchzen. Das war kein geziertes Weinen. Das war ein volles, lautes Jammern mit offenem Mund, das tief aus ihrer Brust kam, wie ein speiender Vulkan, und wirkte, als würde es nie aufhören.

„Bitte, meine Liebste, warum weinst du?"

Sie schniefte. Sie wischte ihre Tränen an ihrem Ärmel ab. Sie nahm das Taschentuch, das er ihr anbot und putzte sich in höchst undamenhafter Weise die Nase. Und versuchte, lange genug mit dem Weinen aufzuhören, um sprechen zu können. „Du weißt doch, dass ich dich nicht heiraten kann. Ich bin schon verheiratet." Es folgte ein Wimmern, das in erneutes lautes Schluchzen überging.

„Dann muss ich Lord Finkel einfach umbringen."

Sie schüttelte den Kopf. „Dann würden sie dich hängen und ich müsste mich von der Kuppel von St. Pauls stürzen."

„Nun, dann sehen wir mal. Wenn du in der ersten Nacht ehrlich zu mir gewesen wärest, hättest du dir und mir viel Kummer ersparen können."

„Wie?"

„Ich war gerade auf dem Rückweg von Yorkshire, wo ich erfahren hatte, dass Lord Finkel schon eine junge Frau geheiratet und verlassen hatte, als er ein junger Mann war. Daher war deine Heirat mit Lord Finkel nie wirksam."

Ihre Tränen hörten im Handumdrehen auf zu fließen. Sie warf die Arme um ihn.

„Eines würde ich gerne wissen", sagte er.

„Ich will von jetzt an nie wieder anders als ehrlich zu dir sein."

„Gestern, als du so verzweifelt über das gestohlene Gold warst, hast du von jemandem gesprochen, der dir *sehr teuer* wäre."

„Mein Bruder, der Earl of Devere."

„Ich nehme nicht an, dass sein Name Dorian ist?"

Sie lachte. „Nein. Sein Name ist Alexander Beresford, der siebte Earl of Devere."

„Da ist noch mehr an deiner Geschichte."

Sie seufzte. „Allerdings. Um mit der ersten Nacht im ‚Stachelschwein' zu beginnen, ich wusste, dass es eine besondere Verbindung zwischen uns gab. Und später ... wusste ich, dass ich dich liebte. Würde ich den Grosvenor Square verlassen, sähe ich dich nie wieder. Obwohl ich glaubte, verheiratet zu sein, konnte ich meine Hoffnung auf irgendeine Art von Zusammensein mit dir nicht aufgeben. Meine einzige Verbindung zu dir war, Isadore zu sein.

Ich wusste, dass sie versuchen würde, Kontakt mit dir aufzunehmen, und war entschlossen, sie abzufangen. Das konnte ich nur, wenn ich ihr achtzigtausend im Tausch gegen das Gold geben würde. Ich bat meinen Bruder, diese riesige Summe aufzutreiben, mit dem Versprechen, dass ich sie ihm innerhalb einer Woche zurückzahlen würde."

„Ich verstehe. Das Geld deines Bruders ist fort und ich kann nicht für eine Lieferung zahlen, die ich nicht erhalten habe." Er seufzte. „Das ist eine schwierige Situation. Ich habe die achtzigtausend, aber ich kann nicht alleine darüber entscheiden, sie deinem Bruder auszuhändigen. Ich muss das mit meinen Brüdern besprechen. Aber ich schwöre dir, dass ich nicht zulassen werde, dass dein Bruder daran zugrunde geht."

„Ich schätze, ich sollte deinen Antrag annehmen", sagte sie. „Ich muss dir diese schlechten Gewohnheiten abgewöhnen. Ich werde meine Mitgift benutzen, um dir finanziell zu helfen, weil ich darum bitten muss, dass du dich nie wieder mit Schmugglern einlässt."

Er hielt sie fest und lachte, ein tiefes, heiseres Lachen.

„Bitte, was ist so lustig?"

„Du weißt nicht, wer ich bin?"

„Natürlich weiß ich, wer du bist. Du bist Mr. William Birmingham, Goldbarren-Schmuggler, mein zukünftiger Ehemann und der einzige Mann, den ich je lieben könnte."

Er trat zurück und fasste ihre Hände. Sie fühlte sich unglaublich sicher.

„Du hast schon von Nicholas und Adam Birmingham gehört?", fragte er.

„Wer hat das nicht? Sie sind die reich..." Sie hielt inne und erkannte plötzlich ihre große Dummheit. „Sie sind deine Brüder?"

Er nickte mit lachenden Augen.

„Du bist aus *der* Birmingham-Familie?"

„Tut mir leid, dich zu enttäuschen."

„Warum um alles in der Welt schmuggelst du dann Gold, wenn du so lächerlich reich bist?"

Er zuckte die Achseln. „Ein alleinstehender Mann kann Risiken eingehen. Ich mochte das Abenteuer."

„Dann denke ich, dass du heiraten solltest." Sie flog in seine Arme. Nirgendwo auf Erden könnte sie sich wohler fühlen.

Kapitel 20

Er stand in dem Zimmer, das Lady Finkels Schlafzimmer gewesen sein musste und schwelgte in dem Gefühl der Nähe zu dieser Frau, die er so sehr liebte. Vielleicht hielt er sie zu fest, aber er war benommen vor Erleichterung, dass er sie gerade noch rechtzeitig aus Finkels Klauen hatte befreien können. Nur Minuten später und die Folgen wären undenkbar gewesen.

Er beugte seinen Kopf wieder zu ihrem, als von unten lauter Tumult zu hören war. Er zog sich zurück. „Ich hoffe, es ist Thompson mit meinem Bruder."

Sie liefen beide zur Treppe.

Aus der marmornen Eingangshalle schaute Nick zu ihm auf, fest auf beiden Beinen stehend. „Wir haben dieses Wiesel, Finkel, erwischt, oder sollte ich besser sagen, dass der General und seine Männer ihn erwischt haben. Wir müssen noch beim Magistrat Aussagen machen. Die Papiere im Wachstuch, die du mir geschickt hast, sind in meinem Safe eingeschlossen."

Thompson drängte sich an Nicholas Birmingham vorbei, schaute zu seinem Herrn auf und sprach mit einer Stimme, die vor Entsetzen brüchig war. „Wo ist Miss Dorothea?"

Wie nachlässig William gewesen war, dass er Isadores ... oder Sophias ältere Schwester völlig vergessen hatte.

„Sie muss in einem Zimmer auf dieser Etage

angebunden sein, glaube ich", sagte Sophia. „Vielleicht können Sie sie von ihren Fesseln losschneiden."

Der Kammerdiener flog die geschwungene Treppe hinauf, je zwei Stufen auf einmal nehmend.

„Glaubst du", flüsterte Sophia William zu, „dass ich ihm sagen sollte, dass sie meine Zofe ist?"

Williams Brauen schnellten nach oben. „Was, du Füchsin!" Dann schüttelte er den Kopf. „Lass sie es ihm besser erzählen."

„Dottie ist mir treu ergeben. Ich sollte ihr besser die Erlaubnis geben zu sprechen."

„Sie spricht?"

Sophia zuckte die Achseln. „Noch eine Lüge, fürchte ich."

Als er und Sophia in dem Zimmer ankamen, wo die Zofe eingesperrt gewesen war, fanden sie Thompson bereits auf Knien dabei, sie loszubinden, wobei er mit weicher Stimme gurrte. „Jetzt sind Sie in Sicherheit, meine liebe Miss Door. Ich würde lieber selbst sterben, als dass ich zulasse, dass Ihnen etwas passiert."

Sophias Gesicht wurde weich, als sie das Paar ansah. „Jetzt ist alles vorbei, liebe Dottie. Du darfst sprechen."

Ein schockierter Blick zeigte sich auf Dotties Gesicht.

Thompson betrachtete das Objekt seiner Zuneigung, als ob sie lila angelaufen wäre.

Das Gesicht der Zofe umwölkte sich. Ihr Blick fiel in ihren Schoß.

Die große Hand des Kammerdieners legte sich um ihre schmale Wange. „Sie können sprechen?"

Sie nickte.

„Warum sehen Sie dann so elend aus? Wenn

Finkel oder seine Männer Ihnen etwas angetan haben, bringe ich sie um."

Dottie schüttelte den Kopf, sah Thompson aber noch immer nicht an. „Ich wurde nicht misshandelt."

„Dann, was macht Ihnen Kummer, meine Liebe? Bitte erzählen Sie mir nicht, dass Sie mit einem anderen verheiratet sind?"

Sie schüttelte wieder den Kopf und versuchte aufzustehen, konnte aber nicht an Thompsons breitem Körper vorbei.

Thompson stand auf und half ihr hoch.

„Ich habe diese beiden letzten Wochen genossen, als ich vortäuschen musste, eine feine Dame zu sein wie Lady Sophia." Dottie warf einen Blick zu Sophia hinüber. „Ich habe Ihre Aufmerksamkeiten genossen, Mr. Thompson, aber da die Täuschung nun vorbei ist, werde ich wieder zu einer unwichtigen Frau."

„Das ist nicht wahr", protestierte er.

In Dotties Augen sammelten sich Tränen, als sie auf die Tür zuging. „Mylady, würden Sie Mr. Thompson sagen, was ich bin?"

Die arme Frau, dachte William. Sie schien zu denken, dass sie Thompson nicht verdiente.

Sophia griff nach der Hand ihrer Zofe. „Aber Dottie, du kannst nicht so grausam zu Mr. Thompson sein. Ich werde seinen Herrn heiraten, daher werden du und ich wieder mit ihnen am Grosvenor Square wohnen."

Dotties Mund blieb offen stehen. „Wie können Sie Mr. Birmingham heiraten, wenn Sie schon verheiratet sind?"

Sophia strahlte vor Glück. „Meine Ehe mit Finkie war ungültig, weil er schon verheiratet war!"

Die Zofe lächelte endlich. „Ich freue mich so für Sie. Dieser Finkel war durch und durch böse." Dottie holte tief Atem und sprach kaum hörbar. „Ich möchte lieber nicht hier sein, wenn Mr. Thompson herausfindet, was ich bin. Ich gehe zu Ihrem Bruder und fange an, unsere Sachen für unser neues Zuhause zu packen."

Die dünne Gestalt schlüpfte leise wie eine Maus aus der Tür.

Sophia musterte Thompson. „Erlauben Sie mir, dass ich mich selbst Ihnen vorstelle, Mr. Thompson. Mein wirklicher Name ist Lady Sophia Beresford. Dottie - die *wirklich* Dorothea heißt - ist meine sehr geliebte Zofe. Eine bessere gibt es nicht."

William räusperte sich. „Mein Guter, es scheint, dass Miss D..., äh, Dottie, denkt, dass du dich von einer feinen Dame angezogen gefühlt hast und davon abgestoßen sein wirst, dass sie nur eine Zofe ist."

Thompson konnte einige Augenblicke nicht antworten. „Ich muss zugeben, Sir, ich bin fassungslos. Ich habe Miss ... Dottie wirklich für eine feine Dame gehalten." Er lachte bitter. „Ihre Stummheit brachte einen Beschützerinstinkt zutage, von dem ich nicht wusste, dass ich ihn besitze."

Nicht die Antwort, auf die William gehofft hatte. Er war so glücklich gewesen, dass diese beiden schlichten Gemüter mittleren Alters die Liebe kennengelernt hatten. Er hatte gehofft, dass Thompson dabei bleiben würde, dass er die frühere Stumme liebte, ganz gleich, wer sie war.

Um die Wahrheit zu sagen, war William zum ersten Mal, seit sie in diesen zehn Jahren zusammen waren, von Thompson enttäuscht. Er nickte seinem Kammerdiener zu und der Mann ließ ihn alleine mit ... Sophia. Es war verdammt schwierig, an sie anders als an Isadore zu denken.

„So, meine Liebe, ich habe jetzt viel zu tun. Ich muss beim Magistrat Aussagen über Finkel machen. Ich muss Lord Devere um deine Hand bitten, und wenn er zustimmt, eine Sonderlizenz zum Heiraten besorgen."

„Mein Bruder wird zustimmen. Ich werde jetzt gleich mit ihm sprechen."

„Er wohnt in der Curzon Street?"

Sie nickte. „In Nummer 3."

„Dann komme ich dorthin, wenn ich das Durcheinander mit Finkel erledigt habe."

* * *

Es war fast schon dunkel, als er in Devere House ankam. Da Regen drohte, war er in der Kutsche gekommen, aber sein Fahrer konnte nicht direkt vor der Nummer 3 halten, da dort ein anderes Gefährt stand.

Sobald er ausgestiegen war, warf er einen Blick auf den langgezogenen Karren vor seiner Kutsche. Guter Gott, er passte zu der Beschreibung dessen, den die echte Isadore zu seinem Haus gebracht hatte! Er drehte um und ging darauf zu, aber ein halbes Dutzend Männer in roter Westen umringten ihn. *Bow-Street-Männer.*

„Lord Devere hat Anweisung gegeben, dass niemand sich diesem Karren nähern darf."

Er nickte, wandte sich ab und schritt auf die Tür des feinen Herrenhauses mit der Nummer 3 zu, zu Gott hoffend, dass dieser Karren der mit seinem Gold war.

Sophia musste nach ihm Ausschau gehalten haben. Sie kam aus der Tür geflogen. „Wunderbare Nachrichten, William!"

Er musterte sie verschmitzt. „Du hast deinen Bruder überzeugt, dir zu erlauben, einen Emporkömmling zu heiraten."

Sie kam, um seine beiden Hände zu nehmen. „Ja, das auch."

Er hob neckend eine einzelne Braue.

„Gott segne meinen Bruder, er ließ mich - oder besser gesagt, seine achtzigtausend Pfund - von einem Bow-Street-Mann bewachen, der misstrauisch wurde, als er sehr unappetitliche Männer sah, die mit deinem Karren fortfuhren. Also folgte er ihnen. Nachdem er ihr Ziel festgestellt hatte, erstatte er meinem Bruder Bericht, der ihn und ein halbes Dutzend seiner Kollegen beauftragte, den Karren für uns zurückzuholen. Anscheinend wurde einer von Isadores Postillions zu gierig."

„Das sind großartige Neuigkeiten. Über die Bow-Street-Männer und dass sie ihn gefunden und zurückgebracht habe." Er wandte sich zu seinem treuen Kutscher und sprach mit ihm. „Du musst den General finden und ihn seine Männer nehmen und diese Karre in die Threadneedle Street bringen lassen. Dort weiß man, was zu tun ist."

In Devere House, was im Stil ganz ähnlich war wie sein eigenes, aber doppelt so groß, begrüßte Sophias Bruder ihn freundlich.

„Er weiß alles über die Machenschaften dieses abscheulichen Lord Finkel", erklärte sie William. „Er und ich haben auch daran gearbeitet, diesen hassenswerten Mann vor Gericht zu bringen."

„Dann scheint es, Mylord, dass wir noch mehr gemeinsam haben, als große Besorgnis um Lady Sophias Wohlergehen und Glück", sagte William.

Lord Devere nickte lächelnd. „Möchten Sie

nicht in die Bibliothek mitkommen?"

Sie begannen, unter einem hoch über dem Gang, der neben der breiten Treppe herlief, aufgehängten Kronleuchter entlang zu gehen. Zu seiner Überraschung blieb Sophia an seiner Seite. Sollte er sich nicht alleine mit dem Earl unterhalten, um um ihre Hand zu bitten?

„Ich habe Ihre achtzigtausend, Mylord. Ich werde nie vergessen, wie weit sie für die Frau gegangen sind, die ich liebe. Das kann nicht leicht gewesen sein."

Devere stöhnte. „Sie haben keine Ahnung."

„Oh doch. Sie vergessen, dass ich mein ganzes Leben in Bankierskreisen verbracht habe."

„Es scheint", sagte Devere, „dass meine Schwester einen der reichsten Männer des Königreichs heiraten wird."

„Das sagt man von meinen Brüdern und mir", sagte William. „Da mein Vater nicht von Adel war, war er frei, sein Vermögen zu gleichen Teilen seinen Söhnen zu hinterlassen. Als jüngster Sohn bin ich mir meines Glücks wohl bewusst."

Sophia schob ihren Arm durch den seinen. „Deines riesigen Glücks, mein Liebster."

Er tätschelte ihre Hand und wandte sich dann an Lord Devere. „Darf ich das so verstehen, dass Sie es mir ersparen, formell um die Hand Ihrer Schwester anzuhalten?"

„Wenn Sie meine Schwester so gut kennen würden wie ich das tue, wüssten Sie, dass sie kein Hindernis duldet, wenn sie sich einmal entschlossen hat. Außerdem vertraue ich ihrem Urteil. Diese elende Sache mit Finkel wurde ihr aufgezwungen, weil sie unsere Schwester beschützen wollte."

William fand vieles an seinem zukünftigen

Schwager bewundernswert. Er war besonders erfreut, dass Lady Sophias Bruder wegen ihrer Wahl nicht enttäuscht klang. William hatte sich darauf vorbereitet, von einem arroganten Earl von oben herab behandelt zu werden, aber Devere war überhaupt nicht so.

Seine Augen glänzten warm, als Devere von einem zum anderen sah. „Wir haben schon Eheverträge für meine Schwester."

Waren das die, die sie für die Heirat mit Finkel benutzt hatte? „Sie wissen, dass ich keine Mitgift brauche."

„Sophia dachte schon, dass Sie das sagen würden."

Sie schaute bewundernd zu ihm auf. „Ich würde gerne mein Geld an meine Schwester weitergeben."

„Theodora?", fragte William neckisch.

„Eigentlich heißt sie ..."

„Lady Maryann." Er zog einen Brief aus der Brusttasche seines Rocks und übergab ihn Devere. „Aus Finkels Sammlung. Ich dachte, Sie möchten ihn vielleicht verbrennen."

Devere nahm ihn, schaute ihn lange genug an, um sich zu vergewissern, dass er von seiner jüngsten Schwester geschrieben worden war, ging dann direkt zum Feuer und warf ihn in die Flammen.

„Ich brauche Ihre Unterschrift auf Dokumenten, die Sophia für den Fall Ihres Todes oder des Verlassenwerdens schützen."

William ging zum Schreibtisch, überflog die Papiere und unterschrieb auf der letzten Seite. „Ich bin froh, dass diese Urkunden schon aufgesetzt waren. Ich bekomme die Sonderlizenz morgen und würde gerne sofort heiraten."

„Ich auch", sagte sie.

„So habe ich meine Schwester noch nie erlebt. Wenn es so etwas gäbe, könnte ich fast glauben, dass sie einen Liebestrank genommen hätte, so groß ist die Veränderung an ihr."

William fühlte sich, als wäre er noch einen Kopf grösser geworden. „Es gibt keinen glücklicheren Mann im Königreich als mich." Er lächelte zu ihr hinab.

* * *

Sie hatte in der Kirche gesessen und leise geweint, als sie Lady Sophia zum zweiten Mal in ebenso vielen Wochen heiraten sah. Dottie hatte beide Male geweint, aber aus völlig verschiedenen Gründen. Als ihr Herrin Stinkie-Finkie geheiratet hatte, war ihr klar gewesen, dass das in einer Katastrophe enden würde. Heute weinte sie vor Freude. Lady Sophia und Mr. Birmingham waren wie füreinander geschaffen. Das hatte sie seit jener ersten Nacht im ‚Stachelschwein' gewusst.

Die Nacht, in der sie Mr. Thompson kennengelernt hatte, dachte sie wehmütig.

Wie schwierig es werden würde, im selben Haus mit dem einzigen Mann zu leben, den sie je lieben könnte. Sie hatte lange darüber nachgedacht, wie sie sich benehmen sollte, wenn sie in seiner Nähe war und beschlossen, dass sie versuchen würde, sich an ihm ebenso uninteressiert zu zeigen, wie sie es an den oberen Dienern in Devere Haus immer gewesen war. Keiner von ihnen hatte sie je ans Küssen denken lassen.

Und an andere Dinge.

Nur eines trübte den Hochzeitstag ihrer Herrin. Regen.

Nach der Hochzeit, während Lady Sophia und

ihr Bräutigam bei einem Hochzeitsfrühstück in Devere House gefeiert wurden, fuhr Dottie ein paar Straßen weiter in das neue Heim ihrer Herrin. Lady Sophia hatte die Kutsche für ihre langjährige Zofe erbeten, damit sie nicht nass würde.

Der Regen ließ Dotties Gedanken zu jenen magischen Regentagen zurückgehen, als sie alleine in der Kutsche mit Mr. Thompson gefahren war. Als er dachte, dass sie eine feine Dame wäre. Wie sehnte sie sich danach, die Uhrzeiger dorthin zurück zu stellen.

Als die Kutsche um die Ecke in den Grosvenor Square einbog, zog Dotties Magen sich zusammen. Mr. Thompson, der bei der Hochzeit seines Herrn hinten in der Kirche gesessen hatte, war auf dem Weg ins Haus zurück. Und wurde dabei sehr nass.

Sie ermahnte sich, sich steif zu geben.

Bis die Kutsche anhielt und der Kutscher die Stufen ausklappte, war Mr. Thompson schon fast an der Eingangstür. Als er hörte, wie die Tür der Kutsche sich öffnete, drehte er sich um. Ihre Blicke trafen sich und ließen sich nicht mehr los.

Dann machte er etwas Seltsames. Er begann, sich auf sie zu zubewegen. Sie saß noch in der Kutsche.

Als er einen Fuß weit von der Kutsche entfernt war, hielt er an. Dann tat er etwas, was noch merkwürdiger war. Er nahm seinen voluminösen schwarzen Umhang ab und legte ihn über die Pfützen. „Ich möchte nicht, dass die Schuhe der Dame schmutzig werden."

„Oh, das geht aber nicht", sagte sie.

„Ich bestehe darauf."

„Sie werden sich in der Kälte den Tod holen."

„Ich habe Ihnen einmal gesagt, dass ich für Sie sterben würde."

Ach du meine Güte! Dottie hoffte, nicht ohnmächtig zu werden. Sie holte Atem und setzte ihren schlanken Fuß auf seinen durchnässten Mantel. Einen Schritt. Zwei. Drei. Dann huschte sie eilig zur Tür. Obwohl ihre Gedanken in andere Richtungen flogen, war sie sich immer noch vage bewusst, wie eisig kalt es war.

Im Haus wartete sie, um ihm ihre Dankbarkeit auszudrücken. Ihre Satinschuhchen - von Lady Sophia abgelegt, aber noch immer wunderschön - waren weder schlammig noch nass geworden, nur ein klein bisschen feucht.

Er kam hereingeschritten wie ein Ritter aus alter Zeit, übergab den durchnässten Umhang einem Diener mit Anweisungen, was damit zu tun sei. Dann kam er zu ihr. „Meine liebe Dottie, ich würde mir gerne die Freiheit nehmen, in der Bibliothek einen Moment mit Ihnen zu sprechen."

Sie gingen in die Bibliothek. Sie zitterte am ganzen Körper und war sicher, dass sie gleich kein Wort würde herausbringen können.

Er schob die Tür zu und stellte sich ihr gegenüber. „Ich möchte mich für mein schreckliches Benehmen gestern entschuldigen. Ich hatte beschlossen, dass ich Sie aus vielen Gründen bitten wollte, mich zu heiraten, einer davon war, dass ich den Eindruck hatte, dass Sie mich brauchten, damit ich mich um Sie kümmere. Weil Sie nicht sprechen konnten."

Dottie wollte vor Freude jubeln und ihm sagen, dass sie *wollte*, dass ein großer, starker Mann wie er sich um sie kümmerte. Wie schwer es ihr fiel, sich ihm nicht in die Arme zu werfen.

„Als Miss ... ich meine, Lady Sophia, sagte, wie

fähig Sie wären, fühlte ich mich zurückgewiesen, so, als würden Sie mich nicht brauchen."

„Oh, aber das tue ich doch."

Also war sie doch in der Lage zu sprechen, nach alledem.

Seine Mundwinkel hoben sich. „Meinen Sie das im Ernst?"

Sie nickte.

„Ich muss Ihnen sagen, dass es nicht Ihre feinen Kleider waren, die mich anzogen. Sie waren es. Ihre zierliche Gestalt. Ihr liebes Gesicht. Ihre berauschenden Küsse. Es war Ihr Gesicht, das ich jede Nacht vor mir sah, wenn ich im Bett lag. Gestern Nacht war es eine Qual." Er zog sie in seine Arme und hielt sie einen Moment lang fest.

Es war mit Sicherheit der glücklichste Augenblick ihres Lebens. Dann neigte er seinen Kopf und küsste sie mit viel mehr Leidenschaft als zuvor. Dann hielt er sie noch ein wenig länger fest.

„Ich kenne nicht einmal deinen Nachnamen, Dottie. Wie auch immer er sein mag, ich möchte ihn gerne ändern."

„Es ist kein schlechter Name, wirklich. Längst nicht so albern wie Door. Wie würdest du ihn gerne ändern?"

„Mir ist der Name Thompson sehr ans Herz gewachsen."

Dann erkannte sie, wie töricht sie gewesen war und fragte sich, ob ein Herz auch vor Glück zerspringen könnte. „Mir ist Mr. Thompson sehr ans Herz gewachsen und ich würde diesen Namen allen anderen vorziehen."

Wieder zog er sie in seine Arme. „Es gibt keinen glücklicheren Menschen im Königreich als mich."

„Ich glaube, ich bin es. Für mich war es ein

doppelt glücklicher Tag, da auch meine liebe Lady Sophia ihren Herzenswunsch erfüllt bekommen hat. Genauso wie ich, mein lieber Mr. Thompson."

Kapitel 21

Die Dunkelheit war hereingebrochen. Ihre Hände waren verschränkt, ihr Kopf ruhte an seiner Schulter und der Regen prasselte auf das Dach der brandneuen Kutsche ihres Ehemannes. Sie steckte die Decke fester um ihre kalten Beine fest. „Wie weit ist es noch zum Landsitz deines Bruders, Liebling?"

Er seufzte. „Wir sollten bereits dort sein. Verflixter Regen." Er tupfte einen Kuss auf ihren Kopf. „So hatte ich mir unsere Hochzeitsnacht nicht vorgestellt."

„Wenn wir erst einmal bei Adam sind, wird alles gut. Er hat Personal vorausgeschickt, um in allen Räumen Feuer anzünden zu lassen." Sie begann, langsam Kreise auf seinen muskulösen Oberschenkeln zu zeichnen und hüstelte. „Wir werden das ganze Haus für uns haben."

Weder Dottie noch Thompson würden kommen. William hatte gesagt, er wolle sich das Vergnügen vorbehalten, seiner Frau in und aus den Kleidern zu helfen.

„Im Übrigen, Liebster, willst du nicht den Brief lesen, den du gerade noch vor unserer Abfahrt von Thompson bekommen hast?", fragte sie.

„Den hatte ich völlig vergessen." Er nahm ihn aus der Tasche und begann zu lesen. Dann faltete er ihn wieder zusammen, steckte ihn wieder in die Tasche, ohne ein Wort zu sagen.

„Und?", fragte sie.

„Thompson teilt mir mit, dass er wegen eines wichtigen Ereignisses kurz Urlaub nehmen muss."

„Sagt er, was für ein wichtiges Ereignis?"

„Ja."

Sie schaute ihn böse an. „Und ...?"

„Er will heiraten. Ich glaube, du bist mit der Braut bekannt."

Sie begann zu quietschen. „Gib mir diesen Brief!"

Lachend gab er ihn ihr.

Nachdem sie ihn gelesen hatte, strahlte sie über ihr ganzes Gesicht. „Oh, mein Liebling, dies ist der schönste Tag meines Lebens. Für mich und für meine liebe Dottie sind Träume wahr geworden."

„Und für deinen Mann." Er zog sie zu einem zärtlichen Kuss in seine Arme.

Da Adams Landsitz nicht weit weg von London war - und da niemand anders dort sein würde – hatte es ausgesehen, als würde es der perfekte Ort für ihre Flitterwochen sein.

„Ich werde die Diener anweisen, ein Tablett mit Essen auf dem Boden vor meiner Schlafzimmertür zu hinterlassen, denn, Mrs. Birmingham, ich habe nicht vor, in dieser Woche das Zimmer zu verlassen."

„Wie seltsam, dass wir so oft dasselbe denken, mein Liebster."

„Ich wusste es, seit dem Abend, an dem du Pope zitiertest."

„Was wusstest du?"

„Dass du *DIE* Frau warst. Die Frau für mich. Die einzige Frau für mich."

Sie schmollte spielerisch. „Mein literarischer Geschmack ist alles, was dich anzog?"

Er lachte in sich hinein. „Ich weiß, dass du es

gewöhnt bist, dass man dir Komplimente über deine Schönheit macht, aber erinnere dich, an dem Abend, als wir uns kennenlernten, sahst du aus, als wärest du gerade durch den Kanal geschwommen."

„Ich muss erbärmlich ausgesehen haben."

Er streichelte liebevoll ihre Wange. „Es dauerte nicht lange, bis ich bemerkte, dass du eine umwerfende Schönheit bist. Aber das war nur eine deiner vielen anziehenden Seiten."

„Da sind noch mehr?" Sie hoffte, dass sie ihm in der einen Nacht in seinen Armen gefallen hatte.

Er nickte und sprach heiser flüsternd weiter. „Warum, glaubst du wohl, habe ich vor, eine ganze Woche mit dir im Bett zu verbringen?"

Sie holte tief Atem. „Mir ist gerade der Appetit vergangen. Auf Essen."

Der Regen begann noch heftiger herabzuströmen. Jetzt prasselte er nicht länger hauptsächlich auf das Dach der Kutsche. Heulender Wind trieb den Regen von der Seite auf sie zu.

„Das letzte, was wir brauche, ist, dass die Kutsche im Schlamm stecken bleibt", sagte er.

„Der Meinung bin ich auch. Wir müssen einen Ort finden, wo wir anhalten können, bevor das geschieht."

Er teilte das seinem durchnässten Kutscher mit.

Zehn Minuten später fuhren sie in den Hof eines Gasthauses ein.

„Erlaube mir, hineinzugehen und alles vorzubereiten. Ich werde um das schönste Zimmer bitten." Er nahm ihre beiden Hände. „Es tut mir leid, dass wir unsere Hochzeitsnacht in einem Postgasthof verbringen müssen.

„Solange ich bei dir bin, werde ich die glücklichste Frau im ganzen Königreich sein." Sie hob die Kapuze ihres roten Samtumhangs.

Fünf Minuten später kam er zurück. „Ich muss dich bitten, dein schönes Gesicht nicht zu zeigen, Liebste."

Ihre Brauen zogen sich zusammen. „Warum?"

Er zuckte die Achseln, als er sie auf seine Arme hob, um sie von der Kutsche wegzutragen. „Weil der Gastwirt sich daran erinnern könnte, dass ich bei einem früheren Aufenthalt gesagt habe, dass du meine Schwester wärest. Heute Abend habe ich gesagt, dass du meine Frau bist."

Da sah sie das hin und her schwingende Schild des ‚Stachelschweins'.

„Ach du liebe Güte! Werden wir wieder seine eigenen Zimmer benutzen müssen?"

„Gott sei Dank nicht. Es ist noch früh genug, so dass ich seine besten Räume bekommen konnte."

Williams Kutscher hielt die dicke Holztür des Gasthofs auf und William ging direkt die schmale Holztreppe hinauf. Sie war darauf bedacht, ihren Kopf von den öffentlichen Räumen abzuwenden.

Das Zimmer, in das er sie brachte, war groß und sah völlig anders aus als die überfüllten Räume des Gastwirts. Das Beste war, dass es warm war. In dem großen, steinernen Kamin loderte ein Feuer. Die Flasche Madeira und die beiden Gläser, um die er gebeten hatte, warteten auf dem Tisch neben dem Sofa am Feuer.

Er setzte sie ab und sie schälte sich aus ihrem nassen Umhang. Darunter war sie knochentrocken - dank ihres Mannes, der sie aus der Kutsche hereingetragen hatte. Sie schaute hungrig zu, wie er seinen durchnässten Umhang ablegte und dann den feuchten Rock darunter. Als er sich hinsetzte, um seine Stiefel auszuziehen, ging sie auf die Knie, um ihm zu helfen.

Dann standen sie auf und sie flog in seine Arme wie ein Vogel ins Nest. „Es scheint kaum zu glauben, dass wir uns erst vor zwei Wochen unter genau diesem Dach kennengelernt haben."

„Ich weiß. Es scheint, als wärest du ein Teil von mir, als ob wir immer zusammen gewesen wären."

„Ich denke, es passt, dass wir unsere Hochzeitsnacht nun wieder hier verbringen. Hier habe ich mich in dich verliebt. Ich hatte nicht die leisesten Zweifel daran, obwohl ich dich gerade erst kennengelernt hatte."

„Ich erkenne jetzt, dass das, was ich an jenem Abend für Isadore gefühlt habe, Liebe war."

„Isadore?"

Er hielt sie fest. „Sei nicht überrascht, Mylady, wenn du eine zusammengesunkene, kleine weißhaarige Dame bist und dein Mann dich immer noch Isadore nennt."

EPILOG

Sechs Monate später ...

Sophia war auf und ab gegangen in Erwartung der Rückkehr ihres Mannes. Er hatte einen der begehrten Plätze auf der Galerie des Oberhauses für das Gerichtsverfahren des Jahrhunderts erhalten. Heute war der Tag, an dem das Urteil im Prozess gegen Lord Finkel gesprochen werden sollte. Jedes Wort, das im Verfahren gesprochen wurde, war genau aufgezeichnet worden und es gab kaum jemanden in London, der nicht von den abscheulichen Missetaten des Lords gehört oder in einer der vielen Zeitungen gelesen hatte, die über den Prozess berichteten.

Als William endlich durch die Tür trat, stand sie da. „Schuldig?"

Er nickte grimmig.

„Und die Strafe?"

„Er soll hängen, bis er stirbt." Er zuckte mit den Schultern. „Ich muss gestehen, als wir dies anfingen, befürchtete ich, dass die Lords einen der ihren schützen würden. Ich hatte nicht damit gerechnet, wie sehr diese Männer sein Handeln verabscheuten. Und Devere hat wesentlich dazu beigetragen, die nachsichtigeren unter den Lords umzustimmen."

„Mein Bruder genoss immer große Achtung." Sie kam zu ihrem Mann und legte die Arme um ihn, als sie ihre Wange an seiner Brust barg. „Es tut mir nicht leid um Finkel. Ich habe gelernt, ihn zu hassen. Er hätte dich an jenem Tag in Finkel House getötet, um dich davon abzuhalten, die Existenz von Lucy Mackenzie bekannt werden zu lassen."

„Und er würde anderes getan haben, was ich mir nicht vorstellen möchte."

Sie zuckte zusammen. Sie hätte sich jedenfalls lieber auf dem Boden vor der Kuppel von St. Pauls zerschmettern lassen, als sich Finkies Umarmungen auszuliefern. Und mehr.

„Ein Gutes hatte es."

„Was?", fragte er.

„Ohne die Widerwärtigkeit dieses Mannes hätte ich dich nie im ‚Stachelschwein' getroffen."

„Dann, scheint es, verdanke ich mein Glück dem meistgehassten Mann in England."

ENDE

Cheryl Bolen Biografie

Cheryl Bolen ist eine New York Times- und USA Today-Bestsellerautorin und hat mehr als zwei Dutzend historischer Liebesromane geschrieben, von denen die meisten in der Regency-Zeit spielen. Ihre Bücher wurden in acht Sprachen übersetzt und erlangten Platzierungen in verschiedenen Schreibwettbewerben, so etwa auch im Daphne du Maurier Wettbewerb. 1999 wurde Cheryl als "Notable New Author" ausgezeichnet und gewann im Jahr 2006 die Holt Medallion in der Kategorie "Bester historischer Kurzroman". 2012 gewann sie den International Digital Award – eine Auszeichnung speziell für E-Bücher – im Bereich "Bester historischer Roman", und im Jahr darauf erzielte eine ihrer Novellen den ersten Platz in der Kategorie "Beste historische Novelle". Zahlreiche ihrer Bücher wurden zu Bestsellern bei Barnes & Noble und auf Amazon.

Sie ist eine ehemalige Journalistin mit einer Faszination für tote englische Damen und schreibt regelmäßig Beiträge für The Regency Plume, The Regency Reader und The Quizzing Glass. Viele ihrer Artikel kann man auch auf ihrer Webseite (www.CherylBolen.com) finden sowie auf ihrem Blog (www.CherylsRegencyRamblings.wordpress.com), wo sie ihre aktuellen Artikel einstellt. Leser sind an beiden Orten ganz herzlich willkommen.